# 遊戲
# 四部曲

馬至中篇
小說集

馬至
著

# 目 次

# H先生和他的遊戲

## 甜香

那是一種失去時間感的微醺與甜香。

◇　◇　◇

真是一個愜意的午後！

環視四周，幾乎沒有雕工的粗木桌椅、造型又過於奇特的燈具與餐具、天花板裸露的管線……整體室內景觀訴說著強烈的後現代主張；還好落地窗敞亮的採光，加上滿屋子熱帶植物，調和了不少過於冷調的都市觸感。環境氣氛是時尚的，但這家私房店的咖啡、茶與輕食卻絕對是老師傅的手藝。這是我的祕密花園，揉合了現代的隱蔽與古典的醇美，每每當內在時間變慢，我就想方設法讓自己藏在這兒，品嘗一個孤獨的當下。現在，我就坐在風之眸中，把玩著一隻精巧的茶杯，神思自然而然的漂回兩個小時前的風暴。

衝擊、衝擊、衝擊……

起伏、起伏、起伏……

錯亂、錯亂、錯亂……

時間失去了跑道。

失去了存在感是歡愉的。

放任世間一切神聖與罪惡、光與暗、智與愚、淨美與汙穢……交織成一片能量的渦流，我只願跟隨慾望潮水的漲落緩緩歸於中心，彷彿颶風之眸，擁有被毀滅能量緊緊包圍的終極虛空。心靈與肉體漸漸分離，逐漸失去身體的重量感，我，化身成一道能量的河流，隨著漸次增速與深入的起伏節奏，將我和她，領入肉體以外的心靈秘境。兩個人，一顆心，歡快地，與宇宙萬有一起翩然起舞。我感到從未有一刻這麼靠近宛然，也從未有一刻這麼靠近禁忌的邀請。我覺得與宛然的性是黑色的，比交織的虹彩更複雜的玄黑。黑，是冬天的顏色，而與妻子的性卻是秋天的溫存。黑色的體香是濃烈的，它宛如一場死亡的歡宴，秋季的香味卻是雅淡的雛菊。我，當下，在黑色的漩渦中。

從喘息的高原下來，凝注宛然輕閉的秀眸，細巧的睫毛微微顫動，我悄悄離開宛然的唇與身體，深怕驚擾那寧謐而脆弱的秋水。接著，奮身投入玄黑的秋波中，我突然湧現犯禁的衝動。

「真的不可以嗎？」我的心思蠢動。

「明知故問呢！」宛然微微張開慵懶的眸子。

「吃飯不行，一杯茶的時光呢？」我嘗試最後的徒勞。

「何必了！越界固然刺激，但破壞了……」宛然坐起，美景宛然。

「純粹。」我接過詞，跟著果斷的放下，我不是一個拖泥帶水的男人：「知道了！只要純粹的性，當下的性。」

「H，要乖啊！」輕撫我的臉頰之後，宛然轉身，展現優美的背影。

也許罷，宛然對罷，性是最當下、最純粹的。我覺得我就是一個性崇拜癮者。

「那，一個月後見囉！」宛然翩然離去，沒有轉身。

目送神祕的床伴離去，隨著一聲輕輕的嘆息，我毅然下床，彷彿從一個黑色的夢中抽離。

離開汽車旅館，我跑去狠嚼了一碗老店的紅燒牛肉麵，藉著濃郁的滋味趕跑那殘餘的一絲不甘。身體得到全然的滿足後，末了，就是當下這一杯沁著酒香的冰茶。

一般來說，阿薩姆的滋味要靠熱度來展開，冰，只能滿足口舌一時的快感，加冰後的茶，質感的淳美至少要被折損一半。但加了酒的茶就不一樣了，整個化學生態全得重新洗牌。Whisky的體香會因為熱度的蒸發而顯得過度濃郁，掩蓋了茶味的幽遠，所以適時加進冰塊就顯得恰到好處，酒香被冰稍稍鎮住而顯得低調，茶葉即得到機會重新活潑起來，再來就是茶與酒的平衡要調停得恰如其分。這家老店的配方就有這項本領，在茶與酒微妙的共生狀態下，再在冰塊的魔法下降至剛好的低溫，一杯巧奪天工的加酒冰茶就完成了。小心而放鬆的啜飲，濃烈又清幽的豐富口感在舌尖喉間不停滾動，嘿！真是一種失去時間感的微醺，與甜香；是的！宛然的甜香。

◇◇◇

回到家裡，剛過了晚飯的時間，打開門，穿越玄關，便捕捉到恬靜內斂的妻，幽幽的站著，看著我。我三步當兩步的趨前抱著她，抱著我的寧靜海，沒有暗潮，沒有波濤，只有微苦的海風。

罪惡感？這個詞，思考過，但從未真正感受過。我不會將白天的行為詮釋為偷情，頂多偷歡，我只是對女人的身體與性有著一種執迷與膜拜。進了屋子，迫不及待擁著熟悉而豐腴的妻，這是今天最好的ending了。倏然，心臟猛地一跳：如果白天的荒唐被發現，接踵而來的恐怕就是一連串的譴責、痛苦與割裂。

# 恍惚

我覺得今天早上的妻有一點恍惚。

我熟悉她心裡愈不篤定，看人時的眼神愈是明澈專注。她的眸，一直有著一種孩子氣的穿透力，真不明白這樣一個有著許多經歷的女人，為何還能保有一雙充盈著孩子氣的瞳仁？尤其今晨盯著我的眼神，絲毫不飄忽，彷彿傳遞著一種純真的威懾力。

她，應該不是知道什麼，而是可能感受到什麼。

「昨晚沒睡好？」依然定定地看著我，口氣中飄著絲絲淡淡軟軟的關心。

「是啊！心裡有事。」內心鬆了一口氣，因為我知道這個答案是真的。

跟著我伸出食指輕輕抬了一下妻的下巴，妻閉上眼，準備迎接一個不深不淺、動情又恬淡的清晨之吻。嗯！觸感柔軟新妍，妻子的吻是屬於淺秋的。我突然想到：幾個男人曾經經歷過這一點動人？

「是為了最近的人事異動？」妻略略調整呼吸之後說。

「就是啊！還不是為了下星期的鬼會。」我等著她繼續追問，接著我好順勢發表一些牢騷與看法，但妻習慣的按下休止符。我看看她，有時真有一點小討厭這個女人的神祕內斂。

「我今天得早點到公司準備資料，」我只好自己接下話題：「我預計賤人與土匪這兩天就會來找我麻煩。」

「幹嘛喊別人賤人。」妻笑著皺皺眉，一邊幫我整理衣服。

我嘆了一口氣，有些事還是不要解釋比較好。揹好背包，穿好鞋子，就要出門，忽然，心裡一動，轉身說：「公園旁的巷道又窄，車速又快，妳那麼早出門，行人又少，走路得小心一點。」

「知道了，又不是小孩子。」妻的左手輕搭在我的肩上，我突然感到一陣穿刺過來的心痛。視線離開妻的眼神，我看到她眸中的恍惚感更強烈了。

出了家門，深吸一口清甜的空氣，將剛剛的情緒拋諸腦後，熟悉、敞亮的街景撲面而來。未到上班時刻，行人的步伐不見匆忙，配上還沒掃清的落葉，更凸顯出一份在繁忙城市裡難得看到的優雅與放鬆。我們夫婦倆都有喜歡走路的習慣，尤其走在晨間寧謐的路面，有一種與整個城市血肉相連的感覺。天清氣朗，走路到公司不過三十分鐘，why not?不再多想，邁開腳步，專心享受走路的歡快。

# 插曲1

我其實不專心。從昨晚到今晨，我一直沒有專心聽H講話，我在觀察他。

H說得沒錯，我很喜歡走在清晨社區公園旁的巷道上，沒有人車，晨光清亮，陪伴我的，只有輕靈的足音，與心境。但今天的陽光很惱人，空氣中似乎騷動著慌亂的氣息。

結婚十年，對H的習性早就熟悉得像自己眼角的細紋——他愈是顯得從容、無所謂、吊兒郎當，就愈是說明了他心裡有事。當然我不能更深入分辨他是用自在閒散來掩飾心事？還是要藉著自在閒散的態度來驅趕紛雜的念想？我本來以為他是為公司的事煩心，但一個證據的出現隱隱指向另一種可能性，他的襯衫有香水味。我不擦香水的，我對香水敏感。

H在外面，有人？

今晨的陽光怎麼一直低聲呢喃著壓抑的躁動！

我幾乎可以從香水的氣味中構想出那一個存在在暗處的女子，可能就是她！

忽然，心靈的暗角倏地跑出一個平素不會去面對的念頭：我為什麼不直接去問H？是為了維護夫妻之間的愛而忍辱負重？還是我對H的根本不是愛，而是依賴，如果揭破了這一層謊言的薄紙，就打碎了依賴的最後理由？抑或是我對H的愛已然超邁了這些小風小雨，根本沒有自找麻煩的必要？我到底是毅然？依賴？或是懶散？我很少去碰觸這些事的。H常常說我是一個神祕的妻子，我不知他是否了解神祕其實是纖細脆弱的面具與藉口。

今天的陽光真的很煩人！太陽怎麼從未想過要修飾它的直率。

但這份毫不遮掩的直率也太吵了罷，是我的幻聽？我聽到身後發出陣陣呼嘯，我吃驚地回頭，一團失控的橘色迎面撲來。

# 夾縫

走進公司的外場，不到八點，不要說客人，連打掃、清理外場的員工也只有兩、三隻小貓。我們餐廳走中高價位的精品西餐路線，賣場不大，但堅持「品質」是一貫的經營主軸，老大在燈飾、餐桌、器皿、裝潢等各種陳設上可是下了血本，而且這種餐廳為了刻意營造high class的氣氛，用餐時的燈光總是調成幽暗的，但清晨的外場為了方便員工整理，光線調到最大，所以是一天最敞亮的時刻，櫸木的地板、水晶的吊燈、透亮的餐具、高級的桌椅……整體煥發著一種真實存在的質感。

「H主任，今天來得很早耶！」早班的waitress Vina看到我，開心的驚呼。

「是啊！小美女，妳也很早嘛！是不是昨晚思念主任睡不著，乾脆早一點來堵我。」調笑小美女，是不管什麼時候都不應該疏忽的享受。

「最好是。」Vina喜歡我的沒架子，剛好我覺得架子就像雄獅的鬃毛，漂亮但不具備實際功能。

Vina繼續追擊：「主任，我看你在思春。」

「哦？」Vina是餐旅系的大學生，白羊座，性格明快但危險，我覺得她的追擊有點不懷好意了，所以我改變策略，使用老學究式的反擊：「妳知道思春在生物學上的意義嗎？」

小美女乾脆不說話，長長的假睫毛一眨一眨的，等著看我怎麼掰。

「思春是文學上的用語，生物學上的學名是『發情』。一般來說，動物界的發情週期很穩定，不像人類那麼亂，人類可以一夜七次郎，也可以七夜一次郎，充分發揮咱們高等生物自由意志的優勢。動物則很呆、很固定，通常是一年二次或一年一次，而且基本上都是選擇在春天，所以又叫思春，因為初春懷孕，大概會在夏季產下幼仔，小朋友就有足夠的時間儲備皮脂好度過寒酷的秋冬，所以發情，嗯！思春也可以了，正表現出大自然的生命節奏，那是天人合一的體現啊！加上現在是秋天，假如我真的對妳發情，又證明了我身為高等生物的自由意志，哈！思春，不正是很高尚、文藝的行為嘛！」

「笑死我了！」小美女笑得花枝亂顫，說：「我的好主任，拜託你，別害我被檢舉引誘上司發情被炒魷魚了，您真會搞笑，都什麼時候了。」

說得也是，現在可是戰爭時期耶，大概也只有我這種弱智，還能在戰場中心享受調戲美女的好時光。轉頭看看一旁的小智與阿麥，聽得下巴快要掉下來的模樣，我想還是收斂一點罷。

「喂！小智，黑眼圈很嚴重啊！昨晚通宵打怪？還是跟蒼井空整夜聊天啊？」小智是公司裡人畜無害的大學生打工仔。

「報告H主任，蒼井空去了北京，很久沒有發表新作品了。」小智憨憨的傻笑。

「好小子，有你的，讀書沒見你那麼內行。」跟著我轉向日場店長阿麥，說：「哈！阿麥，你也那麼早，拼升職啊？夜場的小張可是盯著你啊！」

「主任取笑了！」阿麥微笑著鞠躬。這年輕人有點假仙，但聰明能幹，企圖心強，也很講義氣。

我做了一個開槍射他的開玩笑手勢，跟著就要上二樓的辦公區，但阿麥卻尾隨著我到樓梯口。

「阿麥，怎麼呢？」危機感浮現，我警覺的問。

物，才在事業的新版圖上站穩，又思量去趕大陸熱，賺人民幣去了。所以他需要留下一個代理人在台灣幫他看家護院，好讓自己放心西進海峽對岸去開疆闢土。就是這樣的背景，開始了我們公司的狩獵季節。主要獵人有兩個：一個是老大多年的左右手副總經理老胡。老胡的才幹比不上老大，但野心絕對是過之而無不及，他覬覦總經理的位子很久了，又是老大的老部屬、老兄弟，樹大根深，如果沒有意外，他理當是老大的屬意人選。但偏偏人生總有讓人不愉快的意外。意外就是跟我同一時期進公司的「賤人」楊思琪，楊大美女。如果說宛然的美屬於神祕的冬天，妻子的美是雲淡風輕的秋天，那楊思琪的美就絕對是東部夏天的正午，會曬死人的。傳說楊思琪是豪門千金，出身好、人漂亮、又聰明，可惜老天爺還是要為她附加一樣禮物——天生淫蕩。傳說她高中時代就亂搞男女關係，家裡怕她破壞家族名譽，就把她送出國念書，沒幾年，楊思琪就在哈佛財經系以第一名高材生的姿態畢業，真是聰明的女妖怪。返國的楊思琪好像與家族徹底脫離了關係，在商場打滾了幾年，成了專業經理人，接著便轉進老大的旗下。剛開始所有人都以為老大只是為了照顧晚輩吸收了楊思琪，也有一說老大與楊思琪有一腿（如果以這對動物的精力充沛與天生淫蕩來看，他們兩個有一腿我絕不以為怪），但不管當初的原因是什麼，結果證明吸收楊思琪絕對是一個英明的商業決定。這女妖怪聰明、果斷、冷酷、反應快、做事不擇手段又手腕高明，事實上老大在餐飲界大半的江山都是楊思琪打下的，尤其近年老大的注意力愈來愈向外，在公司與餐廳的時間愈來愈少，楊思琪的頭銜雖然是總經理特助，事實上就是代行總經理職，她當然不能忍受老大去大陸後一個過氣的老頭騎在她大小姐的頭上，長期自我感覺良好的她當然認為自己是接下總經理棒子的不二人選。所以一個老土匪，一個賤人，擁有共同的狩獵目標，而無辜的我，就成了三國遊戲中被兩強爭取的東吳。這幾年我為餐廳建立客服文化與創意行銷，在總店與各分店之間趴趴走，加上我這個人沒有野心，所以人面廣，人緣好，如果爭取到我，對暫居劣勢的胡老土匪與根基稍嫌淺薄的楊賤人來說，都會在權力的天秤中得到一塊很大的砝碼。尤其楊賤人，根本視我為口中塊肉，她憑著三點要命的理由：第一，我是她高中時代的男朋友之一！第二，重逢後的她變得要命的性感漂亮！第三，更要命的，變得更聰明、性感、漂亮的她，唯一不變的，是一樣淫蕩！這賤人想強姦我！她想用性控制我，成為她的傀儡。但奇怪的是，每當我想起這個跳脫不羈的蕩女，都驚訝的想到她有著一雙很孩子氣的眼睛。

噹啷噹啷噹啷噹啷噹啷噹啷。電話鈴響。

「你好！我是H。」

「H主任您好！我是楊特助的秘書阿Moz，楊小姐問您現在有沒有空過來一趟，要跟您商量最新冬季特餐的推廣計畫。」

「十分鐘內到。」

「是的！我跟楊小姐報告您馬上來。」

屁了！冬季特餐推廣有什麼可討論的，案子早就推演過了，老大准了，妳特助大人也看過了，DM與電視廣告隨時準備上架了，已經是定案了嘛！敏感時期，各懷鬼胎，心中雪亮，根本就是找藉口找機會要收編我！老天！想到楊賤人收編的手段，一股涼氣從腳底直冒上來，心中的感覺複雜得很。約十天前主管餐會之後，楊賤人竟然逮到機會蹭到我身邊悄悄的說：「剛剛的藍莓奶酪讓我想起你高中時代的吻耶。」My God！根本就是挑逗嘛！想到待會要到她的辦公室單刀赴會，我真後悔今天出門怎麼不多穿一條內褲？

「主任來了，請直接進去，楊小姐在等您。」我懶得理外間秘書室的阿Moz，他不是武則天的面首就是慈禧的小李子，整個總公司只有楊賤人一個女性主管，也只有她一個用男性秘書，宣示女權主義的意味清楚不過。

叩叩叩叩。

「進來。」不得不承認這是一個擁有甜美聲音的獵人。

進入楊思琪敞亮的大辦公室，比起我的「倉庫」，楊思琪的辦公室簡直是豪宅。在豪宅中，美麗但危險的女獵人背對著我，穿著一件帥氣的黑色風衣，長髮飄散下來，辦公室沒開燈，女獵人藉著清晨的陽光佇立窗邊看文件，顯然也是剛進入辦公室不久。

「找位子坐，要不要喝咖啡？」甜美的聲音響起，聲音的主人卻沒有轉身：「或茶？我們有烏龍茶。」

「妳知道我不喝咖啡的，」我挑辦公桌旁的沙發一屁股坐下，沙發比較舒服，我是一個不放棄任何享受機會的人，我一邊打量楊思琪「豪宅」裡的擺設（我有點小驚訝在這麼氣派的空間裡放置了許多很女孩子氣的小玩意，辦公桌上竟然還有一隻Hellow Kitty的筆座），一邊隨便的回答：「烏龍茶就免了，西餐廳裡的烏龍茶就只剩下利尿劑的功能。」

「你還是那麼好笑！」我還沒開始後悔我不正經的老毛病，在發出一串銀鈴般的嬌笑之後，女獵人轉身，驚！艷！

楊思琪身材嬌小，五官精緻，大眼睛、小巧翹挺的鼻尖、細緻的薄唇、心型臉，一副古典美人的style，尤其她今天的彩妝真是完美，妝淡卻妖冶，散溢著強烈的誘惑氣息。但是，姐姐啊！妳以為在混夜店啊？現在可是上班時間耶！但下一幕的風景卻讓我吃了更大的一驚！女獵人緊緊盯著我，公文夾被隨手丟在桌上，接著她把黑色風衣脫下丟在椅子的把手，老天！風衣之下竟然是一件火紅緊身深V連身短裙！還有……我靠！她激凸耶！難不成沒穿內衣？下一幕讓人更更吃驚的畫面證實了我的想法，女獵人一步步走向我，妖媚的眼神緊鎖著我慌亂的眼睛，配搭著三吋高跟鞋的搖曳生姿，只要多一條皮鞭，活脫就是一個活色生香的SM女郎，哪是什麼古典美女，根本就是一隻女吸血鬼！走到我跟前，雙手搭在我頭部左右的沙發椅背，還一隻高跟鞋踩在沙發上，這麼近的距離，這種要命的姿勢，她的長髮垂瀉下來，髮香與體香便毫不客氣地衝進我的鼻腔，更要命的，她竟然毫不介意我看到她深V裡的乳暈！她故意沒穿內衣！

「妳不是……要找我談冬季特餐的推廣嗎？」眼球離不開重點部位，我喉乾舌燥的結巴、掙扎。

「廢話！你明知那是藉口。」楊賤人惡狠狠地說。

我像一隻可憐的小動物，快要成為獵人盤中的美食。

「那妳要我幹什麼？不！妳要我看什麼？不！妳找我什麼事？」看著眼前的峰巒，我覺得快要崩潰了。

「你覺得我的工作能力怎樣？」楊賤人更往前靠，俯瞰著我。

「非常優秀。」雖然我的腦袋無法思考，但我說的是真話。

「那我的領導能力怎樣？」她的胸部快要碰到我的下巴了。

「優秀非常。」不只崩潰，我快瘋了。

「那你覺得我的身體怎樣？」她的鼻子貼近我的鼻子。

「優常非秀，噢！不！」我語無倫次，隨即眼球睜得老大：「妳……說什麼？」

回答我的不是一句話，而是一個原子彈級的法式濕吻！一個男人在這種要命的時刻，如果不懂得好好的享受，那一定是他的生理有問題；但享受之後如果不計後果的想要更進一步，那一定是他的心智有問題。好不容易，唇分、喘氣，楊賤人還想有進一步動作，我趕緊抓著她纖細的雙肩，說：「不可以！」

「說個理由。」雙頰緋紅，頭髮凌亂的她狠盯著我看，整個人跪坐在我的腿上。

「我結婚了。」

「屁！你這個人根本沒有道德觀。」

「但我真的愛我老婆。」

「我也喜歡相如，我不會告訴她，我不是你的小三，你只是我辦公室中的食物。」

「我生理期，真的！妳沒聽說過？男人也有生理期耶。」

「生你的頭！想個不要那麼弱智的理由。」

楊賤人開始扯我衣服。

「孔子說不可以跟女上司發生關係。妳沒聽說過『子見南子，子路不爽』嗎？」

「你扯夠了沒？」

她開始拉我褲鍊了？

「不行現在！」我抓住她的手，立即說：「老胡一定在監視著我們。」

有效！這句話有效，楊賤人一聽，瞬間停止所有狩獵動作，兩個大眼睛瞪著我。

我見機馬上補充：「老土匪比我們都早到公司，現在的氣氛那麼敏感，不能一大清早搞那麼大的動作，搞不好他現在就在門外貼著耳朵偷聽。」

女獵人盯著我看了好一會，媚惑的眼神閃動，咬著下唇，兩邊的肩帶都已經鬆脫。終於她吁了一口氣，離開我的雙腿，眼中的光芒漸趨冷靜，一邊整理衣服，一邊陰森的說：「你老躲著我，你明明知道我才是最適合的人選，卻老是不肯表態，你太狡猾，想兩面討好，兩面不得罪人，哼！本小姐偏要逮住你。不行！你必須表態支持我接任總經理，下星期三的行政會議，老大一定會宣布台灣總公司下任總經理的人選，會議前夕，星期二晚上九點你來這裡找我，做完……我們剛剛沒做完的事，你當是儀式也好，或者是一種臣服與獻祭，總之，我要當你的人，或者從此以後你就是我的人，如果你不來，我告訴老大和相如你強姦我，哪怕他倆信疑參半，你想想看會在他們的心裡留下怎樣的疙瘩，你必須思考能不能承擔這樣的後果。哼！H，你不能老在邊緣玩，你要入局，你必須下注，每個人都要做選擇，選我？還是選胡老土匪？你看著辦。」女獵人說完一撩秀髮，做出一個魅惑眾生的姿態，露出一邊香肩，眼神裡飄逸出一種東西，叫做萬種風情。老天！她又在下餌了。

◇◇◇

我全身虛脫的走出「豪宅」，說真的，還真的有點後悔剛剛沒有成為女獵人的食物。已經過了早上九點，該上班的都上班了，也許是心裡有鬼，我覺得行政區的同事都若有深意的看著我，我有一種一絲不掛烏七八糟的感覺。我便要溜回「倉庫」整頓一下情緒，卻看到阿麥剛從老胡的「城堡」中走出來，經過我身邊，低著嗓音向我通風：「副座找你好幾次了。」另一個獵人也忍不住要出手了。我沒有回答，朝著阿麥似有若無的點點頭，阿麥會心的低著頭，一聲不響的下樓去。我正想假裝不知道，先回「倉庫」沉澱一下，思考下一步對策。可是，忽然，「砰」地一聲猛響，胡老土匪推門而出，拉開嗓門朝我大聲嚷嚷：「小H，他媽的！你死到哪裏去了？快進來！」我全身細胞都在苦笑，其他同事看著我的衰相都在忍笑，我是走了什麼超級無敵狗屎運，剛從女吸血鬼的家逃出來，又要闖進土匪窩。

老胡的「城堡」比楊思琪「豪宅」的空間要小，陳設也沒那麼奢華，但看得出他的桌椅、公文櫃、書架、茶几、酒櫃等都是選用一等一的材料，都是頂級貨。不過從我這個學設計的角度看去，這個辦公室是一個完全沒有品味與生氣的空間——一座死氣沉沉的「城堡」。老胡身材高大魁梧，五十多歲，一頭灰髮，西裝畢挺，精神健碩，一副野心勃勃精力過人的樣子，說他像摔角力士更多過像一個CEO。

「小H呀，你死到哪裏去了？一個上午都找不到你。」老胡坐在真皮轉椅上，兩顆大眼球虎視著我，口水花幾乎噴在我臉上。

「副座，還用我說嗎？您還猜不到嗎？當然是楊特助把我叫去了。」我心裡清楚，粗魯只是胡老土匪外表的偽裝，偽裝之下，其實是一腔精算深沉的城腑。所以對付老胡，隱瞞、說謊是最愚笨的戰略，說實話才是最佳對策。

「楊賤人把你叫去做什麼？」老土匪的語氣比較滿意，我的說實話策略奏效。

「當然是為了下星期三的會議囉。」一定要說實話，但不用說全部的實話，有時候真話是謊言的最佳掩護。

「你怎麼跟她說？」老土匪步步進逼。

「副座，我能說什麼呢？我什麼實質的話都沒說。」我故意不正經的把玩著桌上的鍍金紙鎮，感覺上這是一塊很貴的大便。

老土匪觀察了我好一會，沒有說話，最後才滿意地說：「H，你覺得我的工作能力怎樣？」

「非常卓越。」

「好！兄弟，那我的領導能力呢？」

「卓越非常。」

我好怕老土匪會像楊思琪一樣跟著問「那你覺得我的身體怎樣？」然後撲上來親我！還好這恐怖的一幕沒有發生。老土匪只是更直接的定調：「好樣的！好哥們，你一定要支持我接任總經理。」

「副座，我……」

老土匪揮手阻止我有說出一絲一毫拒絕的話的機會，跟著長篇大論：「小H，你我都知道，楊思琪這賤人不是東西，她靠什麼爬上這個位置？還不是靠在老大耳邊吹枕邊風，這些年，她不知爬上多少大老闆的床了。什麼總經理特助，不就是老大的內寵，嘿！一朝小人得志就騎在我老胡的頭上頤指氣使，我呸！什麼賤貨！小H，我跟你說，公司交給穿裙子的是不行的，第一，他是老大的女人耶，一旦當了頭兒，以後還有誰敢在她面前說個不字；第二，娘們真有當領頭羊的氣魄嗎？老大去大陸開疆闢土，可不是要我們在台灣吃閒飯的，我們要在台灣當火車頭，如果我接任老總，我計畫在兩年內把分店數翻兩倍，娘們有這個guts嗎？楊賤人做得到嗎？你別看這幾年楊思琪很風光，其實都是靠老大的人脈，只要老大一天不在台灣，沒有人在背後撐腰，這娘們保準就嚇得不知怎麼辦了。小H啊，你讀歷史嗎？後宮干政總聽過罷，歷史告訴我們女人當家都沒好下場的，妲己、武則天、太平公主、西太后、柴契爾夫人……」我呸！我還木材木耳夫人了，這老土匪的歷史看來也讀得不怎麼樣。跟著他便從歷史觀點扯到兩性哲學、從兩性哲學談到兩岸情勢、從兩岸情勢講到陰陽五行，從陰陽五行連結到台灣的生態環境不利女性領導、再從不利女性領導的台灣生態環境分析到人類女性的細胞結構不具備強勢的領導基因……我的天啊！扯了半天，結論只有一個：楊思琪是賤人，而且是個弱智的賤人，我老胡才是最佳的總經理人選。一口氣聽了三十分鐘的說教，我趕緊按摩發痛的耳神經，老土匪喝了口茶，不忘做最後的補充：「老弟呀，我猜老大這幾天就會諮詢你的意見，但依他的個性，也有可能故意在會議議場上要你馬上表達看法，不給你心理準備。你一定要發言支持我，讓我們攜手阻擋女人當家的悲劇發生。」

我還沒答話，老土匪不讓我有說話的機會，丟下最後一個炸彈：「還有，小H啊，今年你推的幾個案子效果都不如預期，沒關係，等我接棒，老哥哥一定會照著你，我們再來商量怎樣提高創意行銷部的效率。」我他媽的太清楚老土匪話裡的含意了！我太清晰感覺到話裡刀鋒的凜冽寒風了！老土匪真正的意思是說：如果我不支持他，他當不上總經理，但他還是副總，就算楊思琪坐正也不見得敢動老大的老部下，所以一個副總要事後報復將我幹掉，也不是什麼難事。也就是說，老王八蛋最後沒有忘記，要、脅、我！

◇　◇　◇

從「豪宅」與「城堡」的夾縫中走出來，我覺得自己碎裂成好幾塊，奇怪的是在碎塊的縫隙中隱隱呼吸著一絲亢奮，面對戰爭的亢奮。戰爭總會讓人亢奮與覺知。但人生的嚴厲就是在災難之後也永遠不知道是晴是雨？所以，我還是沒能回到「倉庫」休息，因為，手機鈴響。

「請問是H○○先生嗎？」話筒的另一端傳來一個陌生但制式的女孩聲音。

「我是。請問哪裡找？」在賤人與土匪「夾攻」之後，我怎麼又嗅到一點不祥的氣味。

「這裡是○○醫院急診部，請問唐相如女士是您的太太嗎？」女孩聲音中透著一種機械式的關懷。

「我太太怎麼呢？」我覺得胸膛又裂開一道缺口。

「今天清晨六點五十三分，唐相如女士經過東區綠心社區的公園旁巷道，被一輛廂型車……」急診部女孩繼續報告著。

腦袋「轟」的猛一陣暈眩，再聽不見急診部女孩的任何聲音，胸膛的缺口愈撕愈大，洶湧的情緒洪流一股腦地往裡擠。

## 深洋

黃昏時分，慵懶的夕照用它最後的力氣爬過百葉窗的縫隙，小心翼翼的把它光芒中最柔和最美麗的部分，灑向妻子靜美的臉上、身上，流金耀動，陪伴著一個純淨的深眠。不知是否我的錯覺，我彷彿聞到空氣裡隱隱流溢著絲絲縷縷陽光的甜香。

離開加護病房，大部分插管都拔除了，臉頰擦拭乾淨，換上妻喜歡的睡衣，雖然頭上還綁著繃帶，但我不覺得這是他們所說的昏迷，甚至不曾受傷，她只是深深的睡著，我的妻，她的肉體與靈魂拒絕被打擾，她只是在很深層很深層的心靈海洋中沉沉睡去。加上普通病房裡淡淡的藥味、心臟監測器中規律的心跳聲、點滴膠管裡液體緩慢而固定的淌流、柔美的夕陽、扶疏的樹影、恬靜的房間、不時傳來的鳥鳴、夫妻倆不被干擾的相處（岳母持之以恆的跑去跟醫生磨菇）、專注的凝望、單純的存在……這一切一切，共同築構出一種深度寧謐的氛圍，也許，這正是最適合妻這個內蘊而神祕的女人的生命質感罷。

徜徉在失去時間感的微醺與甜香，忽然，一陣沒有警兆的刺痛，唉！記憶真是毒害心靈的腦內機制。我如是想。惱人的記憶將我帶回剛趕到醫院時及稍後的兩段對話。

「醫生，我女兒的情況到底怎麼樣呢？」岳母用她罡風呼嘯的嗓音『質問』主治醫生，跟著順勢朝我的方向打一冷眼，彷彿我應該為這次意外負責。

「唐女士，我說過很多遍了。」主治醫生不記得是第七還是第八次回答同樣的問題，很無奈的說：「唐小姐的情況只能說很……微妙，她的腹腔出血已經開刀處理好了，有四根肋骨輕微斷裂，不嚴重，衡量病人目前的體力，還是儘量避免太大的動作，可以讓它慢慢癒合，其他的都是皮外傷，無細菌反應。更重要的是腦部斷層掃描的結果，並沒有顱內出血或其他的異常現象，但唐小姐目前確實陷入5到4的GCS（昏迷指數），算是重度昏迷，但仍有微弱的語言及眼球反應。為什麼會有昏迷現象？事實上人體腦部是很精密的東西，目前的檢查結果找不到原因，我個人判斷可能是延誤了黃金的搶救時間，當然，昏迷可能是暫時性的，不過不諱言唐小姐的呼吸、血壓、腦波都不穩定，這也是我們不讓她留在加護病房的主要考量，加護病房畢竟是充滿細菌的環境，病人目前的情況很虛弱，但沒有立即危險，你們又有請二十四小時的特護，綜合評估，現在只能對病人長期小心的觀察與監護了。」

「醫生，我太太現在算是……植物人的狀態嗎？」我提出問題時，岳母狠狠瞪我一眼，好像我不該說出一個禁忌的字眼。

「現在說植物人言之過早，唐小姐傷勢剛穩定，GCS還沒到3，我們希望情況能慢慢改善，我個人覺得現在病人的情況比較像是……」主治醫生在尋找安全的措辭。

「睡著？」我輕輕地說。

「可以這樣說罷。有時候有些病人會睡一個很長很長的覺。」主治醫生覺得再說下去，就會冒上超出專業的危險，所以急著脫身，說：「唐女士，病人的情況大概就是這樣了，我先去看其他病人了。」

「不是了，醫生，我只有一個女兒，她的情況到底……」在岳母強迫主治醫生第八次還是第九次回答同樣問題的同時，我趁機趕緊溜掉。

岳母面對醫生時很強勢，但面對條子大人時就沒轍了。一小時前，岳母逮到辦案的轄區員警，才問了兩句，條子大人就老大不耐煩的說：「歐巴桑，什麼？聽不懂台語；好罷，大娘，你們大陸人不是都這樣叫嘛，什麼？也不對？妳不是大陸人，妳來台灣幾十年了；那怎麼稱呼妳，什麼？阿姨！我的阿姨年紀比妳小很多耶？好了好了，唐……阿姨是罷，妳一直問我也沒路用，我們一接到報案就趕到現場，肇事車輛已經逃逸了，也調監視錄影帶看了，意外發生時間是在清晨7:41分，發生地點在偏狹的巷道，時間又早，所以妳女兒被發現時已經是一個多鐘頭之後，什麼？車牌號碼？拍不到了，那傢伙擺明是刻意逃逸，撞到人完全沒有停下來，車速太快，照不到車號，但安了！肇事車輛是一部橘色的廂型車，很少人把廂型車漆成那麼騷包的顏色，信任我們員警的辦案能力了，一定找得到那死沒人性的傢伙，頂多三年，什麼？三年太久？那三個月可以罷，阿姨？好了！目前就這麼多線索，妳不要煩我了，歐巴桑，不！大娘，不是了！唐……阿姨，我們員警也很忙了，這家醫院還有兩個case等著我去下筆錄，妳再問，延誤了別的case，萬一其他民眾投訴，我就不得不告發妳妨礙公務了，ok？有事不要聯絡，不是了！有事再聯絡了。」最後幾句話明顯露出威脅的語氣與嘴臉，條子大人咬著筆，揮揮手，拍拍屁股，轉過身歪著八字的漸漸走遠。我覺得這傢伙脫下制服，叼根菸，準是一副黑道的架勢。

岳母滿肚子火遷怒在我身上，盯著我手上的一束白色小雛菊，說：「這個時候買這些東西頂個啥用！」說完一口氣跑下樓去。岳母大概是責怪我表現得過於冷靜罷。

我帶著小雛菊回到我的寧靜海，讓這一束小傢伙陪在妻的身側。她還是睡得好沉好沉，我覺得小雛菊好配她的氣質與房中的氛圍。我找不到她，她藏身在好深好深的心靈海洋之中，但，我可以陪著她。有人說陪伴是最溫柔的動作，對我而言，陪伴卻是最美好的時光。一室午后陽光的芬芳，小雛菊呼吸著青春的氣息，還有我，陪伴著那在深洋中遲遲未歸的伊人。

# 插曲二

今天的太陽有點邪門。條子大人做完所有筆錄，站在醫院大門如是想。都已經十二月天了，午後的太陽還會把人曬得皮膚發燙，不對勁！職業的直覺讓條子感到周遭氛圍的詭異。

要人命！在這家醫院一口氣做了三個筆錄，累死人了！最煩的還是那個歐巴桑，噢！不！要叫大娘。也不對！是阿姨。囉哩八嗦的阿姨，一直纏著我問重複的問題，不是我小小的嚇唬她一下，她還在沒完沒了，希望她不會投訴我恐嚇老百姓。其實也不能怪她，她車禍受傷的女兒挺可憐的，我們員警也是有同情心的。我看她女兒的樣子，一定有顱內出血與內臟受傷，照我的經驗判斷，這麼瘦弱的女受害人撐不了多久的。那個撞到她的王八蛋也有夠可惡，一大清早的就違規超速，刻意肇事逃逸，還那麼騷包把車子漆成橘色，真是夠了！如果被我逮到，一定釘死他。倒是受害人的老公很安靜，一直不說話，也沒有難過的樣子，但他的眼睛裡好像有著什麼東西似的。咦？條子忽然看到一波橘光在跟前的慢車道掠過，什麼！在警察面前超速駕駛！等到條子的眼睛裡剩下殘影，超速的廂型車已經絕塵而去。喂！不對ㄟ！橘色？廂型車？難道就是肇事車輛？剛剛好像隱約看到駕駛飄著一把長髮，難道嫌疑人是女性駕駛？還是留著長髮的男性？這傢伙那麼搖擺的來到受害人住的醫院是蝦咪意數？還是巧合路過？

條子趕緊回報分局，要分局派車攔截，看看能不能逮住這王八蛋！

# 狩獵遊戲

從妻車禍受傷的一週以來，我一直在兩個世界之間游移，我一面想方設法回到妻子身邊的寧靜世界，但又不得不去面對嚴峻現實的狩獵戰場。我，彷彿是漂行在兩個世界之間的遊魂與獵物。

山雨欲來風滿樓。

如果是蝙蝠俠，他會說：黎明之前的天空最黑暗。

用白話文來說，意思就是：一個人脫離衰運之前會連續踩到三次狗屎。

週三就是驚動武林、震驚萬教的人事會議，但我在前兩天，週一清早，就踩到第一攤狗屎了。

第一攤狗屎是一通來自上海的國際電話。老大的電話。

「喂！小H嗎？我是郭永業。」語調平板但威嚴的聲音。

「啊！總經理好！」我心裡敲起警鐘，老大在這個時候打電話來，一定有戲。

「我人還在上海，明天回來。是這樣的，我昨天收到一份公司內部的電郵報告，」不廢話，直接進入正題，正是老大的一貫作風：「報告內容是公司今年度前三季各部門的總體檢，當然，小H，你不要問我報告是誰寫的，你知道我不會說的。報告書裡提到行銷創意部今年推的幾個案子，平均達成率只有53%，但支出的費用卻是去年度的2.5倍，而且短期內也不見得能看到實質效益的回收……」

「報告總經理，」不能一直挨打，這時候不表態，就顯得太過軟弱了：「行銷創意部一直負責服務訓練、空間規劃、市調等項目，這些都是餐飲業的核心建設，直接效益當然不能跟其他部門相比，而且達成率的計算是長期性的，短期內自然看不到明顯的變化，何況客服文化的建立正是業績成長的保證……」

「我知道！我知道！小Ｈ，不要急，聽我把話說完。」老大打斷我的話，有點不耐煩的說：「我知道你和小楊這幾年為公司做了很多事，但你們還年輕嘛，有時會衝太過，我又一直放手讓你們自由發揮，你也知道公司著手部署大陸的計畫，跟大陸方面的銀行家也還沒談妥，小Ｈ，百廢待舉啊！這段日子資金的周轉自然比較吃緊，所以台灣業務的推展要更加小心，做事之前不妨多跟老胡談談，他的經驗總是比你們多嘛。」

「是！我了解總經理的意思。」我還能說什麼呢！對老闆來說，盯人、盯錢，是天經地義的事，再說老大的話也沒有過分。只是我從他的話裡聽出文章，這份狗屎報告也一定很有技巧地說了楊思琪不少壞話，在這場狩獵戰爭中，楊賤人已經輸了一回合。

對楊思琪是中傷，對我是警告，一石二鳥，這份狗屎報告也真夠高明的。放下手機，我心裡幾乎可以肯定誰是後面拉屎的人。

第二攤狗屎是一個小時後的另一通電話，是高雄分店張經理打來的。張經理先是說了一堆恭維、客氣的屁話，跟著吞吞吐吐地請我務必立即來高雄一趟。大哥！高雄耶！那麼遠，Ｋ什麼玩笑！「張經理，什麼事那麼急啊？」「Ｈ主任，是這樣的，我們分店的客服出了問題，所以麻煩您來一趟指導指導。」「分店客服的漏洞就由分店的管理階層負責，需要行銷創意部參一咖嗎？」「主任，其實是這樣的，有人向高層投訴我們的客服，高層非常不高興，施壓下來，要我們聯繫服務訓練的最高負責人親臨再教育，那服務訓練的最高負責人就是……您囉。」「是這樣嗎？但一定要今天那麼急嗎？後天是行政大會耶，你也要來的，不能延後幾天再說嗎？」「主任，是這樣的，上面指明一定要今天內提交檢討報告，我們已經準備好會議等您來主持，主任，拜託了，就是做個紀錄嘛，您不來，我們就要被一鍋端了。」哼！歹戲拖棚，而且是故意的，根本就是針對我，張經理還以為是他們分店被擺道，我可是心中雪亮，根本就是項莊舞劍，意在H公嘛！我心裡暗幹在背後拉屎砸人的老王八蛋，害得我不能去醫院看相如，我突然超懷念待在妻子身邊的時光。彆著一肚子氣坐高鐵去高雄，包含轉車時間來回至少花了四個小時，到了分店，好不容易聽完張經理吱吱唔唔的交代了事情經過，我差點氣到肺水腫！原來所謂客服事件就是一個月前兩件鼻屎大的小事——使用過的湯匙掉在客人的褲子上，還有牛排因為上桌的時間延誤導致熱度不夠——這兩件事由張經理親自道歉與重新給客人換餐後，都擺平了，客人也滿意，所以所謂投訴根本就是某高層安插在高雄分店打的小報告！張經理一直跟我道歉，其實我心中清楚是我連累了他們，他們只是某高層利用向我示威的鋼刀。接著張經理拿準備好的檢討會議記錄給我看，我看都不看，直接簽了名，然後婉拒了張經理飯局的邀約，直接轉身北返。

好樣的！玩陰的，惡整我！

如果這時候我還不知道是誰在背後拉兩泡連環屎，我就是中華民國最大的弱智了。

傍晚時分回到「倉庫」，對方拉下第三攤狗屎的時間算得剛剛好，電話鈴又響，彷彿一聲聲戰鼓傳入耳中。

「小H啊，你可回來了，聽說今天出差，辛苦了！」獵人亮刀示威。

「不辛苦，副總經理事務繁忙才辛苦。」我他媽的真佩服自己的虛偽。

「是啊！最近公司多事之秋呀！不過沒關係，等後天大局底定，老哥哥再幫著你好好整頓行銷創意部，老哥哥以後還要仰仗你了。」獵人在馴服獵物。

「是的！謝謝副總經理關照。」忽然心中一亮，要做就做到底，徹底瓦解獵人的心防。跟著我便毫不猶豫地說了一堆馬屁與效忠的話。我曾經聽某偉人說過：只要目標正義，手段可以是邪惡的。但這句話究竟是良知的迷幻藥？還是深沉真實的智慧？

胡老土匪聽得很高興，呵呵大笑的掛上電話。放下話筒後，我一口氣爆了十七句粗口飆了三分鐘髒話再用三字經痛罵了胡老土匪的十八代祖宗以及自己的寡廉鮮恥，發洩完後，感覺上腦袋清楚多了，我坐下來沉思對策。

不行！什麼物件！天王老子也不能這樣白白糟蹋我，任何人欺負任何人都要付出代價的！何況這些天楊賤人也沒少吃我豆腐，常常在廊道或樓梯的死角偷捏我屁屁！不行！我不只要脫困，我還要，反擊！我要讓獵人們知道我的豆腐不是那麼好吃的，獵物也是會反噬的。

等到反擊的細節一一想好，已經是晚餐的時間。好！既然哄好胡老土匪，應該要去安撫安撫楊賤人了。我猛地起身，一不做，二不休，三馬上行動！四呢？我呸！沒有四了。偷偷溜出「倉庫」窺視，大部分人果然都下班了，斜對面的「城堡」已經熄燈，隔壁的「豪宅」還透著光線，覷準時機，直奔「豪宅」，繞過祕書室，不理會阿Moz錯愕的眼光，門也不敲，直接進去鎖上門，楊賤人吃驚地看著我，在她有任何反應之前，我一把抱住她，痛吻下去，我非常篤定她不敢聲張也不會拒絕，她還要靠我謀奪大位。長吻之後，我一把捏著她屁股（她捏我夠多了），一邊在她耳邊悄聲說：「別忘了明天晚上的約會啊，親愛的總經理大人！」說完放開她，頭也不回地離開「豪宅」。哇靠！我超man的！麻痺敵人之後，我心裡說：還得找一個人。到廚房，看到Peter在監督學徒烤牛排，我走到他背後，輕聲說：「走！喝酒去。」Peter轉過他肥肥的脖子，看了我好一會，然後慢條斯理地脫下廚師服、擦擦手、交代好工作，就跟著我從側門溜出去。

在清酒與高級生魚片的攻勢下，Peter果然掏心掏肺，最後一邊將酒氣與怨氣噴到我臉上，一邊總結：「小H，就看你了，我該說的說了，不該說的也說了，再下來仗怎麼打，就看你表現了，我Peter就坐上你的戰車了，萬一翻車，大不了我跳槽到小餐廳去，一樣的幹活。」

「好樣的！放心，我會小心出招的。但你得告訴我具體的人名、公司、時間、貨款。」

Peter一拳捶在桌上，嚇得旁邊的人以為我們要打起來，跟著他一面灌清酒，一面努力挖出他記得的情資，我趕忙掏出紙筆，得在他喝醉之前記下來。

翌日，週二，決戰前夕，在這敏感時刻我請了一天假，而且不接任何人的電話，這個行動多多少少有著惑敵的效果。上午我去找兩個記者朋友，先後比對、查證我請託他們幫我蒐集的資料，一忙就是老半天。下午我去徵信社收件，說起來我的危機意識頗敏銳的，半年前我就委託他們研究這個案子。接著我去拜訪大學時代讀法律的室友阿達，請教他關於敵我兩方可能承擔的法律風險及刑責，等到向阿達告辭，從他的事務所出來，天呀！已經下午五點了！我剩下三個鐘頭打報告，晚上還有楊賤人的約會。醫學理論說人體大約一小時眨眼三百六十次，但我覺得這三個鐘頭我大概只眨了三十六次眼！我隨意找了一家網咖，花了兩、三個小時，目不轉睛地將Peter、記者、徵信社、阿達、還有自己打聽到資料寫成一份正式調查報告，寫完之後再檢查了兩遍，然後手指剛離開鍵盤，就感到兩顆眼球快要掉到鍵盤上，我立即將這份不署名的祕密文件寄出。為了保證目標必須收到文件，我在街上隨手攔住一個高中妹妹，花了一千塊跟她借手機（當然不能用自己的手機），嚇得她以為我要找她援交，差點要報警抓我，好加在我沒當成騷擾高中生的怪叔叔。在高中妹狐疑目光的注視下，我給目標發了一通簡訊，讓他立即打開電腦閱讀祕密文件。

諸事忙完，我吁了一口氣，該去面對另一場戰爭了。我吹著口哨，回到公司，偷溜進楊賤人的「豪宅」，反手上鎖，女獵人一副備戰的姿態看著我，咬著下唇，發狠的說：「你遲到了！」然後……

◇◇◇

戰爭！簡直是戰爭！真的是戰爭！我幾乎是從「戰場」奪門滾出來的，我覺得身心破碎成無數夾雜著歡愉與痛苦的碎片。楊思琪這女妖怪真不是蓋的！我已經記不得她撕、咬、砸碎了多少留言紙、宣傳DM、文件夾、鉛筆、原子筆、茶杯、紙鎮、椅墊……還撕破了我的襯衫袖口！天啊！

已經晚上九點多，二樓辦公區基本上沒有人，我衝進「倉庫」後還是小心的按上門鎖，拉下百葉窗，回到座位，從西裝口袋取出小機器——那可是我不惜出賣靈魂、肉體，辛苦從「戰場」取出的戰利品。（說辛苦有點太超過了，其實跟女妖怪搏鬥還蠻……痛快的！）戴上耳機，按下開啟鍵：

「……」

重複操作一次，還是：

「……」

搞什麼！按下快轉鍵，停，再按開啟鍵，還是：

「……」

一股寒意從頭頂竄進來！重複試了好幾次，依舊是：

「……」

虛脫！一定是剛剛太興奮，錯把開啟鍵當成錄音鍵按下，結果當然只能收到一片：

「……」

怎麼辦？沒了錄音怎麼制衡楊思琪這女妖怪，我真是弱智＋腦殘＋鈍胎＋宇宙無敵超級大色鬼！我竟然因為美色就搞砸了戰士的任務！怎麼辦？做了幾個深呼吸，緩緩冷靜下來，只得好好面對眼前的窮途去想方設法。哎！有了！突然，眼前靈光一閃，我看到了絕地反攻的戰略。

「找Vina幫忙！」我真是他媽的天才！轉念之間，就想出了這一招絕妙好計。我馬上撥手機給夜場店長小張，沒幾秒，手機傳來小張拘謹有禮的語氣：「H主任好……對！我是小張，我在一樓上班……什麼，Vina的班表，我查查看，主任稍待……主任，Vina也是現在的晚班，她在外場客服……要我通知她主任找她嗎……什麼，不用……知道了，不客氣，主任再見。」我管不了小張會怎樣發揮數字周刊的八卦聯想——高層主管覬覦正妹員工——放下手機，立即衝到一樓客服區找Vina。

「Vina，要妳幫忙，下班後我來接妳。」堵到Vina，把她拉到角落，我直接部署下一步行動。

「主任，什麼事啊？」Vina狐疑，我從來沒有過這樣下班約她。

「救人啊！救人的大事，性命攸關的大事啊！一定要找妳支援。」我手握拳頭，熱血的交代任務。

「什麼事那麼嚴重啊？」Vina戒備，白羊座的直覺告訴她不會有好事。

「先別問，憑著咱們多年哥兒們的義氣，這次一定要幫我，記住！下班等我。」現在是非常時期，就不跟小美女蘑菇了，我下達最後的指令。

「我跟你哪有多年哥兒們……」可憐的Vina話沒說完，只能看著我轉身離去的悲壯背影。

趁著在「倉庫」等Vina的空檔，睡了一個多小時，我竟然夢回妻子病房的寧謐午後，陽光小精靈在妻臉上、頭上、床單上跳舞，整個房間充溢著淡淡的橘香……張開雙眼，彷彿身體有一部分沒帶回來，我還聽見餘夢輕輕呼吸的聲音。

等到Vina下班，我刻意把車子停在餐廳側門的巷道，不能引起女妖怪的丁點注意，然後把心情忐忑的Vina接上車。雖然平時愛跟我打情罵俏，但少女的矜持讓她一直處於一級戒備狀態。車行了二、三十分鐘，等到Vina看清楚我們前方的目的地，她忍不住了。

「汽車旅館！」Vina的嘴再也合不攏：「你要帶我去汽車旅館！」

「不是妳想那樣的事情。」我回到熱血狀態，專注開車，沒有理她。

「多年哥兒們的義氣，就是讓你帶我上汽車旅館！」Vina開始抓狂：「H大主任，妳是要把妹，還是要強姦啊！」

「Vina，calm down！」我感覺到Vina快要撲上來抓我的臉，所以我冷靜的判斷，必須馬上說出事情真相：「我只是要妳叫床。」

「哇——————！」我所有的熱血與冷靜全被Vina死沒人性的尖叫嚇得雲散煙消，我趕緊把車子停在汽車旅館門前，以免發生交通事故，還必須在櫃檯小姐前來關心之前安撫好Vina的失控。真衰！一個晚上遇見兩隻女妖怪，一隻會吃人，一隻會嚇人。

「不是妳想那樣的事情。」我趕快說：「我不是要跟妳上床，我只是要聽妳叫床。」

這句話有效，Vina瞪大水汪汪的眼睛看著我，好像我的頭頂長著兩隻角屁股又長出一條尾巴：「H大主任，原來你是變態，但我不是。」

「不是妳想那樣的事情。」我嘆了口氣，跟著將我絕地反攻的偉大計畫的原委詳細說了一遍。

Vina聽著聽著，頭頂冒的煙慢慢淡薄了，眸子開始閃動著光芒，最後下結論：「主任，我還是覺得你是變態，而且是一個滿腦子壞點子的變態。」

## 鯨歌

我像一隻在深海海床逡巡的鯨魚，冰冷而孤獨的游向大海深處的暗黑與完整。

你聽過海洋深處鯨魚在唱歌嗎？

錄好Vina的鬼叫，把她送回家，我開車返回寂寞的家，已經凌晨兩點多了。該做的事都做了，就靜靜等著明天的揭盅罷。將車子停在綠心社區公園旁的巷道口，佇立看著妻子出事的幽深，兩行淚自自然然的淌流下來，這一週走來，每一步都是一個驚訝，破碎的驚訝、完整的驚訝、卑劣的驚訝、純淨的驚訝、歡喜的驚訝、傷心的驚訝、肉慾的驚訝、靈性的驚訝……我還是第一次哭哩。我想著妻子這樣的人怎麼會發生這樣的事？她很痛嗎？她會想跟我說話嗎？她在想些什麼呢？當時究竟發生了什麼事？眼淚是神祕的，眼淚是很有力量的，忽然，我在淚水中感到了躍動的清明，我聞到一絲無端的甜香。

你聽過鯨魚在海面之下孤單而憂傷地唱著歌嗎？

一直一直往海底深潛，卻找不到那在密處深眠的伴侶。

## 決戰時刻

D day，決戰日。

不到一點，所有人都到了，胡老土匪、楊賤人、各部門主管、各分店的經理、副經理，把大會議室擠得滿滿的。沒有人有心情去吃中餐，都在等待老大的駕到。胡老土匪滿場飛，神采飛揚，到處哈拉打屁，當然也不會忘了跟我這隻重要獵物扯淡了好一會，一副視總經理大位如囊中物的德性。楊思琪則是另一個反差，低頭看報表，大小姐脾氣發作起來，誰都不理，對我呢？更是！我覺得她在刻意避開我的眼睛。至於我嘛！六點就到公司，鬼都沒一個，將神祕小禮物放在楊思琪的辦公室門口，然後就回「倉庫」的沙發上狠狠睡了一個回籠覺，一直睡到十一點多。反正骰子都已經擲下，結果已定，有啥好擔心的，等開盅就是了。

等到1:50，老大遲到，大夥心裡嘀咕：遲到一向不是老大的作風。好不容易到了2:14，門開，老大與他的秘書進入會議室，胡老土匪反應特快，立即微笑朝老大行了一個九十度鞠躬禮。老大點點頭，不顯喜怒，面色沉重，在主席位上坐下。老大身材瘦長，坐在寬大的真皮轉椅上卻並不顯得疏空，那就是權力的份量。

「各位同事，對不起！有緊急的事處理，讓大家等久了。好罷，我們開始。」說完朝秘書點點頭。

「是！總經理。」秘書沈小姐說：「先請胡副總經理報告公司的總體業務。」

胡老土匪起身，口若懸河的報告，不得不承認他的口才很好，內容很有煽動力，但說了太多虛飾的屁話，他一個人就講了十八分鐘。老大聽完，沒有任何表示。跟著便是各部門、分店一一的報告。最後輪到我的行銷創意部，我的報告可是精心斟酌過的，只說了五分鐘，不多也不少，首先對行銷創意的工作做了精簡的回顧與前瞻，然後說了三點補強的建議，之後，結束，乾淨俐落。老大向我點點頭後，便針對各部門、分店的報告說了十幾條指示，然後定調：「今年公司的超市業績大賺，餐飲的業務也在穩定中發展，在這幾年這麼不景氣的大環境裡，能夠有這樣的表現已經是非常難得了，足以證明諸位工作的努力與傑出……」

「最主要還是總經理卓越的領導。」胡老土匪插嘴拍馬的同時，楊思琪轉頭狠盯他一眼。

「我有兩個消息要跟諸位報告，一個好消息，一個壞消息。」老大笑一笑，繼續說：「先說好消息罷。大家都已經知道公司馬上要進軍大陸，開設分店，我昨天剛從上海回來，終於成功的跟對面的銀行家拍板，得到有力的資金奧援，最後的東風也有了，哈！我們馬上要反攻大陸了。本人計畫在上海南京西路開第一家分店，半年後在外灘開第二家，接著三年內在福州、廣州、珠海、北京等一線城市陸續開設七家分店，錢方面我來想辦法，但人才、客服、物流各方面一定會不敷使用，就要靠台北總公司的調度支援了。而且台灣的商品與服務品質也不能降低，都要靠諸位的努力啊！這是一個大好機會，躍進大陸是第一個跳板……」老大愈說愈興奮，滔滔不絕的面泛紅潮，好不容易才說完，喝一口水，大夥還沒從他帶動的亢奮中走出來，老大已經轉換了情緒，臉色一沉，朝沈秘書使個眼色，說：「跟著就是壞消息囉。」

沈秘書將一份一份裝訂好的文件放在每個與會者的面前，文件封面印著「極機密內部文件／不得公開／違者法究」等字樣。翻開封面，我心中狂跳，正是我昨天寫成寄給老大的調查報告，他果然收到了，不錯！我的目標正是老大。我假仙在看文件，眼尾餘光在窺視其他人的反應。大夥臉上果然充滿一片不可置信的驚愕，胡老土匪則全身顫抖，臉色通紅，兩顆眼睛拚命瞪大死死盯著紙頁上的文字，彷彿快要將文件吞了。楊思琪卻首度出現進入會議室後的興奮，好像疲倦的獵人再次盯上新的獵物，快意的直視著驚惶中的對手。

「這是一份匿名的調查報告，本人昨天同時收到電子郵件與簡訊，寄發者刻意隱瞞身分，但報告的內容詳實，本人昨日看完之後，跟諸位現在的反應一樣，震驚！跟諸位一樣無法置信那麼多年一起打拼的戰友竟然是這樣的人！」老大臉色嚴肅，語氣陰森，目光完全不往左右看，凝重的看著前方，彷彿在宣判某人的死刑：「所以本人發動緊急的調查、法律與會計人手對這份匿名報告進行檢核，檢核的結果竟然是：我的人一致告訴我，報告的可信度高達90％以上！內容諸位都看到了，所有的證據都在指稱公司的一位管理高層，多年來收受高級食材進貨的回扣，刻意壟斷採買部門，以高於市價三到四成不合理的價錢入貨，甚至成立人頭公司，繞過我們的超市管道，獨佔原物料的進出買賣。匿名報告指出，這位管理高層七、八年來A公司的錢大約在兩千萬上下，但我的研究團隊告訴我，這個數字太保守了，這位『同事』至少A了我們四千萬！」

「更可惡的，」老大的話愈說愈重，但神態卻愈見冷靜：「這位『同事』還把我們燒烤海鮮的技術、獨家沾醬的配方、精緻的客服文化等等武器賣給我們的競爭對手，據研判，至少讓公司失去了三年領先市場的優勢，這方面到底造成多少損失更是難以估計。這樣嚴重的背叛，竟然是由一位跟我打拼多年的老戰友做出來的行為，真是讓人感到沉痛！」語氣一頓，老大轉向胡老土匪，一字一句的說：「胡副總經理，對這樣的行為，你有、任、何、解、釋、嗎？」目光如劍，刺向他的副手。

「中……中……傷。」老土匪猛地站起來，滿臉冒汗，嘴唇發抖，說不出一句完整的話。

「從我當行政主廚，就一直無法碰採買食材的作業，下廚的無法親自選購食材，多少會影響廚藝的發揮。」Peter忍不住補刀，胡老土匪一直搶去他的口中塊肉，又不懂得分食的美德，他的一口氣可憋得夠狠了。

「我也一直懷疑物流部有人當內鬼。」北區超市的經理也低聲發言打落水狗。

「報告總經理，」楊思琪也開槍了：「這件事要斷然處置。」

「你們都早有懷疑，為什麼不及早報告！」老大忍不住發火。

「他可是您的『老戰友』耶。」楊思琪終於回復她的女強人本色，發話諷刺。

老大頹然。是啊！沒他的欽准，誰敢動他的老弟。

「老胡，你自己說該怎麼辦？」對個性強勢的老大來說，這個時候當然覺得老土匪是一個必須趕快擦掉的汙點。

胡老土匪臉色發青，看看老大，再看看其他人，他熟悉老大的個性，他知道名聲掃地的他在這裡再沒有容身的空間。忽然喉底發出一陣奇怪的咕噥聲，一股火氣從腹腔飆上來，變成憤怒的咆哮：

「郭永業，你這個老王八蛋，我當了你一輩子的走狗，替你幹了多少昧著良心的事，就算真的是條狗，也要給牠一根肉骨頭嘛，拿了你一點小錢就跟老兄弟翻臉，你發了，就忘了義氣兩個字了，還是你臨老入花叢，被楊思琪這種女人磨蹭一下就要把大位傳給她，找到機會就要把老兄弟幹掉……」

「閉嘴！」楊思琪發飆：「老小子，你忘了會議有錄音，你這些話呈上法院，準告你一條妨礙名譽罪。」

胡老土匪脖子粗紅，說不出話。

「虧你還跟我講義氣，」倒是老大表現出領袖的氣度，冷靜分析：「講義氣就不會背著我做這些事。錢是小事，被兄弟背叛的這口氣就嚥不下來，廢話少說，老胡，給你兩條路選：一是咱們法庭上見，我的研究團隊說你至少會被判七年以上有期徒刑；第二是給你一個月的時間，拿出這個數目，」老大邊說邊伸出五個手指頭：「用五千萬換你免蹲苦牢，簽下切結書，你馬上被解職，警衛送你滾蛋，公司不告你，也不會把你的糗事公開，不要說老哥哥不給你留個餘地，你還可以在外面混，日後也好相見。當然，如果你想利用這個醜聞要脅公司，我無所謂，反正一翻兩瞪眼，也許剛開始會有些影響，但咱們小H可是搞文宣的高手，將黑的說成白的，搞不好還能趁機造勢，打響公司知名度，利多利空，難說啊！小H，你說是不？」

我向老大點點頭表示ok，我知道老土匪是色厲內荏，他只是欠一個台階，我馬上給他鋪墊：「胡老，商場如戰場嘛，這一仗你輸定了，拍拍屁股走人還不失光棍，大丈夫提得起就得放得下。」

老土匪看著我，好一會，我讀出他的眼神寫著感激兩個字。他一把搶過沈秘書遞過去的切結書，在上面簽了名，低下頭，雙肩垮下來，像隻鬥敗的老犬，一言不發的離開會議室。

他還真感激我耶！他不知其實我就是那個背後捅他刀的人，被我賣了還幫我數鈔票，我真是他媽的有夠卑鄙！不過是他先惹我的，而且這老傢伙也太貪了，活該被教訓。我知道他賠了五千萬之後還會有些餘錢，他的日子過得下去的。

會議室一片靜穆，沒有人敢先開口說話去惹老大，還是老大率先表現出總經理的風度，哈哈一笑，說：「古代打仗，部隊開拔之前不是要殺豬殺牛祭旗嗎？老胡這傢伙臨老犯糊塗，就讓他當那隻被祭旗的豬、牛罷。往好處想，清除了壞份子，正是公司大展拳腳的最佳時機，是不？」

在一片逢迎拍馬的鼓掌聲中，我開始同情胡老土匪，從走狗變身成豬牛，一輩子沒被當人看待過。突然楊思琪轉頭看我，眼神中充滿怨念。

「好了！這次會議還剩下最後一個議題，也是最重要的一個議題。」老大微笑著說：「就是本人長駐大陸之後，台灣餐飲事業的業務需要一個有能力的同仁，接替本人總經理的職務，我想這個不二人選諸位都心中雪亮。總經理特助楊思琪小姐這幾年表現傑出，為公司在台灣競爭激烈的餐飲市場闖出一片天，成績有目共睹。楊小姐雖然年輕，但在諸位的鼎力襄助下，本人相信一定可以成為台灣最成功最年輕的女性CEO。」

「報告總經理，我要發言。」楊思琪臉色蒼白的說。

「小楊啊！那麼急著要發表政見了。」老大打趣的說。

等輕鬆的取笑聲平息，楊思琪微弱的說下去：「因為健康的理由，本人最近對繁重的公司業務常常感到力不從心，所以對總經理的器重與賞識，我只好……婉拒了。」

「什麼？妳生病！」兩員大將，一個背叛，一個掛病號，讓一向冷靜的老大也慌了神。

就在大夥感到這次會議充滿驚嚇，只有我獨個兒暗自得意，也只有我知道我正是這個驚奇製造者。

我想像今晨楊思琪（自從妻出意外，我一直記著她叮嚀我不要喊別人賤人）進入辦公室準備開會資料的畫面，她必然看到辦公桌上我為她準備的特別禮物——一支錄音筆。我還特意綁上一個漂亮的蝴蝶結，外加卡片一張，準保她一定看得芳心竊喜、小鹿亂撞。我猜她一定先看卡片，看完卡片後的她大約是中颱的情緒狀態了，跟著她應該會按下錄音筆的開啟鍵，她聽到的大部分是男女決戰的聲音，更重要的是她必然不會漏掉幾句關鍵的對話——

「喂……（喘息聲）……美女！」

「嗄？……（喘息聲）」

「根本顛倒嘛！」

「什麼跟什麼？……（喘息聲）」

「妳說告我對妳性侵……（喘息聲）……現在根本是你在……上面……性侵我嘛！」

「你很多廢話耶！」

「還是利用職權性侵……下屬。」

「就利用職權性侵你，怎樣？（聲音尖細蠻橫＋喘息）……誰規定只有男的可以性侵女的，啊啊啊，你不是被性侵得很爽嗎？」

我靠！Vina真有天分！我聽過很多遍了，她刻意尖著嗓子，配搭亂真的嬌喘聲（我可完全沒對Vina做什麼），加上播放錄音時機器的雜音，保證盛怒中的賤……不！楊大美女肯定聽不出真假。我可以想像當時在強颱狀態的她，一定會拿起卡片重看一遍：

「哈囉！楊，
錄音筆裡是我們昨晚的決戰紀錄，
聽聽看，很精彩的。
聽完後，請在會議中跟老大說妳不能接老總的位子，
掰什麼理由，妳看著辦。
如果小乖乖妳不聽話，
會議後每一個同事及重要報社都會收到錄音檔加上附加說明。
想想看：『知名西餐廳新任總經理在辦公室性侵男性員工！』
多聳動的頭版標題啊！
我無所謂！妳知道的，我無意老總位子，我老婆昏迷，她不會生氣。至於名譽嘛……
我個人覺得名譽像獅子王的鬃毛，漂亮，但沒用。
我不是獅子王，我是個爛人，爛人不在乎名譽，只在乎自由
——不被妳控制的自由。」

後來我聽同事說楊的辦公室傳出好一陣浩克狂砸東西的聲音，可以想像知道自己中箭後，楊大美女從強颱升級為超級颶風的魔女模樣，嘿！一定是超級精彩的！

「H，你在笑什麼？」老大挑起一邊眉毛，五分責備五分訝異地看著我。

「噢！沒什麼！」從想像的世界回來，我趕緊轉彎，也是該收網的時候了：「總經理，我也要發言。」

「你這點子王又有什麼點子呢？」老大沒好氣的說。

「楊小姐的健康出問題，也是因為積勞成疾，這幾年為公司付出太多，但她又是接任總經理的最佳人選。我建議公司先給她一個長假，讓她好好的休息與治療，而且現在大陸的工作才起步，還不是最忙的當口，等楊小姐銷假回來，正好與大陸工作正式起跑接軌，不正是個人與公司的問題都解決了嗎？」我一邊說，一邊留意楊思琪的反應。

楊思琪倏然看向我，眼神寫滿複雜與不解。

「哈！你這小子就是頭腦靈活。怎樣？小楊，H的主意不錯，妳就先放一個月的長假，如果不夠，再延長假期也不是問題。」老大問。

「感謝總經理與……H主任的體貼，思琪就不應該推辭了。」這女人的眼光終於閃動著星星，唉！真是權力動物。

「很好！本人正式宣布楊思琪小姐就是下任的總經理。」老大做個手勢讓鼓掌聲停下來，繼續說：「但楊小姐請假期間，代總經理的工作就由H主任暫時接手。」

「K玩笑！老大，不！總經理，不行！我這個人很弱智，當不了頭兒。」我好像被又甜又大的西瓜砸得頭破血流，神智不清地胡言亂語。

「小H啊，你這小子遊手好閒，人又狡猾，最大的能耐是逃跑。」老大的話好像有深意，笑得很奸的下套子：「但這是你出的主意，難道要別人挑擔子嗎？別跟我說你健康不好，小楊休假期間，代總經理就是你。」

我本來想用相如的理由搪塞（公司還沒幾個人知道相如車禍的事），轉念一想，我不想用相如當藉口，反正楊思琪休假只是一個過場，我跟她溝通好讓她盡快回來便是。

我還能說什麼呢？有時候天上就是會掉下一個大西瓜。

老大表示會議結束，我就要起身離開，忽然聽到召喚：「H主任，請留步，跟您討論一下工作上的交接事宜。」我循著聲音看過去，赫然遇上楊思琪孩子般委屈的眼神。

「好好加油！」老大朝著我們鼓勵的點點頭後，跟著離去，會議室裡只剩下我們兩個。楊思琪低著頭，動也不動的坐在位置上，我趨前坐在她前面的會議桌上，俯視著她。

「為什麼？」依舊不抬頭，楊思琪語氣一片冰冷。

「妳是難得的人才，而且是真正忠於公司與老大的人，」我誠懇地說：「我相信妳會是一個很好的總經理。」

「那為什麼擺我一道？」楊思琪抬頭，眼神轉為銳利，語音顫抖：「我恨你！」

「我沒得選擇。如果我受妳要脅推舉妳，我就永遠是妳的僕人、性奴隸，而且，」我說得不冷不熱：「以妳囂張的個性，在這種情況下坐上大位，下面的人準沒好日子過。」

「那你選擇當下任總經理的敵人，」語音還是像一塊冰：「這樣的決定聰明嗎？」

「我沒有辦法。不管妳相不相信，妳我之間的祕密會永遠爛在我的肚子裡，我不會跟任何人提起。」我當然不會提錄音失敗Vina幕後模仿的事兒，繼續無所謂的說：「我不會是妳的敵人，也不要當妳的要脅者，當然我也不是妳的奴僕。我只是妳的同事，我不要任何人侵犯我的……空間。」

「用這種手段？我還是恨你！」

我聳聳肩，離開會議室，我並不擔心，因為我又看到楊思琪孩子氣的眼神，小孩子生氣是不長久的。

掩上會議室的門，讓楊思琪面對屬於她自己的衝擊罷，每個人都得決定自己的選項。門外世界的寒暄、招呼、點頭、拍肩、拍馬、微笑，熱鬧……形成一個複雜的訊息場：對代總經理位子的諂媚、對我的缺乏野心的不屑、對我動機不明的觀望、對我利用價值與行事作風的評估等等。我就像一個市場價值與風險率還未明朗的新開發案，狼群們有興趣，但仍然不敢冒進。反倒是一樓餐廳的反應比較年輕直率：「哇塞！聽說H主任榮升代總經理耶。」「別亂說，人事命令還沒發佈，別害主任被戴太招搖的大帽子。」「H主任，聽說您把胡副座與楊特助都搞定了。」「喂！黑白講，把自己嘴巴縫起來。」「主任，你真是神奇耶！」「小H啊！硬是要得！」主廚Peter用他肥得流油的巨掌狠拍了我的背一下，笑呵呵的好生高興，我跟他聊了幾句，正要離開餐廳，便聽到一聲開心的招呼：「H大主任，掰閉！」Vina端著餐盤，笑咪咪的看著我，眼神傳來一個清楚分明的訊息：「主任，我還是覺得你是一個滿腦子壞點子但可愛的變態。」我朝她點點頭，眼神回傳一個默契：「我不會說出去的，這是我們的共同祕密。」

出了餐廳大門，吁了一口氣。天色在正午的猛烈與黃昏的慵倦之間，好一天澄明清朗！大事底定，我卻沒有餘暇高興，一心想飛到醫院看妻，這些天我忙著收集情報與擬定戰略，沒有去看她，醫院方面說她這幾天的情況不穩定。信步走到馬路前，剛好轉綠燈，正要舉步，手機的鈴聲響起，「我坐在床前、望著窗外、回憶滿天、生命是華麗錯覺、時間是賊、偷走一切、那一年、抓住隻蟬、以為

# 飛行遊戲

「H先生，我是〇〇醫院的方醫師，是了！你太太的主治大夫。我們要通知你，終於掃描到你太太右腦後方皮質區有一塊瘀血，可能就是造成病人這些天昏迷的原因，為了防止瘀血擴散，我們建議盡快動手術取出，因為瘀血的範圍不大，所以手術的風險雖然有，但我們幾個醫生開會的結果，認為這樣的風險率是可以接受的。什麼？病人能不能清醒過來？當然，不然幹嘛開刀，我個人覺得成功的希望是很大的。你能不能來醫院一趟，我當面再跟你詳細解釋，什麼？馬上到，ok！我等你。」

我覺得老天爺今天接連下了幾塊蛋糕砸中我了，感覺像在河中順流直下，特別輕快。放下手機的一剎那，我感覺回到妻子的病房，看到妻恬靜的臉、聞到房中的芬芳、感受陽光的溫度、以及心情的純然。覺受分外親切分明。咦！忽然、突然、倏然……

我飛起來了！

一道閃光拋飛出一條優美的弧線，是我的手機飛了出去。我卻飛得比手機還高，御風而行，街景與馬路盡收眼底，還有一條橘色的鯊魚在我眼下掠過，飛行的感覺原來是這樣的。我還看到另一個自己在較低的空中不斷翻滾，我感受不到任何難過或喜悅的情緒。驀然，一縷失去時間感的甜香無端的鑽進鼻腔。

二〇一三年元月二十一日／放假在家

# 嚴格教授和他的遊戲

恆定控制

老天！我竟然喝了九十九瓶法國紅酒！

紊流＝常態

水的故事（一）

水的故事（二）

水的故事（三）

暴龍的三個問題（上）

暴龍的三個問題（下）

尋覓與危岩

恆定……失控？（上）

恆定……失控？（下）

「發瘋是誠實的，正常是偽裝的。
麒麟泣露香蘭笑，石破天驚逗秋雨！
跟瘋子吵架或講道理都是沒意義的，唯一的意義是——
證明自己也是一個瘋子。
發諸內心者與形諸自然界者合而為一，並且百試不爽，誰能料及，心智幽玄的密室，
竟能反映了日麗風和。
我們所有的努力，就是要讓自己置身事外。」

——老瘋子日記

# 恆定控制

「唉！果然是人的名兒，樹的影兒，」解東東用蚊子般的聲音對港仔Martin說：「嚴格教授，可真是砍人不眨眼，夠嗆的！可他老爺當初生下他這個娃時就怎麼知道以後定會幹這個行當，就先取好了名兒，真神哩！可嚴格也就得了，但課才上一節多一點，就大半人馬都進入昏睡狀態，這個書也教得太不道地了唄！Martin，你說是不？」

「東東，我同你講，你最好不要上堂一直講野，professor的耳朵猴賽雷的。」Martin幾乎用千里傳音的超低聲波警告。

「解東東同學，你又在暗裡說老師的壞話，」果然警告成真，嚴格教授不冷不熱的聲調像鬼魂般漂進解東東的耳鼓：「而且上課的時候耳語，影響他人聽講的權益，是缺乏公德心的行為，解東東同學，你有什麼高見，不妨大聲說出來，與大夥兒一道分享不是很好嗎？」

脾氣超好的解東東活像一隻圓滾滾的山豬踩到螞蟻窩被爬了滿身螞蟻之後又被獵人射了一槍跟著又遇見獅子王辛巴的反派叔叔壞壞獅子刀疤一般，愁眉苦臉的說：「報告嚴教授，咱哪能有啥高見，學生我只是想說以教授那麼淵深的學養，如果授課時的調性能多一些豐富的變化，一定可以更提高學生的學習能量。」

「調性？」嚴格教授挑起一邊眉毛，依舊用僵屍般的聲調說話：「解東東同學，你忘記在上什麼課嗎？我們在進行法學概要的講授啊！調性變化，你以為在學習藝術理論或樂器實作嗎？法律就是不能有任何調性，法律就是社會正義的最後一道防線，法律要嚴防多少人性貪婪與犯罪行為，所以法律是國家內部穩定的鋼鐵長城啊！法律就是不能有絲毫調性變化！尤其我們國家已經發展到必須推動憲法法治化的階段，這正是國家發展的重要支柱。哼！豐富的調性變化，那你去看『我是歌手』或『超女』好了，何必來聽我嚴某人的課呢？解東東同學，看來你對法學的了解不夠深入，明天最後一節下課，到我研究室來，咱們好好討論學問。」

嚴格教授說得有點激動，蒼白的臉上多了一點血色，但在下面的學生看起來，卻彷彿是剛吸飽了人血的吸血鬼。其實嚴格本身長得不賴，高大挺拔，人也年輕，才四十出頭就當上了教授，但他這個人講話時沒有抑揚頓挫，講的課具備超強的催眠功能，加上他嚴重缺乏表情，好像臉部神經壞死，經常被譏諷是學生的「機械公敵」。

「報告教授，我有意見要表達。」東北女孩蘇慈舉手，隨即強勢的站起來，一副非說話不可的態勢，加上東北女生高挑的身段，挑戰的意味異常明顯。

「哦？蘇同學也有高見，請說。」嚴格教授雙手在胸前交叉，目光冷峻。

「東東同學說教法律可以有較多調性的變化，跟教授認為法律是絕對的標準，我認為這兩件事是並行不悖的。」蘇慈講話的神氣有著東北人特有的豪邁，但聲音甜美，交盪出一股犀利正妹咄咄逼人的氣場：「就像『體』與『用』，體是不變的，但如何運用卻可以千變萬化了。又像原則與手段，原則是必須一絲不苟的，手段卻要因時制宜。其實任何學問到最高的境界都進入藝術的層次，社會正義的前提不變，但怎樣詮釋法律與應用法條，不就是一門高深的藝術嗎？」

她也提到藝術境界耶！這個東北妹說的話怎麼跟老頭那麼像？

嚴格一邊心裡犯嘀咕，一邊想說自己堂堂一個大教授，怎可以在這東北妞跟前落了下風，於是奮力發功，用一種萬年冰川般的語氣說：「法律與藝術同價？蘇慈同學，妳知道這是多麼危險的言論嗎？也只有妳這種資優的毛孩子會犯這種嚴重的錯誤，愚蠢的人犯錯就只是犯錯，而聰明的人犯錯卻往往會變成災難。妳知道嗎？法律一旦演變成多重標準，多少鑽縫隙、開後門、走關係、送紅包、黑交易、搞貪腐等等烏糟貓的事情就會像脫困猛獸一樣紛紛出籠。小姑娘，妳知道這叫什麼嗎？這叫率獸食人啊！我們國家幾千年來吃『人治』的虧還吃不夠嗎？如果好不容易建立起來的客觀標準一旦鬆動，這不是朝『人治』的老路開倒車嗎？法律是客觀的社會科學，得用精準的方式說明，藝術這玩意，在這裡是派不上用場的。亞里斯多德說『人在達到德性的完備時，是一切動物中最出色的動物；但如果他一意孤行，目無法律和正義，他就會成為一切禽獸中最惡劣的禽獸。』法律可以幫助人成為最出色的動物，相反的藝術有可能縱容出最惡劣的禽獸。蘇慈同學，就別將法律與藝術混為一談了。」

蘇慈正想說我說的是法學，不是法律，這兩者是不同的，嚴格教授所說的嚴格標準其實另一種形式上的混淆。但話沒說出口，Martin卻不再「縮膀」，講義氣的搶著說：「professor，這些複雜的學理一時之間是講不清楚的，我只是想同解東東同學求情，他只是上堂講了幾句野，就被professor罰留堂，好像有D太over了。」

「我是讓東東同學明兒留下研究學問，並不是處罰。」嚴格挑起一邊眉毛，睥睨著Martin。

火頭既然點起，接著就有幾個不怕死的一一起立發言挑戰嚴格教授的權威。嚴格總是用一副瞧不起人的死樣子不冷不熱的回答，最後讓他逮到一個過場，毫不猶豫的立即出手：「各位同學，嚴老師的課是開放的，當然歡迎你們提出意見與問題，但自由論學重要，課程進度也同樣重要啊！」嚴格教授隨即看了看手錶，繼續展開攻擊：「剛剛我們花了十七分又三十一秒交換意見，所以等一下下課鈴響起，我們就延長同等時間下課，好避免耽誤各位同學的課業進度。當然，如果你們還有意見要發表，請繼續提出，沒事的，反正原則就是用了多少時間討論，就延長同等時間補課。」

這話一講完，整個教室安靜得天沉地默、止水不興。

嚇人耶！

解東東與Martin相視苦笑，解東東心想：多上這傢伙一分鐘的課已經是意志力的考驗，十七分又三十一秒！那簡直是靈魂的熬煉啊！搞不好挺過這段時間，大夥都成了聖人了。如果還得超時加課，這會是怎樣一種說法呢？結束之後咱們一定頭頂放光唄！

Martin卻倒抽一口涼氣，也在心裡說：賤招！又係高招！此招一出，絕對不會有人敢再講野。

連一向強勢的蘇慈也悄悄將視線移回書本，將沉默的智慧發揮到藝術的境界。

◇◇◇

不多不少！下課鈴後的十七分又三十一秒，嚴格教授的課結束。嚴格再拖了五分鐘才離開教室，精準的避開了跟一群敗軍之將擦肩而過的尷尬。離開教室，走在教學大樓的廊道上，嚴格的內心不無得意，二年級的這一班可是出名難搞的一班啊！嚴格心裡揣測：咱們這所大學，哪怕在重點學校林立的首都地區，人文法政系所的全國排名，也一直是首屈一指，尤其咱們系那麼火紅，學生都是來自四面八方的青英，而且二年級這一班有幾個來自台港的資優，所謂民主地區嘛，總是比較敢說，加上班上有幾個出名難纏的刺頭，造就了這一班在老師間響亮的名氣。當初衛豐、章老他們幾個將這班的法學課程丟給自己，就不無丟掉燙手山竽、等看好戲的意思。所以接手後，自己可是穩紮穩打、步步經營，今天選擇解東東作為突破口，看似不經意，其實是計畫已久的挑起戰火。經過大半個學期，在自己刻意營造的嚴肅教學氣氛下，這些毛孩子不耐煩的能量已經累積到相當火候，與其讓他們主動造反，不如由自己掌握發球權，製造爭端，開啟戰線，而解東東就是一個很好的選擇。這個河北來的小屁孩其實是個脾氣很好的資優生，敲打他不會引起過激的反應，果然計畫性挑起的爭論，過程幾乎都在預判之中，只要從容一一反擊，最後亮出加時補課的狠招，這些傢伙就全面敗下陣來，首仗士氣一洩，以後再要發動就不那麼容易了。完美！小屁孩就是小屁孩，哪鬥得過自己恆定控制的精心計算。

在全面獲勝的情緒中，忽然一絲失控的陰影閃進嚴格的心田：只有蘇慈這女娃，怎麼說話跟老頭……

「老嚴啊！真的是你啊！這麼晚才下課，太敬業了罷，還是真的拚升官唄？」一個計畫外的聲音將嚴格從失控的陰影中喚回來，聲音的主人是系主任衛豐。

「主任取笑了，就是給孩子們補補課嘛。」嚴格不經意的皺了一下眉頭。衛豐是相識多年的老同事，但嚴格一直覺得這個人有點不靠譜，不只是一個笑裡藏刀，而且性格跟自己嚴重不同調，根本就是一個二百五。

「老小子，少跟我來這套。」衛豐中等身材，比嚴格足足矮了一個頭，但每次照面，衛豐總愛高山仰止般抬著脖子使勁拍嚴格的肩膀，每一次嚴格都覺得兩人的畫面，就像小頑童逗著傻大個玩，挺憋扭的！但衛豐似乎知道嚴格心裡的不痛快，便刻意的樂此不疲，而且手勁一次比一次大。這回也不例外，一邊猛力的拍，一邊說：「我說老嚴啊！別跟我說你沒收到風，下星期公布新任研發長的人選，你老嚴可是匹大黑馬啊！」

「哪能。文學院的張東巖可是校長身邊的紅人，就算是系上的老田也是比我資深的老哥哥。而且決定研發長是校長的職權，人事還沒發佈，咱們可不好先議論。」嚴格當然知道衛豐其實是一力相挺他的老兄弟田瑾，這回照面絕不是偶遇，而是謀定後動的探底，所以刻意回答得水波不興。

「張東巖竄起雖快，但畢竟年輕資淺，至於老田啊，雖然資歷久，但年紀大了，常犯風濕的老毛病，他的健康考量也是一個變數。甭說了，還是你老嚴如日中天啊！走！學校東門新開了一家燒雞店，料理得挺香的，老哥哥請你去喝一杯，先賀你不日榮升。」衛豐說完便要拉著嚴格往外走。

「別、別！主任，不行！這個時機不行先喝慶祝酒。」嚴格知道這酒絕對喝不得，就像小媳婦抵抗土匪般拚命推：「事情未底定，人生不能失控，還是要毋意、毋必、毋固、毋我。」

「好你個老嚴，還搬出孔大聖人來壓我，但孔夫子的周遊列國，還不如咱們老毛子『長征』的場面壯觀哩。而且孔老夫子出走前，才當過不到一年的最高法院院長（大司寇），還不如大詩人李謫仙，一輩子酒沒少喝、女人沒少抱，但詩照樣寫得活蹦亂跳，而且還讓皇帝老兒的親信幫忙脫靴，大美女楊玉環還伺候他筆墨，真是活得夠滋潤了。所以別跟我講啥毋意、必、固、我了，咱們還是『人生得意須盡歡，莫使金樽空對月』唄。」衛豐大搖其頭，想方設法要突破嚴格的心防。

「孔子的話，有時候是相當具有時代意義的，毋意，不跟咱們學法講究的『無罪推斷原則』意思很接近嗎？」嚴格依舊不冷不熱的回話。但說著說著，忽然想起老頭子第一次給自己解釋孔子這四句話時的情境，塵封的聲音漂進耳鼓心田，愈來愈清晰，愈來愈清晰……

◇◇◇

「小格啊！馬上就是大學生了，雖然老爸不同意你去讀那個狗屁不通的法律，我們國家一百多年來只有人的問題，哪來真正的法？世間的事情不都是存乎一心，法也是人定的，也是講究個運用之妙啊！在我看來，法律就是藝術，一樣講個火候拿捏、運筆輕重，事實上世間一切事情發展到最後都是藝術的境界啊！況且老子不是說『智慧出，有大偽』嗎？法定得愈細密，多如牛毛，但人比法更聰明！法令愈多，人心愈壞。你老爸從民國活到解放、從舊社會一直作畫到新時代，一枝禿筆畫盡人物山川，怎麼就從來沒看出個『法』字？兒子啊！人間無法啊！」是二十幾年前的光景了，嚴格剛考上大學，老頭心裡一痛快，藉著酒興，就拉著兒子談時論道。嚴格清楚記得老頭跟他發這頓牢騷時，一襲長衫，滿眼憔悴，白髮飄飛的神態。

老頭子是頗有名氣的中畫師，作畫的資歷超過半個世紀，在一所著名的藝術大學當客座。中畫與道家思想有著深厚的關係，所以老頭自然是老莊思想的追隨者，《道德經》與《南華經》幾乎可以全書倒著背。但老莊信徒的他，教育兒子用的卻是儒家的禮教，家法森嚴，還跟兒子取了個「嚴格」的怪名兒，所以少年時嚴格就想：自己選擇念法律，大概是一出生取名就決定好的宿命罷。從小到大，就沒少吃老頭的苦頭與棒頭，尤其讓少年嚴格內心不平衡的，是老頭子對任何人都很隨和、很老莊，但偏偏對自己的兒子非常孔孟、非常嚴格，所以少年人的內心基本上是叛逆的，刻意選擇一條跟老頭全然不同的道路，未嘗不是一種叛逆心理的呈現。但，讓人疑惑的是，儘管決心要當一個家庭的革命黨，但老頭子說過的話卻很難被忘記，彷彿被一隻千年老鬼纏身，一世一生，不消不散。

「唉！不說了。既然兒子要念狗屁不通的法律，老子也就狗屁不通的跟你解釋一下。在我看來，法律與作畫，都是一樣的，一樣是孔老夫子的四句話，毋……」老頭子正要江河日下的侃下去，突然話頭被正要在人生天空中振翅展翼的年輕兒子打斷。

「是『子絕四：毋意、毋必、毋固、毋我。』《論語》子罕篇。」少年嚴格不動聲色的插話，儘量壓抑著嘴角一絲得意的弧線。

「好小子！學會插科打諢了。那你說說這四句話是啥意思？」老頭子有點驚訝的反問。

「不好說，我說的爸爸一定不滿意，還是由您來教導。」兒子刻意謙恭的回話。

嚴格清楚記得，當日老頭凝注著他好一陣子，眸中閃動著奇怪的光，然後才懶懶的接下話頭：

「好罷，不管你是真的、還是裝的愛聽，爸爸就給你說上一段，也算是盡了一個父親的責任。這四句話雖然是孔子說的，但在那個文化啟蒙的時代，孔老不分家，還沒分啥儒家思想道家思想，哪怕到了後代，儒道合流也一直是一條重要的文化線索。所以這四句話雖然是孔夫子說的，其實具有深刻的道家體認，用一個詞總括，就是『無為』的精神。如果分開來講，毋意就是不要臆測事情的最後結果，毋必就是不要期待事情必然會如何如何發生及進行，毋固就是不要固執唄、毋我當然就是無私的意思了。人生嘛！下筆作畫與法院審案都是一樣的，事前要有計畫，但事情開始之後就要具備無為的修養，要有隨時超越計畫、不被計畫限制、甚至破壞計畫的心理素質……」

◇◇◇

「這四句話的基本精神就是『無為』，如果分開來說，毋意就是不要臆測事情的最後結果，毋必就是不要期待事情必然會如何如何發生及進行，毋固就是不要固執、毋我當然就是無私的意思了。做事之前要有計畫，但事情開始之後就要隨時要有不按照計畫走的心理準備……」彷彿穿越時光甬道，嚴格教授將當年老父親的胸中塊壘帶到當下時空，加上自己對法律的詮釋，向衛豐說：「從法學的觀點，毋意就是不臆測任何個案的結果，要讓證據說話；毋必的意思是說法律不規定明確的定義，所以霍爾姆斯說過『法律的生命在於經驗，而不在於邏輯』；毋固就是不存在固定不變的律法，第三任美國總統傑弗遜即說『沒有哪個社會可以制訂一部永遠適用的憲法，甚至一條永遠適用的法律』；至於毋我，當然就是指公平正義的施法精神，《聖經》說『正義可以提升一個民族。』這句二千年前的猶太人法典，對今日我國國情來說也是很合式的。所以人生不能預測，未來無法逆料。主任啊！您說是不？下星期發佈的消息就不要念想了，今天這頓酒就先免了唄。」

衛豐瞥了嚴格一眼，心裡暗嘆一口氣，心裡想這傢伙油鹽不進，自己今天這場小小的「陰謀」，怕是無法得逞了。只好打個哈哈，豁達的說：「本來只是要請你喝一場酒，這下倒好，反而成了你嚴大教授的學生。好了！好了！你就繼續你的謹小慎微，老哥哥我就笑傲江湖去了，只是等消息出來，你就別再裝糊塗唄，下星期的升官酒你就請定了。」

衛豐走前不忘卯足全力連拍嚴格三下肩膀，讓嚴格齜牙裂嘴的感到半邊身體都快散架了，衛大主任才捨得轉身離去。

嚴格看著衛豐一顛一拐遠去的背影，覺得這傢伙比較像一個走江湖賣藝的，多於像一個知名大學的系主任。

## 老天！我竟然喝了九十九瓶法國紅酒！

走出教學大樓，嚴格心頭一鬆，吐了一口濁氣。一個上午，接連「安排」了課上的挑戰，又破了衛豐設的局，從失控邊緣返回精準調控，突然，嚴格覺得今日校園的陽光分外明媚。基本上嚴格教授是一個對山水風景「無感」的人，從校園的教學區到南邊宿舍區的沿路上，綠蔭蔥蔥，小徑通幽，景緻美得像會說話一般，尤其向北眺望便是著名的湖光塔影，幾許騷人墨客曾到此發思古幽情，多少鴛侶良朋在湖畔吐露胸臆。平素嚴格下了課，在飯堂用了餐，一路走過，覺得散步唯一的功能就是促進消化，風景就是風景，並不會引發絲毫心境上的異樣。但今天一再「破關」，人生預設的計畫並未受擾，連帶觀覽遠處博雅塔的倒影，也覺得格外清麗。但振奮之餘，嚴格內心同時興起一絲危機感。

嚴格追求的是計畫性的人生，生活中凡是計畫以外的事物，都被嚴格視為危險的陷阱。但今天怎麼一直想起老頭所說的非計畫性的人生觀！嚴格甩甩頭，彷彿要甩掉計畫以外的魔物，加快步伐往家裡走，心裡更想念那罐午後的冰啤酒。

「我回來了。」嚴格的小家在宿舍區很偏僻的一隅，是一棟獨立的小平房，論大小與設施都不能跟新蓋的住宿大樓相比，但嚴格圖它幽靜，有點守住一方遺世獨立的小天地的味兒，隱遁其中，做研究可以不受打擾，加上嚴格沒有小孩，只有他與妻子陸羽淨二人，所以去年法學院教員宿舍大樓落成，嚴格還是堅持不搬遷。搬家，對他來說也是計畫以外的事。

「老嚴呀！你先到院子歇會兒，我在給你準備晚上的飯菜。今早兒在南門的市場買到新鮮的豬柳條，我給你做個冬筍煨肉，鍋子裡有湯，你晚上熱一熱就可以吃了。」妻子明亮的聲音從廚房傳出。回到家，一切都是計畫中的熟悉——妻子熟悉爽朗的聲音，小客廳瀰漫著的熟悉菜香，房子外熟悉而慵懶的北地陽光，午後徐風輕撫著熟悉的小院落，小院落中隨風輕搖的扶手搖椅，還有漫空飄逸著熟悉的紫藤花香……熟悉就是計畫，計畫代表安全；不熟悉隱喻冒險，冒險造成失控，失控就是計畫之外的狀態，而計畫以外一切的存在都必須被拒絕。

「妳怎麼那麼早做飯啊？」嚴格忽然感到家裡的空氣有點……恍惚，妻子的作息也異於平日，所以有問。

「黃昏時要和小葉、春滿他們去做社區表演與講演，會很晚回來，我馬上就走，晚上你就獨個兒吃了。」如果說嚴格講話的態度像嚴峻的沙塵暴，陸羽淨的聲音就像江南四月的初夏。嚴格心裡暗嘆一口氣，他當然不敢說出內心的嘀咕：唉！好好的大學教授不當，卻跑去幹天橋撂地賣藝的。

嚴格的妻子陸羽淨本來也是另一所知名大學的教授，學文學的，研究北宋的詞與書法。陸羽淨雖然搞文學及藝術史，卻沒有一點文人雅士的從容瀟灑，相反的做學問講究完美主義，做起事來風風火火，比呆板穩定的嚴格，性情顯得更強勢敢衝。但五年前的一場大病改變了一切。五年前的某天，陸羽淨在一場研討會的會場上昏倒，被立馬送院急救並在醫院調養了半個月，嚴格多方請託與送禮，該做的檢驗做了，不該做的檢驗也做了，但折騰了半個月下來竟然查不到是啥病？最後的報告只是寫：

「多重生理機能嚴重失調，疑似心因症或不明病理因素造成梅尼爾氏症候群，建議長期調養，定期返院複檢，遠離壓力環境。」還躺在病床的陸羽淨瞧著報告書老半响，最後只能虛弱的說：「遠離壓力環境？那就必須離開二十一世紀的地球罷。返回田園隱居唄！那是現代人一個失去色彩的荒涼的夢。」嚴格默默聽著妻子很文藝、很傷情的感喟，不發一語。

出院後，陸羽淨請了一年的假，該吃的藥沒少吃，還探訪了一群中西名醫，服用了一堆偏方補藥，但病情不見絲毫好轉，身體只有愈發虛弱。終於，兩個月後，老頭子從南方來電，與陸羽淨在線上嘰嘰呱呱侃上了二、三個小時，嚴格完全不知翁媳二人談話的內容。放下話筒，陸羽淨只對丈夫說了一句：「下個假日，我們去一趟費縣，找一個老人。」費縣在山東臨沂市境內，從首都打車過去約一天的路程。果然安排好假期，夫婦倆即造訪這個水文繚繞的小鄉，一直到了老人的家門前，陸羽淨才跟嚴格說造訪對象是老頭子的一個老朋友，是個隱居的氣功大師。賓主照了面，嚴格只覺得這是一個尋常不過的糟老頭子，皺紋一點也不比其他老人少一條，只是當糟老頭盯著嚴格瞧，彷彿要從眼眸深深看到靈魂裡面去，嚴格就感到心裡一陣發緊。氣功大師與陸羽淨關起門來密談了老半天，嚴格在外頭忐忑苦候，他當然不會懷疑妻子能跟一個糟老頭子做什麼，他只是覺得這整件事兒都是一個荒謬。終於老門軸嘎嘎作響，陸羽淨一個人走出來，嚴格從妻子臉上看不出陰晴，只聽陸羽淨低聲說：「走罷！」返家途中如果嚴格一再追問，妻子頂多回一句：「我累了！以後再說。」哪知陸羽淨回去後沒幾天，又獨個兒赴費縣拜訪神祕老人，返家後即開始勤練老人傳授的功法，往往隔十來天又會跑費縣一趟，從此陸羽淨的一生改變了。三個月後，不但身體全然康復，而且性情大變，從原本的挑剔精細變得疏朗大氣，甚至辭去了大學教職，專心研習氣功，兩年前，得到老人首肯，陸羽淨練功有成開始收徒，竟然在很短的時間內成了首都地區一個小有名氣的氣功師。本來外型瘦削俏麗的她，練功短短幾年，卻變成一個壯健的北方大娘。嚴格覺得他根本是由裡而外換了一個妻子，讓他彷彿覺得生命內在有一些東西崩落了，夫妻之間的陌生感加速繁殖，但嚴格教授拒絕承認那是悲哀，對他來說，悲哀是屬於計畫之外的存在，而計畫之外的一切都是必須被拒絕的。

「啊！差點忘了，你缺的午後酒給你買好了，放在冰箱，你中午吃過了唄，到院子去喝一杯罷。」陸羽淨還在忙活，聲音仍舊從廚房傳出。

「謝謝妳了！愛人同志。」嚴格難得幽默的回答。

教完課，用過中餐，回到家喝一罐冰啤酒，然後在小院落的搖椅上懶上個把鐘頭，是嚴格一天裡最放鬆、最無為、最不嚴格的時刻。只要每天經歷了這樣一段既是計畫中又像是計畫以外的充電，嚴格就覺得可以神清氣爽的重新啟動嚴格的研究與生活。但是，當滿懷期待的嚴格教授打開冰箱門往裡一看，天啊！今天第一樁失控事件終於發生了！

「小淨啊！我要的是冰啤酒，妳怎麼給我買紅酒呢？」嚴格瞧著冰箱裡三瓶又瘦又長的紅酒發愁。嘿！這玩意長得可真夠細長的，活像那話兒。ㄟ？他媽的！我的腦袋瓜怎麼出現那麼齷齪的畫面？蛤？我還說髒話！我是怎麼呢？

「我說老嚴啊！你就別那麼挑剔行不？」嚴格才覺得腦筋有點亂，眼神敞亮、精神飽滿的氣功師陸羽淨就從廚房現身，一手叉腰，一手拿著鍋鏟，指著他的愛人同志，不慌不忙的說：「老嚴啊！這幾天首都地區氣溫升高到破表，你要的冰啤酒可不好買到耶，加上山東那邊發生了水源汙染事件，搞環境工程的領導忙著去檢定，國產的冰啤酒更是缺貨。附近的便利店我找遍了都沒有，只好給你買紅酒代替了，你別小看這玩意，法國來的高檔貨，紅酒的營養值總比啤酒高唄。我說老嚴啊，偶而讓你的狗屁規定放個假罷，人生不是啥事情都可以照著計畫做的。」

氣功師陸羽淨丟下一個不屑的眼神，即反身鑽回廚房。嚴格心裡暗嘆一口氣，他當然不會蠢得跟陸羽淨爭辯，跟學生縱橫論理的一套在這裡是行不通的，對嚴格來說，藝術家、氣功師都不是講理的生物。他當然也知道紅酒的價格比較高，但冰啤酒的滋味就是不一樣嘛！

嗯！怎麼腦袋怪怪的？一邊敲頭的嚴格一邊拿著一瓶酒、一隻高腳杯、一支開瓶器到院子的搖椅上坐下，開了瓶蓋醒酒，接著就打盹養神，過一會兒，啜飲了一口酒，他娘的！就是這個味！再高檔的紅酒都有這個果酸味，那些洋酒鬼說這是什麼酒香，我屁！就是不喜歡這種酸不溜丟的口感，活像法國寡婦洗腋毛的臭水味兒。

嚴格沒發現自己今天怎麼一直爆粗口，而且想像力特豐富，酒一口一口的喝下去，漸漸的感到法國寡婦洗腋毛的臭水也不是那麼難喝。只是，腦袋怪怪的感覺怎麼愈來愈強烈？彷彿聽見腦袋裡一個小零件鬆脫的聲音。跟著，依稀感到一道洪流在身體內部四下竄動，大水奔發，浩浩湯湯，終於沖潰生命深處一個神祕開關，然後，聽見了，嚴格聽見了！那是什麼聲音！這美樂妙韻從何方傳來？怎麼隱約感到是從自己體內沛然昇起？這不是交響曲，交響曲沒有如此清純；也不是中國古樂，古樂沒有這般華麗盛大；這不是天籟，天籟不會如許沉鬱蒼涼；但也不是人間樂風，人間的樂曲不會這麼精微奧妙。這到底是什麼聲音？而且，被這神祕樂音鼓動感染，嚴格覺得自己的生命禁忌一個一個被瓦解、打開，終於每一根毛孔、每一個細胞禁不住全面歡快呼嘯！彷彿每一顆生命原子一起在唱歌！同步謳唱出宇宙原音——嗡嗡哈嗡哈吽吽・嗡嗡哈嗡哈吽吽・嗡嗡哈嗡哈吽吽・吽吽哈哈嗡仁仁・仁仁仁仁仁仁仁——最後壯美瑰麗回歸纖塵不染，樂聲愈來愈輕，愈來愈輕，愈來愈輕，終至細不可聞，而嚴格緩緩進入一種從未有過的的寧謐境界之中，感到整個人由裡而外徹底的穿越與透亮。

「他娘的！這爽到爆的感覺到底是從哪個見鬼的地方鑽出來害得老子每一個毛孔都痛快得像八十歲大娘忽然間來了高潮！」理智不清的嚴格在被自己這句又長又充滿創意，而且突兀爆出來的粗口嚇到之前，就先被一聲突如其來加死沒人性的驚聲尖叫嚇醒——

「哇——死老嚴！你幹啥喝了那麼多瓶紅酒？」嚴格完全從「境界」中被嚇得「跳」了出來，循著尖叫的源頭望過去。

兩個感受。抬頭時的迷惘——這個亂叫叫的美女是誰啊？強勢的聲音依稀熟稔，秀美的臉龐彷彿曾經，但我不認得她啊！她幹嘛毫無來由的跑進我的眼前？跑進我的家？咦？不對！她不正是年輕時代的小淨嗎？小淨怎麼會忽然穿越回五年之前的歲月年華？但嚴格還沒來得及詢問年輕時代的妻子，而是順勢看向地上十幾個或站或躺的空酒瓶？什麼？第二個感受現身，低頭時的大吃一驚——是啊！我怎麼會幹光了十幾瓶紅酒！

「嚴格教授，變成酒鬼不但是一種墮落，也絕對是一種非理性的行為。」年輕時代的妻用大學教授的姿態訓了嚴格一句，然後飄然轉身返回廚房。

嚴格內心隱約想到：就算我能喝那麼多酒，家裡哪來那麼多紅酒啊？但沒機會深究下去，因為，那個感覺又翩然現身，心靈深處的神祕開關又被啟動。生命回到一片恍恍惚惚、浩浩湯湯、混混沌沌、分分明明……倏然，又被另一聲驚叫嚇醒。

「老嚴，你發什麼瘋啊！你到底喝了幾瓶酒？」感到聲音回到現在進行式，嚴格果然睜眼覷見氣功師小淨雙手插腰、氣場強大、兩隻眼睁寫著驚訝兩字的，瞪視著自己。妻子又變回氣功師，剛剛的美女大學教授哪裏去呢？氣功師小淨與美女教授小淨是同一個小淨嗎？還是過去式小淨與現在式小淨並不是同一個生命時態的小淨？那自己到底喜歡哪一個小淨？過去是執迷的留戀？還是現在是一個總讓人不滿意的存在？喂！喂！停！停！自己在胡想什麼？等一下！先不管怎麼會出現兩個小淨，不錯！先得煩惱自己到底喝了幾瓶紅酒？頭頂像裝了一鍋豆漿油條、再在裡面放了一坨狗屎、然後上頭開了一支碩大蓮花的嚴格教授隨即低頭數瓶子：一、二、三、四、五、六、七、八、九、十、十一、十二……九十四、九十五、九十六、九十七、九十八、九十九！

「老天！我竟然喝了九十九瓶法國紅酒！」

# 紊流＝常態

嚴格大教授簡直覺得頭頂的碩大蓮花突然產生氣爆將那坨狗屎炸得四下亂飛然後從空中掉下來砸得自己滿頭滿臉！

看著地上那九十九個軍容壯盛的空瓶子大軍，彷彿九十九隻大眼睛盯著自己，嚴格傻眼了。

太多疑問了！

家裡怎麼會莫名其妙跑出那麼多瓶紅酒？

自己又怎麼可能喝得下那麼多瓶紅酒？

而且就算喝得下那麼多瓶紅酒，自己又怎麼可能還站得住？

最後一個重點——自己這種人怎麼會喝了那麼多的紅酒呢？

更進一步，在這關頭，氣功師小淨還說出一句充滿懸念的話：「我說老嚴啊！你終於開竅了。」開竅？開啥竅？嚴格冒著沖天酒氣瞪大一雙醉眼瞅著氣功師老婆。小淨從初睹嚴格喝下九十九瓶紅酒的壯舉的驚慌中慢慢鎮定下來，雙手交叉似笑非笑的回看著酒鬼老公。

「老嚴啊！你海量哩！喝那麼多還站得住，能不開竅嗎？」氣功師清湛的瞳仁裡寫滿了深意。

「小淨啊！妳月經來了唄？」嚴格沒頭沒腦的冒出這一句。

「還說你沒開竅，」小淨使勁拍手，彷彿撿了一個從天落下來的寶貝，開心的說：「瞧你的答非所問，理性放假囉。」

「小淨啊！妳到底要我開什麼竅？」嚴格覺得頭腦愈來愈沉重。

「難道你還不知道你該開什麼竅嗎？」小淨沉靜的反問。

是啊！難道我還不知道我該開什麼竅嗎？另一個嚴格在內心深處吶喊。

「老嚴啊！巖上無心雲相逐唄。」小淨呢喃著柳宗元的詩句。

又是什麼跟什麼啊？

「不如這樣罷，」氣功師小淨接下來的一句更是像羚羊掛角：「你先去敲敲電腦的鍵盤。」

對這句亂沒方向感死沒責任感的話，嚴格大教授居然遵行不疑。

走一步晃三晃的嚴格返回屋內，坐在書桌電腦前，打個酒嗝，開始敲鍵盤。說也奇怪，從第一個敲擊的動作開始，指尖稍顯猶豫、艱澀的落在鍵盤上，但當指、鍵相觸乍遇的瞬間，嚴格即輕呼一口氣，隨即眼前金光亂閃，宛如全身通電，跟著十指飛快、果斷的在鍵盤上跳舞，錯落有緻，行雲流水，嚴格也不知道自己在寫什麼，只覺得身不由己，整個人由內而外的被胸中塊壘滲透著、推動著、指揮著，彷彿要吐盡一個塵封了千年萬載的舊夢，這個夢平時深深擱在心底秘處，偶而不小心的想起觸著，便再也壓不住欲哭的衝動。寫啊寫啊，忘情奮身的寫啊，萬水千山的寫啊，翻雲覆雨的寫啊……蛤？什麼翻雲覆雨，亂說話！總之，嚴格如此燃燒靈魂的敲打著鍵盤，忽然，突兀的感受驀地湧上靈台，抬頭一看，電腦螢幕上出現三大頁完全看不懂的怪文！不是中文，不是英文，不是從前見過的任何一種文字！見鬼了！電腦怎麼會打出這種他媽的外星文字？喂！不只耶！見鬼的事兒不只這一樁，仰觀後俯視，嚴格低下頭瞧瞧鍵盤，什麼了！電腦鍵盤的按鍵？竟然被打得全部擠成一堆！這是啥怪畫面！怎麼會有這種事？難道說剛才自己行雲流水的敲打鍵盤都敲在同一個地方？而且這樣打字就會打出一篇外星文？

嚴格心裡閃過一串莫名其妙，同時拿下眼鏡，揉揉雙眼，凝神一看，視線被疊在一堆的按鍵吸引過去之前，眼前又發生一件讓人腦袋發瘋的事——嚴格赫然看見自己拿著眼鏡的雙手緩緩分開，原來眼鏡臂從中二分，嚴格的左右兩手愈分愈開，但眼鏡卻不是真的斷成兩片，而是眼鏡臂本來應該是中斷的地方有一條若斷若連的金色細絲在沾黏著，絲線極細，若有若無，乍隱乍現，閃動著精緻的金光，嚴格雙眼發直，更逼近凝視，我的媽啊！這不是土星環嗎？這不是木星的大紅班？中間吐著兇猛的焰火的，當然就是太陽！還有，那不就是地球！嚴格赫然看見一個微觀的太陽系在金色絲線中間緩緩轉動！

「我的媽我的娘我的姥姥我的奶奶啊！」嚴格教授連人帶椅往後重重跌落。

饒是喝了再多紅酒，儘管今天看了夠多怪事，哪怕心理素質再堅強，嚴格還是被嚇得不輕。

「小淨啊！太陽系跑進我的眼鏡裡頭去了，咱們家鬧鬼了！」嚴格雙手拎著那副若斷若連的眼鏡，小心翼翼的捧著一個小太陽系，彷彿生怕破壞宇宙和平似的，衝進廚房找老婆。

「乒砰！」狂叫著跑進廚房的嚴格陡然停止了所有動作，下巴與太陽系同時掉落地上摔成粉碎，因為他看到了一個掛在廚房牆壁上的訪客，隨即沒經大腦的問：「你幹嘛黏在我家牆上？」

「喂！責任愈大，放屁愈大。」掛在廚房牆壁上的訪客原來是蜘蛛人，他四肢張開的貼在牆上，一邊回頭說了他的經典名言，一邊沒有忘記身體力行的放了一個雄壯的響屁。

「哦！」嚴格沒頭沒腦的答應一聲。他覺得對一個瘋子來說，已經慢慢遺忘掉最初發瘋的感覺了。但，不對耶！嚴格突然想到：真正的蜘蛛人好像不是這樣說的。嚴格甩甩頭，不再多想，轉身離開會放屁的蜘蛛人，轉向客廳：「小淨，你到客廳去了嗎？」

回到客廳，沒有小淨，客廳空無一人，一切如常，只有……接著嚴格看到了一幕超級不合理到爆點的景象——原本用來放電腦的書桌變成了一個……句子。書桌變成了一個句子？這句話說有多不合理就有多不合理，一張書桌怎麼能夠變成，一個句子！嚴格不只下巴，眼珠子、眉毛、嘴皮子、牙齒、額頭、耳朵、毛細孔、頭皮屑、眼屎、鼻毛、腦袋瓜……全體通力合作霹靂啪啦的掉到地板上。這是啥鳥事？這是啥大頭鬼的世界？自己一定是在做夢！絕對無誤無庸置疑千真萬確海枯石爛的在亂做夢！嚴格一面用力猛打自己的頭，一面鄭重的在心裡告訴自己。視線再離不開那張文字化的書桌，還保留著書桌的形狀，但木料全被跌宕起伏上扭下曲的書法取代，而且這書法彷彿是有生命的，隱隱在蠕動，像極了書桌的血管。字不多，好像只有七、八個中文，所以造成線條的嚴重扭曲，很難辨析。嚴格張目逼視，用力看了老半天，終於看出那是一句七言詩，書桌型七言詩不絕訴說著流動的呢喃：「今年花落顏色改、今年花落顏色改、今年花落顏色改……」

「改你媽的大頭鬼了！咱啥都不要改！」嚴格歇斯底里的呼叫著衝上二樓主臥：「小淨，小淨，妳死到哪兒去呢？」

衝上主臥，看見鄧小平一手抽著菸一手捲著一本亞當史密斯的《富國論》，眼睛緊盯著棋盤，他老人家跟老前輩古巴軍事強人卡斯楚在下象棋！也許是卡斯楚抽的粗雪茄氣味太烈，也許是卡斯楚太沒品，一邊下象棋一邊還說著嘰哩呱啦的古巴髒話，所以影響到小平同志「黑貓白貓都是好貓」的必殺技，沒走幾步就被卡斯楚將軍將死了！卡斯楚得意的哈哈怪笑，小平同志光火了，一邊罵著格老子一邊將《富國論》砸在卡斯楚頭上同時騰空一隻手去扯古巴佬的大鬍子。兩個共產強人幹架幹得不亦樂乎，別瞧小平同志個子小，開打起來還真有幾分《星際大戰前傳》中尤達大師的氣勢。正打得不可開交，不知從哪冒出來的王蛋與吾爾開花在旁看得笑彎了腰，吾爾開花還不斷拍手吶喊助興：「The Invisible Hand!The Invisible Hand!」[1]王蛋著急的拉著吾爾開花的袖子，緊張的說：「喂！別鬧了！『履虎尾』[2]耶，別鬧這兩個玩不起的！」

嚴格懶得理兩個沒棋品的與兩個無聊看熱鬧的，他只是一心一意找老婆（當然嚴大教授也沒想到自己幹嘛一心一意找老婆），回返客廳，書桌還在吟詩，嚴格也無心再聽，跑到小院落，卻看見鋼鐵

---

1 亞當史密斯的富國論被奉為經濟學的寶典，最有名的理論是「市場永遠存在著一隻看不見的手（The Invisible Hand）」。

2 「履虎尾」翻譯成白話文就是「踩老虎尾巴」。原文出自《易經・履卦》：「履虎尾，不咥人，吉。」

人躺在自己心愛的搖椅上，一邊喝著冰啤酒，一邊在讀《紅樓夢》。嚴格心裡暗不爽為什麼鋼鐵人有冰啤酒喝，自己卻要喝活像法國寡婦洗過腋毛的紅酒，但嚴格顯然沒想到鋼鐵人戴著頭盔又怎麼喝啤酒？他沒有多想，隨手拿起一個紅酒酒瓶砸在鋼鐵人頭上，便轉到後院去。

到了狹小得像一條長長大便的後院，唐老鴨與異形怪獸正在徒手格鬥，唐老鴨好不生猛，拚搏得鴨毛亂飛，呱呱怪叫，鴨血、臟器流滿一地，還在奮戰不休。腦袋瓜已經亂成一團糨糊的嚴格無心再看下去，轉身就走，所以沒看到異形忽然佛心來著，不忍唐老鴨戰況愈來愈慘，便要提出我們來比賽坐禪好了，不要再幹架了，冷不防外星終極戰士從天外飛來，一砲激光將異形怪獸射殺。

就在異形被ko的瞬間，嚴格聽到前院傳來呼喚：「大教授，你老婆不在這兒，繞到前面來唄。」聲音蒼老，卻有點熟悉，嚴格用力敲敲自己的左邊太陽穴，彷彿要使勁敲打敲打亂成一鍋粥的腦袋瓜，隨即三步當兩步的繞到前院去。

回到前院，鋼鐵人不見了，滿地的酒瓶子也沒有了，只落得一方庭徐的清幽，庭中站著一個身量高壯的老人，不！老瘋子。因為這夯貨穿了一身儼然的長袍，留了一部威風的花白鬍子，臉上流露著一份看透人心世情的尖酸神氣，卻雙手佇著一支拐杖形的彩色棒棒糖，頭戴著一頂跳跳虎形狀的皮帽，更要命的，這老不要臉的，居然還畫了桃紅色的眼影，貼了超長的假睫毛！哇靠！這老傢伙根本就是林肯＋米老鼠的綜合體。

「你知道水是什麼東西嗎？」老瘋子沒頭沒腦就問。

「你哪位啊？」嚴格呆呆地看著老瘋子。

「那你又是哪位啊？」老瘋子笑呵呵的反問。

「我是嚴……」說不下去，嚴格忽然覺得數十年堅信的自我也變得恍惚起來。

「你瞧，對罷！你是哪位我是哪位誰又是哪位又有什麼重要呢？」老瘋子說著還不忘捏捏自己的假睫毛。

「剛剛那些鋼鐵人異形蜘蛛人亂七八糟的又是怎麼回事？」說來奇怪，才跟老瘋子說了幾句話，嚴格覺得自己的頭腦開始穩定下來。

「水就是變化。忽見浮沉隨風去，更聞桑田變成海，是不？」老瘋子答非所問。

「那小淨去哪裡呢？」前一個問題沒有得到答案，嚴格又認真的丟出下一個問題。

「你知道水是什麼東西嗎？」反倒是老瘋子沒有忘記他沒有得到回答的問題。

「小淨生病了，大概去了費縣找氣功師父罷。」人常常自己找自己的不痛快，然後自己回答自己的問題，嚴格大教授也一樣，卻忘記顛倒了時序。

「還在找你的老婆？你自己還找不著自己哩！」老瘋子一改笑容，開始吹鬍子瞪眼睛，還差點把假睫毛瞪掉，風風火火的說：「你知道不？這個水啊！清濁並吞，方圓無定，無我無執啊！所以人無常勢，水無常形。有時候是靜水深流，有時候會鋪天蓋地；忽而滴水穿石，轉眼又風生水起。」

「小淨生病了，自個兒去費縣可以嗎？」嚴格堅持著自己的嘀咕。

「老子不是說嗎？」老瘋子也固執著自我感覺良好的自言自語：「上善若水，水善利萬物而不爭……夫唯不爭，故天下莫能與之爭唄。」

「對了！小淨為什麼要生病呢？」嚴格完全封閉在自己的沉思中，倏然，感到自己想到點了。

「你知道水是什麼東西嗎？」老瘋子最後努力維持著陶然忘機的優雅，輕撫長鬚，悠然的說：

「水是一點也不嚴格的，因為，水沒有個性！」

「喂！」嚴格忽然從自閉中抬頭，問：「要請教您老一個問題。」

「問唄，問唄，我老人家從來都是毀人不倦，有教無類的。」以為眼前這孺子終於被自己點醒，老瘋子可樂了。

「剛剛我喝光了九十九瓶紅酒，為啥到現在都沒有尿尿？」嚴格一臉嚴格的問。

「我操！你這蠢爆的蠢貨！」老瘋子發瘋，啥陶然忘機的高人形象再也不管不顧了，他不要再跟這個叫嚴格的智障玩胡問亂答、自說自話、指東打西、傷天害理、狗屁不通的說話遊戲，他氣得將跳跳虎皮帽扯下來放在嘴裡亂咬，咬得滿口滿鬍子的毛，然後掄著超大型拐杖棒棒糖亂K嚴格的頭，大罵：「你這笨貨！我管你幹嘛不尿尿！要尿就尿在自己頭上得了，別問我，我老人家可不會教你尿在自己頭上的技巧。你知道不？你現在只能是沉舟側畔千帆過，那就心隨瀚漫共悠悠罷。我，呸！」

老瘋子最後一聲斷喝，彷彿平地響起一記驚雷，嚴格被震得腦中心內一片空白，不知過了多久，稍稍回過神來，卻看見一頁白紙從空中飄至眼前，隨手拈來，紙上赫然寫著：

「發瘋是誠實的，正常是偽裝的。

麒麟泣露香蘭笑，石破天驚逗秋雨！

發瘋的瘋子不夠看，自以為不是瘋子的瘋子是更厲害的瘋子。

W・海森堡嗝屁前念念不忘：『紊流難於相對論。』

跟瘋子吵架或講道理都是沒意義的，唯一的意義是——

證明自己也是一個瘋子。

我們所有的努力，就是要讓自己置身事外。

——老瘋子日記」

讀畢，嚴格一臉惘然的看著老瘋子，老瘋子一身威嚴，臉上卻是瘋狂的神氣，下令：「開門！」

嚴格不知所措的向前走，打開大門，往外一瞧，嚇得心膽俱裂！便要轉身退回庭中，冷不防後心被老瘋子一腳踹中，整個人跌出門外，跌進——

浩浩湯湯的滔天洪水之中！

# 水的故事（一）

嚴格闖進一個瀚漫的夢中。

不知是怎麼樣的夢？

驚夢！

但驚夢也許不是夢。

驚夢根本就是人間的現實。

被老瘋子踢出那一方寂寥自守的庭院，立即落入一個四方洪水漫天、滄海橫流的無間惡世。嚴格沒命的瞎奔亂跑，跑得忘乎所以跑得哭爹喊娘跑得不知今夕何世，跑啊跑啊，終於跑上一處丘陵，遠遠看見城市的海岸線被超過三百公尺的超級海嘯吞沒，這根本就是世界末日的景象嘛！幾個世代以來人類對末日的揣測，原來終究離不開水的輪迴。跑往更高的地勢，看到小淨。感到一道天光穿越層雲照進自己最柔軟的心靈角落，彷彿看到四周的空氣都變得小心起來。她，不是氣功師小淨，氣功師妻子少了一份年輕的柔軟。也不是病後的小淨，病中的妻子沒有這種明媚的輕安。甚至不是初遇乍逢時的少女小淨，眼前的她，出落得更……純粹。也許，她是相識之前，盼望已久，卻在燈火闌珊處驀見靜坐在水中央的伊人。

「嚴格。」小淨輕喚。這一聲輕喚飽含了言語道斷的真切，呼名帶姓的卻不是生份，而是天然的親暱。

「小淨，該走了。」嚴格俯身低語，心潮顫動，生怕驚擾這末世中最後的美景良辰。

「走？走去哪？」小淨苦笑，環視四面八方的鋪天蓋地。

「總得試試罷。」嚴格。

「給我一個理由。」小淨。

「我，」嚴格頓了一頓，說：「要跟妳一起奔赴。」

小淨不說話了，良久，抬起頭來伸出食指，輕輕碰觸嚴格的臉頰，小淨髮絲飄飛，無奈的笑，無依的說：「我生病了。」

嚴格搖搖頭，跟著目光停駐在小淨的眼眸中，說：「我揹負妳。」

「嚴格，你瞧這方丘陵山氣爽然、澄明朗朗，不正是這一生的最佳句點。」小淨。

「既然已經是句點，又何必拒絕下一個可以增加經驗值的句點。」嚴格。

「任何經驗值？」小淨。

「你我之間任何眼下的經驗值都是句點。」嚴格。

小淨不再說話，含笑伸出雙手，將自己交付出去。嚴格輕輕拉起她，扶持著荏弱的她，從丘陵的背陽面往下走。這一條道上大水未至，但地勢愈往下傾斜，愈看見更多的房舍、農田、大樹、道路淹沒在一汪惡水之中，水面還飄著愈來愈多的人畜浮屍。到後來嚴格真的揹著小淨小跑起來，不想讓她多看見沿路的悲涼。嚴格知道山腳下有一個救難車停靠所，如果還有車子候著，兩人就有下一個句點了。

地勢時高時伏，等到靠近山下的公路，終於暫時擺脫惡水的糾纏。到了山腳，拐個彎兒，果然看見一輛彷彿從土裡水裡殺進殺出的大型客運車在前方喘著氣。

「嚴，放我下來唄。」小淨輕拍嚴格被汗水溼透的背。

「好！」嚴格矮了矮身子讓小淨下來，夫妻倆就相互攙扶著走向客運車。

「快！快點兒！」開車的師父從後視鏡看見夫妻倆蹣跚的身影，一股勁的催促：「就你倆最後了，快上車，廣播說再二十分鐘連這個縣都得被淹了，這是啥世道啊？俺一輩子都沒聽過這種鳥事。」

開車師父是一個胖得像頭供豬的大光頭，不只頭光，身光眼亦光，赤裸著上半身，雙眼閃著兇猛的光，這時候人與車一樣，都彷彿是從土堆裡爬出來的巨大生物。夫妻倆坐定，環顧車廂，座位沒坐滿一半，只有稀稀落落的十來個人，有男人、女人、孩子、小伙子，就是沒有老人，因為老人都……

嚴格與小淨看到每張臉臉上都寫著共同的情感訊號——恐懼。

車子發動，但車行不快，老練的光頭師父當然知道在這到處泥濘、大部分路基被沖毀、四方洪水將至的情況下行車，萬一車子翻覆，那大夥就只有一條路可走：死路。沿著山徑逃生，看到的水勢讓人愈加絕望，水滿山谷、淹沒城市、沖毀森林、古蹟崩塌。車子蜿蜒而上，終於遙遙望見前方那著名的大壩。大壩從地表拔高四百多米，應該可以擋住暴走橫流的洪水罷。可等到車子緩緩地靠近一看……

「我的姥姥王八羔子殺千刀的老天爺這是什麼狀況啊？」光頭師父殺豬般大喊。大夥往車窗外一瞧，深深的倒抽一口涼氣，一股寒意從腦門直灌而下。凶狠的洪水一波波猛撲向大壩，大概再差一、兩米就要淹過壩頂，有些地勢較低的壩堤已經被淹沒，整道壩堤路段彷彿變成一條在水中時現時隱的巨龍，這樣的路況車子怎麼敢開過去！萬一走了一半大水突至怎麼辦？何況眼尖的覷見了大壩的表面結構有些地方已經看到水漬，整個大壩隨時全面崩塌也不是不可能發生的事！

光頭師父粗著嗓門，轉頭喊說：「喂！哪個好樣的？下車去探路，有沒有看見？堤防右側有一條山道，平時路況好可以讓車子繞遠路，開到大壩的另一頭，所以要找個志願的下去看看路有沒有通，不然車子下去被水困住開不回來，那大夥兒就得全交代在這兒了。要不是俺光頭的得伺候這台破車，俺第一個就衝下去了。」嚴格四顧車廂，大部分是女人和小孩，男人裡只有自己和另一個小伙子算是「自由」的，其他幾個男人不是身上綁著繃帶，就是要顧慮著一家老小，嘴巴張大，嘴皮子顫抖，卻不敢說一句話。小伙子霍地站起，嚴格也不由自主的跟著站起來。

「嚴格！」嚴格低下頭，看見小淨扯著他的袖口，很小很小但很堅定地搖搖頭。

「我得下去看看。」嚴格輕按著小淨的小手，低聲說。

「不可以！」小淨央求，彷彿一隻小動物瀕死的乞求。

「淨，妳今天怎麼呢？妳平時很理智的，我們沒得選擇，我必須下去一趟。」嚴格一邊狐疑，一邊安撫小淨的情緒。

「嚴啊！有時候勇敢不見得是勇敢。」一行清淚從嬌靨的懸崖悄悄墜落。

「五分鐘！小淨，我答應妳，就五分鐘，不管有沒有看清路況，我立即回來。」嚴格心疼的承諾。

「不是這樣的！不是這樣的！」小淨只是死命的搖頭。

嚴格覺得不對勁！一向恬淡自處的小淨不應該這樣失態，小淨到底怎麼呢？他深深看進妻子的眼眸，希望能捕捉到一些什麼東西，但光頭師父粗嘎的聲音從身後響起：「你們兩個有完沒完啊！得抓緊時間，趕快去，趕快回，不就得了。」

「小淨，我得走，很快回。」嚴格輕輕將袖口從小淨的手指中抽出。

「……」小淨低下頭，淚水潰堤，雙肩顫抖，沒有再說話。

嚴格不敢再看小淨，僵硬的轉身，跟著小伙子匆匆下車。

在身形行將消失之前，嚴格回顧，看到小淨隔著車窗死命盯著自己，嚴格彷彿聽到小淨的低訴：我們不是要共度最後一個句點嗎？

嚴格用力的甩甩頭，不敢再想下去，勉力跟上小伙子的健腳。

「老哥，我們再往右邊的石階走一段看看。」年輕小伙子在前方十幾公尺處招呼。

「你先走，我跟得上。」嚴格喘著氣回答，奮力拾階而上。

路挺難走，山徑也被衝擊得柔腸寸斷，車子如果真要開進來，能不能順利通行還真得看老天爺高不高興。嚴格跟著小伙子左轉右拐、東彎西繞，愈往深處走就被迫愈向高處爬。可憐嚴格平日是個大教授，什麼時候幹過這種體力活，只覺得肺箱裡的最後一口氣都被擠壓出來了，眼前亂冒金星，隨時會昏厥過去，但離下一個坡頂沒多遠了，一發狠就咬著牙往上邁開腳步。

好不容易手腳並用的「黏」上坡頂，嚴格艱難的直起身體，往下一看，一幕駭人心魄的畫面倒衝進眼簾！嚴格忍不住慘叫，雙腿發軟，坐倒在土坡上。原來眼下是滿坑滿谷的惡水縱橫，整個森林都給，淹了！車子如果走這條路，只能走進絕境。

「這條路行不通了，我們……」嚴格轉頭向年輕小伙子說話，卻赫然驚見身後空無一人！原來一路走來，路徑錯縱盤結，嚴格與小伙子走著走著就失散了。嚴格記著與小淨五分鐘的約定，不敢稍留，轉身就要尋路回返。哪知下了坡頂，沒走幾步，內心叫苦不已，原來水勢愈加放肆，更多路段被淹沒，根本找不到來時路，只能被迫的遇水繞行，愈走地勢愈高，一顆心卻愈往下沉。回程哪只走了五分鐘，時間超過三十分鐘都不只了！小淨準是急壞了！更讓嚴格絕望的，是他最後不得不承認：回頭已經沒有路了！根本找不回去了！找不著與小淨約定的共同句點了！大水吞食更多的土地，從尋路變成逃生，滿心後悔、惶惑、悲憤、哀傷的嚴格爬上海拔更高的稜線，終於從更高的視角看到大壩與小淨坐的車。不！根本沒有大壩與小淨的車了！整座大壩都被淹蓋了！大壩與小淨的車都在水底下了，小淨在水底下！不！不！嚴格發出一聲心膽俱裂的嘶吼，但他沒有時間悲傷，因為洪水彷彿聽到他的吼叫，水勢更加猛烈的從後方撲至，嚴格一邊往高山狂奔，同時兩行淚止不住的潸然直下。幾乎被悲辛滅頂的嚴格，忽然毫無警兆的聽到心底響起一個蒼老的聲音：「忽見浮沉隨風去，更聞桑田變成海。」這一句似曾相識的話語彷彿是從二世三生之前擲來的記憶巨石，在嚴格心海激起千層巨浪。邊跑邊淌淚，愈跑山勢愈高，但，怎麼路愈跑，愈熟？這不是最初尋到小淨的那一方丘陵嗎？在體力耗盡倒下之前，嚴格依稀看到前方丘陵草地上站著一個人影，難道是小淨？小淨逃出來了！小淨在大水淹沒大壩之前，逃回這塊我倆照面的丘陵地？我倆還是要在這裡分享最後一個共同的句點？想到這裡，不知哪來的氣力，嚴格用跑百米的速度衝刺，但愈靠近，愈看清楚根本不是小淨！是個男的，這不是頭帶著跳跳虎皮帽畫了桃紅色眼影的老瘋子嗎？嚴格再也撐不住，整個人跌倒在地，像孩子般失聲痛哭。

「蠢蛋，哭啥？哭得那麼來勁？」老瘋子用他的大號棒棒糖拐杖輕敲嚴格的頭。

「小淨淹在水底下了！」愈流淚，嚴格覺得愈被掏空。

「淹在水底下？」老瘋子嘴角歪到鼻頭邊，怪笑著說：「我呸！咱們哪個人不都是淹在水底下？有啥好稀罕的。」

「你胡扯什麼？」嚴格怒。

「我扯？我還扯屁了！」老瘋子裝出一副神祕樣，壓低聲音說：「不是跟你講過嘛！心隨瀚漫共悠悠啊！」

嚴格一怔，思索著這句話的底蘊，一時間說不出話。

「蠢蛋，別犯蠢了，你不看看後面，你也快要被淹在水底下了。」罡風忽至，老瘋子趕緊扶著頭上的跳跳虎皮帽，以免被風吹走。

嚴格一驚！回頭猛看，狂暴的洪水萬馬千軍般奔馳撲來，這方丘陵地也不能倖免了。忽然腦後一痛，原來老瘋子趁機一拐杖敲下，嚴格頓時失去意識。

## 水的故事（二）

我在哪裡？我在哪裡？我在哪裡？我在哪裡……

頭好痛！頭好痛！頭好痛！好痛！好痛……

怎麼眼皮那麼沉重？

慢慢的，嚴格覺得意識一點一點的凝聚、凝聚、凝聚、凝聚……

才剛從無意識的海洋掙扎著上岸，稍覺清明，嚴格便感到一陣陣無邊無盡的悲痛襲上心頭。

這是什麼樣的痛？怎麼痛得那麼深那麼深！那麼尖銳！痛得讓人幾乎無法呼吸。

嚴格是痛醒的，因為他忽然記起：小淨還在水底啊？整個人猛地一驚坐起。

痛醒後的嚴格發現自己坐在一張擺放電腦的書桌前，哦！剛剛自己就是趴在桌上睡著了。嚴格心想：這不是自已經常坐在那兒工作的桌椅嗎？怎麼依稀記得這張桌子曾經變身成一句「今年花落顏色改」的句子呢？這是什麼鳥屎記憶？桌子怎麼可能變成句子！咦？這裡的光線怎麼那麼昏黃？還有冉冉的燭火殘影在眼尾餘光中晃動，嚴格勉力睜開沉重的眼皮，果然看見家裡熟悉的擺設，但怎麼處處掛著白色的帳幔？再往中央緩緩移動視線，就覷見一張臨時的木製供桌，上面擺著簇簇鮮花與燈燭，花火上方卻掛著一幅巨大的照片……是小淨！是小淨的照片！這麼大的一幀照片，還有鮮花、素幔、燭台，這……不是遺照與靈堂嗎？

小淨……真的走呢？照片裡的小淨跟留在水中的小淨雖然很像，但略顯豐腴，明顯的成熟了一點點，如果照片中人不是困在水底的小淨，那水中的小淨呢？毀天滅地的洪水呢？崩塌的大壩呢？末世景象裡的生死兩茫茫呢？難道這歷歷在目的一切都只是剛剛趴在書桌上的一場大夢與幾度秋涼？

但不管夢裡或夢外，唯一可以確定的是：小淨真的走了。想到這裡，嚴格彷彿聽到自己內在崩塌的聲音。

「爸爸，爸爸，你醒了，爸爸……」忽然一個柔柔軟軟、乾乾淨淨的娃娃音傳進耳鼓，彷彿從很遠很遠的地方傳過來。

爸爸？哪個爸爸？誰在喊爸爸？什麼？是喊我嗎？誰喊我爸爸？

嚴格轉頭，看見一個約七、八歲的小男娃站在桌旁，孩子很瘦小、很蒼白，但長得很文秀、很漂亮，穿著睡衣的他身上散發著皂香，顯然剛洗過澡。嚴格注意到孩子的眉宇之間存在著一份他這個年齡不該有的壓抑，讓人看著就忍不住心疼，更讓人忍受不了的是這孩子身上流露著一份熟悉的潔淨氣質，那是專屬小淨的氣質啊！這孩子難道是……

「你是……」矛盾的感覺讓嚴格說不出話，一股血肉相連的激流漸漸從體內升起，但他卻記不起與這孩子之間發生過的一切。

「爸爸，你下午累得趴在這兒睡著了，我就沒敢叫你，」小男孩的聲音未脫奶娃的腔調，他說：「你睡得好沉啊，所以殯儀館的叔叔阿姨來接走媽媽時你也沒醒著，叔叔阿姨說儘管是北方的冬天，媽媽的身體還是早點冷凍起來比較好，還有，那個阿姨說讓她們先幫媽媽打扮整齊了，咱們晚上可以過去陪……媽媽。」孩子說著，兩行淚順流而下，但他緊緊抿著小嘴，不讓自己發出哭腔。

嚴格看得心裡糾結起來。這孩子才幾歲年紀，就學會了壓抑情感，小小的他背上存在著多沉的重量啊！

「明兒，啊！你……」嚴格突然喊出孩子的名字，連自己都吃了一驚！對了！孩子叫嚴明，是我兒子啊！我原來是有兒子的！嚴格在內心吶喊，同時與孩子的點點滴滴緩緩的浮上記憶的水面。

「爸爸，你怎麼呢？」小小的嚴明沉著的看著慌神的老爸。

「明兒，你別怕，爸爸最近太累了，腦袋有點不好使。」一股想保護孩子的衝動油然從荒蕪的心田甦醒過來，嚴格從未經驗過這種情感，他壓根沒想到這種情感就叫父愛，他只是不想讓小小的孩兒受到丁點驚嚇，但他莽撞地闖進這個時空，有一個問題卻不得不問清楚：「明兒，你能給爸爸提個醒嗎？媽媽是怎麼……去的？」

「爸爸！」小嚴明歪著頭打量嚴格半响，最後還是選擇回答：「媽媽是病死的。其實這一年媽媽的身體一直不好，這幾個月媽媽都住在醫院，死亡紀錄上寫著心臟耗弱引發多重器官衰竭，爸爸，這些都是你告訴我的。」

哦！小淨不是讓洪水給沖走，小淨也沒有成為氣功師，這個時空的小淨是病死的。

「媽媽去得好快，沒經歷什麼痛苦。」懂事的小嚴明體貼的補上一句。

嚴格看著小小嚴明，突然感到這個兒子很真實，比自己還真實，甚至比小淨的夢還真實，但，一息間，忽然記起小淨……不在了，嚴格的淚又忍不住潰堤，父親的淚觸動了兒子的淚，嚴家父子倆淚眼相看，倏然間，嚴格感到一道不設防與張狂的柔軟涓流從心靈深處湧現，然後在父子倆之間來回竄原來小淨懷上明兒之前身體已經不好，其實她的身體狀況並不適合懷孕，但性格溫婉的她卻在這事兒上發揮了學者研究學問的倔強與堅持，完全不採納丈夫說沒有孩子夫婦倆一樣可以過得很幸福的保證，終於，好不容易小淨的身體裡入住了小生命，嚴格的心情變得很複雜，一方面當然是高興可以當爸爸，但另方面嚴格覺得這是災難的開端。但對小淨來說可不這麼認為，小淨覺得她在印證奇蹟，當然，經歷奇蹟的洗禮是要付出代價的。嚴格看著小淨本來就荏弱的生命力，一點一點被腹中胎兒吸乾，加上長達四十幾個小時幾近難產的分娩，嚴格比任何人都清楚，小淨是用生命把明兒拼來的。對嚴格來說，當父親的第一個經驗，是目睹生命誕生的毀滅能量，然而，對母親小淨而言，卻是一趟內心氛圍全然不同的生命之旅。自從小明兒在自己的子宮裡long stay之後，小淨覺得自己學會了全心全意全神全靈的……溫柔。對小生命溫柔，對丈夫溫柔，對任何人溫柔，對大自然溫柔，對生活裡所遭遇的一切溫柔，對人生的信念溫柔，對生存溫柔，甚至，對死亡溫柔。小淨曾對嚴格說，覺得自己淨化了，當年做學術研究所殘留的一絲進取心與火氣，也全然的淨化了。嚴格卻認為小淨將當年的學術訓練與專業素養都丟掉了，她的人生觀與生命態度的不變根本就是一種……迷信，不！也許說是一種宗教罷，一種溫柔的宗教，一種毫無保留與全然投身的溫柔的宗教。嚴格不確定這是好事還是壞事，但他可以清楚地感覺到每每靠近小淨，心情就會明顯的沉靜下來。生產後的小淨身體狀況稍稍穩定，但病根是種下了，這個時空的她沒有變成氣功師，也沒有遇見神祕的費縣老人，之後的健康情形也一直不見好轉，從此小淨再沒有回去大學，正式的遞出了辭呈，毅然決定獨力撫養孩子。就這樣，嚴格與小淨夫婦邁上了照顧，不！呵護的人生之旅。小淨全心呵護孩子的成長，嚴格則呵護著小淨的呵護——不讓本來已經荏弱的她為了照顧孩子而過度透支。也許因為孩子在這樣的家庭氛圍中長大，所以孩子很乖，不哭也不鬧，吃飽了就睡，常常一睡就到天明，睡醒了就笑，夫婦倆看著孩子晨星般的笑容，嗅著小娃兒身上的奶香味兒，常常就相視而笑，彼此依偎著半天不說一句話，因為不需要說話，心都被填滿了。孩子喚嚴明，是因為小生命是母親在生死邊緣奮鬥了兩天之後，在晨曦時出生的，天剛微明，瀕臨失去意識的小淨虛弱的說：「好不容易天明了，就叫明兒罷。」但愈長大，小明兒的性格愈不像清晨的敞亮，反而有點接近黃昏的沉穩。也許是小嚴明愈來愈熟知母親全心照顧自己，父親全心照顧母親的家庭脈絡，也習慣了與母親的一體感以及父親對自己關懷但疏離，更日漸清楚母親對自己的過度呵護會損害她的身體健康；所以漸漸長大的他學會了不讓母親過度勞累，小小年紀的他多了一份同齡孩子所沒有的背負。日子就在這樣平凡又豐盈、帶點感傷卻滿溢著相愛的氣氛中一天一天的過去。直到有一天……

已經小學二年級的小嚴明從學校返家，看到小淨就大喊一聲媽媽，跟著衝過去狠狠的往媽媽懷裏鑽，彷彿吸收完愛的能源，然後嫻熟的放好鞋子帽子、換衣、洗手、幫媽媽澆花、自己泡熱可可、打開書包、取出學校作業開始寫。一連串小機器人般的自動化程序，小淨看在眼裡，眼眶開始犯熱。當天晚上，媽媽對爸爸說：「小明兒應該好好玩玩了，遊戲會讓孩子變回孩子。」又過了幾天，小嚴明從學校回來興奮的對媽媽說今天老師給全班放了冰雕的錄像，怎樣的神奇啊，怎樣的瑰麗啊……媽媽聽著，心裡就有了答案，於是對爸爸說：「今年冬季，我們去哈爾濱看冰雕好不？」嚴格看著小淨眼裡溫柔的堅持，他心裡清楚這不是一個問句，而是一個不能拒絕的約定。於是那年歲末，嚴格夫婦帶著小明兒北赴雪的國度。當然，嚴格清楚小淨的身體狀況不適合往那麼酷寒的大東北遠行，但他既沒勇氣也沒能力去否定一個母親的愛。儘管一路小心保養，但列車愈往北行小淨就明顯咳得愈嚴重，嚴格想方設法讓妻子好過點，然而一切的努力似乎都隨著小淨的生命力一點一滴的飄散在北國的雪原之中。可一向懂事的小嚴明，這回卻沒注意到母親的情況，因為他，樂瘋了！畢竟是小孩子，第一次出遠門的他對什麼都感到好奇，對列車好奇，對窗外的風景好奇，對服務員阿姨的東北口音好奇，對服裝整齊的鐵路站長好奇，對下榻旅館的事事物物好奇，對酸死人的東北火鍋好奇，當然，對一年一度的冰雕展更是抱著強烈的好奇。第二天一早，嚴格看著彷彿失去重量感的媽媽，牽著全然進入興奮狀態的兒子去看冰雕展的背影，覺得自己內心的溫度跟這北地的風雪完全同步了，他終於看到強顏歡笑是一種真實卻病態的堅強。等到一家三口穿越滾滾人潮進入展場，夫婦倆發現自己的兒子不只樂瘋，而且玩瘋了！小嚴明簡直興奮得連靈魂都在顫抖，「爸爸，媽媽，這是冰雕的萬里長城耶！酷！」「爸爸，那邊的滑冰道超長耶！我都不怕耶！我還要去排隊滑第四次。」「哇！媽媽，這是冰雕的功夫熊貓啊！太帥了！」夫婦倆就看著兒子不停地跑進跑出，遇見神奇的玩意就跑回來報告，接著又衝出去繼續玩，還跟一夥不認識的小屁孩玩在一塊。嚴格忍不住轉頭看向妻子，小淨讀著丈夫眼神的訊息，然後點點頭，她讀懂了爸爸心裡的感激：「這一趟是來對了！」接著幾天，都是嚴格帶著小嚴明出去遊玩，小淨都得待在旅館靜養，到了第五天，小淨愈見虛弱，連在旅館休息都撐不住了，嚴格在心裡盤算怎樣勸兒子明天返家，卻不要在他心裡留下陰影，哪知道到了晚上，小嚴明從浴室出來，一頭栽進媽媽懷中，丟下一句話：「爸爸，媽媽，我們明天回家好不？」爸爸與媽媽還來不及回答，小孩兒就在母親懷中睡著了！小淨柔軟的眼光灑在累倒與吸飽歡樂能量的兒子身上，臉上洋溢著單純而完全的滿足，嚴格在旁看著每一個神情的細節。

在回程的列車上，小淨靠著嚴格的半邊身體，軟綿綿的說：「等明兒大一點，下回我們到江南旅行好嗎？」「當然好啊！」嚴格回答。嚴格知道江南才是小淨真正想去的地方，對小淨來說，江南不是一個地理名詞，而是一份文化嚮往，對學藝術史的她而言，江南不啻是一個聖地與殿堂，也許在歷史的滾滾長河裡，江南在權力與戰爭遊戲的表現上幾乎從未顯赫過，但在藝術上所流傳的純度與厚度，卻是中國藝術上奇峰拔起的珠穆朗瑪，杏花煙雨，詩情流逸，小橋流水，聽雨殘荷……當然，嚴格心裡有一句話不會說出來：小淨啊，妳的身體情況不好啊，江南行恐怕是很多年以後的事兒了。事實上，當時的小淨與嚴格都沒料到，江南行不是很多年以後的事，而是從此成了一個永遠的念想。回到家裡，小淨的健康情形每下愈況，到後來已經不太能夠照顧小明兒的生活起居，還好明兒很乖，生活中大部分的事情都能自理，嚴格則挑起本來屬於母親的工作，父子倆的接觸反而變得比從前親密。一年之後，小淨終於住進醫院，在醫院裡折騰了幾個月，小淨就離開了。離開之前，小淨更珍惜每一趟與小明兒相處的時機，在這段時間，嚴格經常看到母子倆窩在病房的某個角落低聲細語的畫面，兩個人常常一講就一、兩個小時，而且對話的聲調輕如春風，嚴格完全不知母子倆在說些什麼。對嚴格來說，小淨的去世唯一讓他安慰的是：本來以為小淨會非常捨不得父子倆，而走得不安心與不甘心，事實上沒有。一直到說最後一句話、留下最後一個神情，小淨都是平靜寧謐的。大概篤信溫柔的人生信念的她，也溫柔的擁抱死神了，小淨應該已經跟死神談妥了，她讓祂帶走，但祂得讓嚴格與明兒父子倆平安過渡失去母親的人生長夜。最後的時刻，小淨伸手輕輕碰觸丈夫的臉頰，用幾乎無法聽聞的聲音對他說最後一句話：「今年花落顏色改，嚴啊，改變可以是……溫暖的。」說完，瘦弱的手、疲憊的眼神、虛弱的神識，隨著生命的焰火，緩緩飄零熄滅。嚴格的心靈一片空白，空空蕩蕩的全然沒有回音，他不記得自己有沒有哭，也許連哭泣的能力都喪失了，但他看見小明兒沒有聲音的眼淚，一左右極目遠眺，竟然看不見疆界！沙岸上卻星羅排列著許多巨石，嚴格腳下的大石塊就有上百立方公尺大小，有些巨石甚至有著三、四層樓的高度！

碧海藍天黃沙巨石，好一方遼遠的開天闢地！大到極致，竟成了一種壯美，與悲涼；大到盡頭，卻變成了一個寂天寞地。而這種蒼涼的美，美得讓人著慌；這一份寂寞的自由，自由得使人憔悴。原來自由是一種懲罰啊！

還有那一艘龐大得像一座小山般的巨輪，竟然能在海岸淺水區航行。巨輪的船身呈朱紅色，但油漆斑駁，明顯的經歷過歲月的摧折。等到巨輪靠近，嚴格抬頭，才發現這艘巨舟的體積龐大到仰視它的角度會讓人脖子發痠的程度。下一刻，嚴格感應到這是一艘空船，一艘無人縱控的空船。就這樣，一艘自由之船巨大、明淨、挺立、無聲的在海岸徜徉，卻不會擱淺？同時嚴格的視線與心神，也隨著這巨大的空船緩緩的向前移動、移動、移動……驀然，一股強烈的衝動與能量從雙腿湧現，才一個呼吸的光景，嚴格發現自己整個人彈上高空，罡風在身旁呼嘯，恣意享受著自由飛蹤的快感，竟然能夠踰越數十公尺的跨度，從磐石躍上巨輪的甲板！在甲板上剛站穩，彷彿每一個細胞都被奔放的能量煮沸，嚴格剛想放聲歡呼，但雙腿的衝動並不稍停，下一瞬間，嚴格發現自己又「飛」了起來，落回磐石上，隨著又「飛」向前方十幾公尺處的另一塊巨石，跟著再拔身而起，撲向巨輪……嚴格驚詫自己居然能在船、岸、巨石之間縱情飛躍！「飛」了好一陣，人在半空，按捺不住吶喊狂呼，這是生命的吶喊啊！這是忘情的蹤身啊！最後跳回磐石上，全身被奔騰歡快的能量灌滿，但，同一時間，另一種相反的情緒油然升起——

無盡的寂寞與傷痛襲遍心靈大地！

這個時空沒有小淨、沒有明兒、沒有洪水、沒有死別、沒有人間的愛與痛、沒有重擔與揹負、沒有執著與壓力，有的只是無盡無止的壯美與自由。嚴格如是想著。噢！一隻領悟的蝴蝶翩然飛進嚴格的腦際，羽翅拍動的輕響，愈來愈清晰，愈來愈清晰：原來，絕對的自由讓人落入深刻的不自由啊！海闊天空使人心陷囹圄啊！嚴格趺坐在磐石上，悲慟自己失去了牢獄！嚴格放聲大哭，同時聽到老瘋子的聲音不知從何方傳來，不斷敲打著他的心臟：自由是痛苦的，坐牢是快樂的，自由是痛苦的，坐牢是快樂的，自由是痛苦的，坐牢是快樂的……

# 水的故事（三）

雙眼睜開，天光澄明。

嚴格發現自己在晴空朗照下的一方小亭中的石几前石椅上坐起醒來，看見亭子前方是一個嵐靄飄拂的湖泊，小湖不大，湖面水波不興，平靜如鏡，湖畔疏木環抱，隔開人境，只看見三、兩隻水禽在淺水處獨立著，身姿各異，或凝望天際，或埋首在鳥背，或專注盯著水底的動靜，全都紋風不動，彷彿幾個入定的白衣老僧。嚴格再回過頭看看自己的一身穿著，咦？這不是自己年輕時代最喜歡的一件淺褐色毛衣嗎？隨著人生歲月的遷移，早就忘記在什麼時間什麼地方遺失了，怎麼會突兀的重回自己的身上與，夢中？

又是夢嗎？另一個夢？夢回另一個水樣的迷離嗎？從洪水到大海到小湖，這水的故事還要傳說到哪一章哪一節？再低頭審視雙手的肌膚，隱隱透現光澤，一股年輕的泉源在身體內放肆的奔流著，嚴格內心古怪的感覺愈來愈強烈。輕輕敲一下腦門，然後著實打量這四周的寧謐，好讓自己確定這彷如隔世的此情此境的真實性——這兒沒有記憶中的那場洪水湯湯，這兒沒有生死兩隔的悲從中來，這兒只沒有讓人柔腸九迴的小淨與明兒，這兒也沒有那寂天寞地的遼闊與寥落。湖畔亭中的嚴格覺得這兒只有一份遺世獨立的簡單與泰然。從亭外天色的光影判斷，現在應該是一天之中黃昏之前的最後明朗，連泛金的陽光灑落在湖面上，也好像特別的小心起來。

歷經驚夢、異夢的嚴格覺得眼下的光景分外讓人安心，唯一遺憾的是，這裡沒有……不對！這個平靜的夢裡也有小淨的倩影依稀啊！嚴格快步衝出亭外，小湖的另一端有一個身著鵝黃連身衣裙的女子，帶著一隻小狗在信步漫行，不正是小淨？嚴格心臟猛跳，但看愈久內心愈湧現莫名其妙的突兀感，讓他按捺著直接迎上前的衝動。因為，這個小淨……太年輕了！這時剛好有一個小學生模樣的女孩兒打亭前走過，嚴格心中一動，趕忙把女孩兒喚住。

「小妹妹，能不能請問妳一個問題，這裡……是哪裏啊？」嚴格盡量表現出一副人畜無害的好人樣，好減輕小女孩遇到怪叔叔問怪問題的危機感。

「我要回家吃飯呀！」面對無厘頭的問題，小女孩顯然轉不過來，邊回答邊用兩隻水汪汪的大呆眼看著嚴格，一副標準小智障的模樣。

「小妹妹，那現在是幾號啊？」嚴格轉個念頭，決定換一個比較曲折的、符合小學生程度的、但有效的口氣發問。

「十九號呀！」小智障仍然傻傻的回答。

「那現在是幾月啊？」嚴格耐心的一步一步靠近。

「十月呀！」小智障繼續說。

「小妹妹好聰明啊！那妳知道現在是幾年嗎？」話一問完，嚴格立即忐忑不安。

「我當然知道呀！」小智障玩問答遊戲愈玩愈來勁了：「現在是公元一九九五年呀！」

**二十年前**！嚴格呆住了！怪不得自己身體的感覺怪怪的，怪不得這個小淨看起來那麼年輕。嚴格內心震驚不已，一時忘記辨析自己究竟是夢中人？還是穿越者？

「那這裡到底是……」小智障被嚴格臉上震驚的神情嚇到，不等嚴格問完下一句話，就一溜煙似的逃得無蹤無影。

二十年前，自己與小淨都還不到二十歲啊，大概剛考上大學罷，不要說還沒與小淨結婚，甚至還沒遇見她，這麼年輕的她自己還只是從老照片上看過，今兒竟然在這個如夢似幻的湖畔讓自己給遇上了！嚴格內心激動的想著，視線再也離不開小湖另一端的伊人。這個小淨，真是年輕純淨啊！長髮流瀉，清麗淡雅。嚴格癡癡的看著，但，愈看，心中愈感到寧和，這個女孩的美宛如平靜的湖面，讓人激不起些許慾望的漣漪。人美如湖，輕輕揭開了嚴格心底最溫柔的扉頁。忍不住走向她的他自自然然的放輕了腳步，輕得像貓的跟蹤，彷彿害怕一不小心就會踩碎這個無端的美夢。

「嗨！好可愛的狗狗！」靠近她，嚴格彎下腰跟黃色小土狗打招呼，小土狗也配合演出的使勁搖頭擺尾。依稀記得在某一個時空的過去曾經出現過這個畫面，從小狗切入話題的這一招，有效。

小淨點點頭，微笑著打招呼。她對陌生的他的驀然接近竟然感到熟悉，好像時間到了，他該出現了。正這樣想著，但平素靦腆的她被自己突如其來的不設防嚇了一跳，又趕緊武裝起這一個時空的自己。

「妳好！」與其說是問好，不如說是他歷劫歸來的呼喚。

「你好！」她努力矜持著歡喜，一份來歷不明的歡喜。

他與她，相看彼此，忘記找話頭，忽然，從失落的時間回過神來，都被自己的大膽嚇到，同時紅著臉別過頭，天地之間彷彿只剩下微風拂過湖面的呢喃。

「嗯！妳……住附近嗎？」他喉嚨乾乾的明知故問。

「是啊！你呢？」她合作的找話說，好避免雙方的尷尬。

「我……路過。」他可不敢對她說剛從末世的洪水歷劫歸來然後在準備她的喪禮跟著又到了一個神祕的海岸。如果說這些有的沒有的準嚇壞年輕的她，或者讓她認定自己是瘋子。事實上，嚴格自己也弄不清楚自己是不是真的瘋了。

「我猜妳家的房子應該是合院的建築，不然就是老式的平房。」他決定「作弊」一次，因為他當然記得在另一個時空裡妻子娘家的建築形制。

「咦？你怎麼知道的？我家是舊式的平房。」當她的兩個大眼睛閃動著一種叫驚奇的東西時，讓整個嬌靨煥發著一種沒有道理的清艷。

「我用猜的，」他努力從她的艷光中挪開視線，才能繼續說下去：「妳的氣質，還有妳的狗狗，洩漏了妳家典雅古樸的氛圍。」

「……」她，又紅了臉，心頭狂跳。如果說他突兀又自然的出現，觸動了另一個時空的她的遙遠記憶；那他所說的話，就精準地敲響了現在這個時空的她芳心裡的清音了。

「你是算命的。」她故意慧黠的取笑，好掩飾芳心的弦響。
「沒了，我只是個學生。」他想了一下，笑著回答。
「是了！看你的年紀，應該還是學生，就算是算命的，也是業餘的，是不？」她流露出小壞壞的神氣。
「真的沒學過算命了。」他覺得這是一個美妙的取鬧。
「那，你幾年級？」她問。
「我今年考大學。」他心裡盤算，二十年前，自己應該是應屆的考生。
「噢！你比我高我一年級。你準備考什麼系？」她問。
「我想讀法律。」他答。
「真的！法律系？學法的人那麼會算命，不！那麼會猜？法律不也是一門行為科學嗎？學科學的那麼會猜嗎？」她問。
「法律是一門跟人性有關的學問，跟人性有關的學問其實都可以視為廣義的心理藝術，這麼說，法學不只是科學，也可以算是一門藝術囉。」他回答完，隨即心底浮上一份古怪的回憶，怎麼自己說的話，那麼像在另一個時空裡一個東北女孩說過的話！難不成，自己真的短路了？但嚴格沒有分神疑惑下去，因為眼前有著更值得的美景。
「哇！口才不錯唄！那該叫你法律藝術大師囉。」她沒察覺到剛剛企圖掩飾的想法已然悄悄的冰消。
「那本大師就再猜一下。」既然開了頭，他決定「作弊」第二次：「妳才是想唸藝術的罷。」

「哇！」她的心弦全然剩下驚奇的顫動。

「而且，」一不做，二不休，三不收手，趁機一舉推倒她心中的牆罷，他決定「作弊」第三次：「妳整個人散發著的藝術氣質裡，又帶著三分理性，我猜妳最有興趣的是藝術理論，將來很有可能會去做藝術史方面的研究啊。」

「……」驚奇升級成慌亂，這當兒的她，第一個念想是，逃！她覺得自己快要失去自制的能力，才第一次見面，不可以就……

「啊！天晚了，我要回家了，豆豆，過來唄，回家了。」好不容易找到一個逃離的理由，但一說出口，又馬上感到後悔。

「小狗狗叫豆豆啊，牠，多大了？」他，也慌了，是不是自己說太多話了，嚇到少女時代的她，於是著急找一個留下她的話題。

「豆豆才一歲多一點。我得回家吃晚飯了。」既然話說出來了，只能轉身準備離去，卻隱隱聽到內心碎片零落的聲音。

「這裡的黃昏好看嗎？」他，愈著急，找的話題一個比一個蠢。

「我，走了。」懶得回答他的蠢問題，但簡簡單單的三個字，明顯透著怨懟的語氣——你這個莫名其妙闖進來的傢伙，剛剛的大膽與口才哪裏去呢？

「妳和豆豆經常來這裡散步嗎？」終於衝口而出的問了！話一問完就緊張得滿臉通紅，他絕對不想犯下人生裡最嚴重的錯過。

「我們每天這個時間都會來這兒。」好不容易等到這個問題，她趕快答。聲音很輕，但說得很清楚。

這個答案一出現，兩個人都沉默了。因為兩個人都清楚，這不只是一個暗示，更是一個邀約。

看著小淨婀娜的背影與豆豆不住搖晃的尾巴，嚴格呆住了，內心卻不斷吶喊：「不管這是穿越，還是一個夢，我就在這個時空重新邁步罷，我要在這裡學習、成長，重新認識小淨，咱們倆要走出一條新的路，我還是要選擇小淨，我怎能不選擇小淨呢？怎麼可能忍受沒有小淨的歲月？咱倆還要把明兒生下來，怎麼可以讓小明兒失去出生的機會？但得先弄清楚這裡是哪裡，然後……」

嚴格心裡篤定，憑著多了一世的閱歷與智慧，他應該可以做到這一切；倏然，感到從內心深處升起一份清醒，一份深刻分明的清醒，一份肆無忌憚的清醒，嚴格覺得自己終於知道這個水的故事的來龍去脈了，他終於找到了，最後最真實的答案。想著想著，漸行漸遠的小淨忽然停下腳步，回眸，問了一個理當問但一直被忘卻的問題：「你叫什麼名字啊？」

「嚴格。」他回答。

「哦？」她停了一下，可能是名字與人的感覺的不搭嘎，她得花一點時間適應中間的反差。

「妳呢？妳的名字呢？」他當然想知道這個時空的她是不是使用相同的姓與名。

「我叫陸羽淨。」她回答。

「陸地上飄著一根純淨的羽毛？」他要確認。

「你都知道。」這時的她已經懶得驚奇或慌亂了，既然心裡已經有了答案，就山靜水清的，轉身離去。

小淨走後的嚴格覺得唯一的伴侶就是她所留下的寂寞與陽光。看著她身影消失的空間，突然嚴格感覺看到前方出現了一個記憶深處的當年自己，正在打量這個時空的自己，內心狐疑這個自己究竟發生了什麼變化？

輕呼出一口氣，不再多想內心猶存的患得患失，嚴格邁開爽朗的腳步，彷彿一步踩出一朵奮悅的蓮花，向前方走去。當然，這時自覺心中清明的嚴格絕對不會想到，在下一個人生的片刻裡，他會遇到什麼東西？

## 暴龍的三個問題（上）

轟！轟！轟！

大地震動！

但不是地震，地震的節奏不可能那麼規律，彷彿有一個無形的巨人手持巨大的榔頭一下一下的打擊地殼，每捶打一下，地表上的萬物就好像跟著跳起來。

砰！砰！砰！嚴格的心臟隨著巨震狂跳。莫名其妙！完全莫名其妙！這裡又是哪裡？怎麼會突然跑進這兒？嚴格心裡狂喊：怎麼夢一個接著一個的，究竟有完沒完？而且每趟身在夢中，都無法確定自己究竟是不是夢中人？

原來嚴格等少女小淨離去後，就邁步走向人生的前路。但愈走，愈發現自己走進一片濃霧之中，根本認不清前面的方向。好不容易等到霧漸漸散去，卻發覺已經走進一片下著細雨的曠野荒林，等到回過神來，才判斷出規律的巨響應該是從遠處傳來的重物落地聲，但怎麼兩聲巨響之間的間隙那麼固定？難道是腳步聲？可是啥東西的腳步聲會那麼沉？

「救人啊！」「救命！」「Oh! My God!」「我的老天爺呀！哪來的怪物啊？」正在思量眼前的情境跟以前遇過的蜘蛛人、鋼鐵人、小平同志、卡斯楚、異形、老瘋子、洪水、神祕海岸、夢中的兒子、少女小淨……有沒有什麼關聯，忽然從對面的密林中竄出一群驚慌失措的人群，嚴格一看，這是什麼跟什麼啊？還以為自己看錯了，揉揉雙眼，再看一次，幾十上百號人裡還真的是啥都有耶！但不管是什麼人或者是什麼東西，都在大呼驚叫，四下亂竄。嚴格順手抓住一個在身旁跑過的人，這傢伙帶著粗框眼鏡，配著圍巾，一頭亂髮，一副痞子科學家的模樣，嚴格問：「大家都在跑什麼啊？」

痞子科學家瞄了嚴格一眼，回答說：「生命一定找得到出路。」

「什麼跟什麼啊？我是問你怎麼大夥都好像被什麼東西嚇到？」嚴格心裡暗覺不妙，這傢伙怎麼長得那麼像舊電影侏侏紀公園裡的……

「還聽不懂，就像氣體一定找得到釋放它的肛門。」痞子科學家一邊說話還一邊抖腳。

「你還胡……哇！」嚴格不用問下去，一聲衝破天際的尖銳嘯聲給了他清楚不過的答案。一隻身高超過二十公尺的暴龍冷不防出現在痞子科學家身後，發出一響讓人魂飛魄散的尖嘯之後，隨即一口將痞子科學家的上半身咬掉！「救人啊！」「救命！」「我的老天爺！Oh! My God!我的娘啊！」嚴格看到這隻不知打哪來的暴龍的每枚牙齒都超過一公尺！鼻腔還盤旋著這怪獸噴出的腥臭口氣，剛好沾滿痞子科學家鮮血的圍巾丟落在他頭上，嚴格被嚇得跟所有人一樣瘋狂大叫加狂奔逃命！但他忘了所有野獸的本能都喜歡追逐奔跑中的獵物，那條大暴龍看見大教授跑得挺歡快的，就捨棄了其他目標，一心一意追逐這隻超有反應的小東西玩。但大暴龍一步頂得過大教授十幾二十步使，如果不是適時出現了一個變數，嚴格大教授的遊戲就要到這裡game over了。

「權力愈大，屁股愈大。我汰！」這時剛好蜘蛛人吊著蜘蛛絲從樹上盪過來，分散了大暴龍的注意力，身手矯捷的spider man同時射出十幾坨蜘蛛絲，封住了大暴龍的眼睛。被矇住雙眼的大暴龍連連怪叫，卻倏然旋身甩尾，人在半空的蜘蛛人來不及應變，被巨尾擊中，整個人被摔到更高的天空，等到失去方向感在空中亂翻滾的蜘蛛人自由落體時，正好大暴龍扯開了眼前的蜘蛛絲，巨軀閃電般前探，長劍般的利齒準確無誤的咬中了蜘蛛人的下半身，等到小蜘蛛的上半身到達地面，腸子流了一地，掛點前還不忘叨念一句：「權力愈大，屁股愈……蛤？我的屁股沒了！」

「蜘蛛人老弟，你和你的屁股安息唄！讓老哥哥幹掉這son of bitch給你報仇。」從空中俯衝而至的鋼鐵人派頭與氣勢十足，可這身穿鋼鐵衣的花花公子比起蜘蛛人更不濟，只看到他在空中不斷釋放蜂巢型迷你導彈，同時雙掌掌心連續擊發動力激光，但這些高科技玩意落在大暴龍身上似乎沒啥作用，不！有作用，有反作用。大暴龍被惹惱了，竟然飛撲至半空中，在空中轉體甩尾，精準的狠狠命中飛行中的鋼鐵人！哇靠！空中轉體擰腰發勁！高難度動作耶！大暴龍準是到過嵩山少林練過外家拳？「fuck!」遭巨龍尾ko的鋼鐵人被擊落地面，然後用餓狗扒糞的姿態著陸，鋼鐵衣冒起白煙火花，整個人動彈不得，大暴龍隨即一腳踩上去，但比烏龜殼還硬的鋼鐵衣沒有立即解體，只是吱吱作響，躲在裡頭的超級花花公子生死不知？

嚴格倒是慶幸蜘蛛人與鋼鐵人這兩個倒楣鬼橫空插手，讓自己趁機混進人群之中。另方面大暴龍沒懈怠牠使勁咬人的天職，幹掉鋼鐵人後，又抓緊進度咬死了一名海盜、一個小屁孩、一個律師總統

（國際慣例好像蹩腳的失業律師在沒選擇的情況下只好去當總統）；跟著下一個目標好像是一個頭頂通天冠的明朝皇帝！大暴龍仰天呼嘯，沒幾步就追上，正要下手，噢！不，是下口，但有人不依了。就算自己瞧不上皇帝小兒，但總不能讓這頭吃人不刷牙的口臭畜生幹掉自己的皇上罷！於是又有一個，這趟不是西方超級英雄笨蛋，而是中國超級俠客智障，出手了。到底是哪號鳥人？

「月明之夜，紫金之巔，一劍西來，天外飛仙！好孽畜，別傷了皇上的性命，瞧我的天外飛仙！我汰汰汰汰汰汰汰汰……（背景國樂響起）」好樣的！原來是白雲城主葉孤城出手，不！出劍了！[3]還真是人跟人不能比，比起那些狗屁西方超級英雄，咱中國的俠客有文化多了。只見白雲城主白衣如雪，衣帶飄飛，拔身提氣，人在空中，人劍合一，展動身法，在空中劃出一道優美的弧線，宛如天外劍仙，劍氣吞吐，正施展開他的成名絕技，刺向大暴龍的咽喉要害！哇靠！瞧人家那posture，那意境，那行頭，比起什麼蜂巢型導彈、蜘蛛絲等粗魯玩意有文化多了。當然，按照荒誕劇的劇情發展，這時一定會出現一個意料之中的意外。什麼？又被尾巴甩中？沒了！作者沒那麼偷懶了，一個老梗不會連用三次。原來葉大劍客習慣了跟人類對砍，卻忘記計算這次的對手塊頭有點過大，這回合大暴龍連尾巴都懶得甩了，等到葉大劍客的劍快要造訪自己的咽喉時，就張開大口狂叫：「犀咻！」原本是咽喉的擊中點變成了血盤大口與利齒森林，同時強大的聲波將白雲城主的劍勢震歪，天外飛仙立馬變成了大暴龍的廢物點心，咕咚一聲，連人帶劍就滾進那不刷牙的臭嘴畜生的肚皮裡去。大概大暴龍也反省到自己的口腔衛生工作實在做得不道地，這次就連咬闔的動作都省了，直接吞下去就是了。周圍

3 葉孤城是武俠小說名家古龍作品《陸小鳳》裡的人物。

驚惶逃命的人群一下子全成了定鏡，瞠目結舌的死死盯著那五、六層樓高的大怪獸，內心不斷重播剛葉大劍客被生吃的恐怖畫面！My God!連境界那麼高的絕世劍客都一眨眼就遭龍吻，自己這些瞎跑瞎逃的小生物還有活路嗎？但剛吃下葉孤城的大暴龍卻意外的沒有繼續發威，反而傻傻的呆站著，還用牠那隻短短的前肢搔搔頭，模樣挺憨的，倒像一隻超級殘暴版的圓仔。過了幾秒，大憨龍打了一個臭氣熏天的嗝，然後咯吐一響嘔出一樣物件。原來葉大劍客滾進龍肚子裡，沒幾秒就被龍胃的酸液溶化了，但他那口寶劍卻著實不好消化，大暴龍花了一會兒工夫才將它吐出來，劍上還沾滿了強酸的胃液。二萬年後外星人造訪地球古文明，發現了這一口古代的冷兵器，卻百思不得其解這些落後的種族為什麼在進行謀殺行為之前，還要在凶器上嘔吐？

「中國人不行，輪到我們日本鬥士了。」海賊之王魯夫，斜眼看著他的夥伴臭屁。[4]「一顆人不行，嗯鬥兄弟兩顆一起上。」三刀流索隆嘴巴咬著一把刀，左右兩手各執一把刀（還好他是三刀流，如果是九把刀流，最後三把沒手沒腳拿，只好塞兩個鼻孔和屁……），眼神凶悍，口齒不清的回答他的老大。

兩個偉大的東洋海賊同時大喊一句「Āo狗腦屎！」（海賊話『殺啊！上啊！』的意思。）之後從人群中竄出，一左一右，一上一下，聯手攻擊大暴龍。

魯夫當然是用橡皮砲彈攻擊，整個人捲曲成一個人肉滾球，彈跳到空中，朝大暴龍的頭部不斷的撞擊，我撞，我撞，我撞，我撞撞撞撞撞……

[4] 魯夫與索隆都是日本動漫「海賊王」中的人物。

索隆則展開三刀流的絕世刀技，攻擊大暴龍的雙腿，我砍，我割，我切，我切切切切切切切……偉大的海賊刀客一共發出九十三刀，刀刀命中！切切切切切得索隆氣喘吁吁，效果呢？效果是：沒有效果。大暴龍兩條神木一般大小的粗腿連刮痕都沒留下半條？哇靠！皮太厚了！而且索隆這智障沒想到他經年在甲板吹海風，海風鹽分高，他的三把吃飯傢伙早就銹蝕得連豬肉都切不開了，還腦子穿洞妄想砍傷大暴龍！

同樣的，魯夫的人肉砲彈攻擊對大暴龍也是不痛不癢。剛開始這隻口臭畜生還會挪開一下頭避掉魯夫的撞擊，或者抬抬腿裝個樣子閃開索隆生鏽的刀鋒；但到後來乾脆一動不動讓魯夫拚命撞讓索隆使勁切，反正生鏽的刀根本傷不了丁點油皮（不對耶！暴龍哪來的油皮？），而讓魯夫這顆人肉小蛋蛋再撞也撞不成腦殘（就算被撞成腦殘也沒事，反正暴龍這物種本身就有點腦殘來著不是）。最後大暴龍無聊得打了一個大大呵欠（什麼？暴龍不會打呵欠？誰規定暴龍不能打呵欠的。／什麼？腦殘不會打呵欠？誰說的，腦殘才要打呵欠，不然腦袋瓜怎麼排毒。／什麼？你罵本大作家腦殘？你、你沒禮貌……），而海賊之王魯夫竟然不偏不歪的剛好撞進大暴龍的嘴巴（看來真正腦殘的是這傢伙）！大暴龍於是本能反應的嚼，我嚼，我嚼嚼嚼……但魯夫的橡皮身軀實在口感不好又嚼不爛，大傢伙受不了咯呸一聲將魯夫吐出老遠，擁有橡皮身體的魯夫雖然沒被咬死，但被口臭的大暴龍嚼得歪七扭八又沾滿黏液，當然很不好受，可意外的魯夫竟然被大暴龍吐出這片密林的範圍之外，成了第一個逃生成功的人。至於逃生之後的魯夫怎樣繼續他腦殘，啊！不，偉大的冒險，那就是另一個故事了。吐掉魯夫之後口臭大暴龍隨腳一踢，就將三刀流，不！三生鏽刀流索隆踢飛，跟著一腳踩上去，可憐當海賊的比較窮，沒有鋼鐵衣保護，三刀流立馬變成了屎尿腸子齊流。

哇靠！超級英雄絕代劍客偉大海賊全部嗝屁！老美、中、日代表都出手了，嗯？中日？該輪到韓國了！請韓國代表出場。喂！稍待！稍待！本大作家傷腦袋了，韓國沒啥……人物耶！如果讓韓國同胞自己選，他們搞不好會請孔子、王昭君、屈原出場（韓國同胞認為這三位都是韓國同胞），問題是這三位大聖人、大美女、大詩人怎麼打暴龍啊？本大作家想破了頭也想不……蛤！賓果！有了！請外星人大帥哥嘟敏俊教授出場宰龍。[5]（啥？這也行！／怎麼不行，趕一下韓潮唄！而且人家嘟教授是外星人耶，有超能力耶！宰條小龍仔又有啥困難的。）這時嚴格混在人群之中，果然看到大帥哥嘟敏俊從一株巨木的樹梢飛身而下，瞧人家那副帥勁真是帥得掉渣，咦！等一下！包括嚴格在內的所有人本來都被嘟敏俊的帥樣迷得忘了爺是誰娘姓啥？這時都紛紛甩頭揉眼看個清楚，什麼？有冇搞錯！大帥哥嘟敏俊還抱著大美女阿姨，不！大美女姐姐千送一出戰大暴龍？太扯了罷！但這兩大嘔像一起登場還真是氣勢逼人——嘟敏俊環著千送一的纖腰，千送一那鮮紅得像狒狒屁股的唇彩，還有那超殺的眼神，加上嘟敏俊迷死人不賠命的酷勁，哇靠！兩大嘔像合體還真是氣場激增，壓得暴龍仔連叫都不敢叫，看起來這回屠龍有望了。但兩大嘔像跟所有觀眾都忽略了一個必須考慮的因素——大暴龍心理的陰暗面。原來大暴龍這種動物實在長得太醜，醜到童年時期的幼龍在河邊喝水時，經常會被自己的倒影嚇哭，因此造成了嚴重自卑與殘暴的陰暗心理，成年後的大暴龍會去咬死任何比牠漂亮的活物，問題是幾乎沒什麼東西不比大暴龍漂亮（當然律師總統例外），所以大暴龍會攻擊所有會動的事物。甚至在文獻記載中，曾有幼龍去嘶咬被風吹得滾動的乾狗屎，可能小幼龍覺得乾狗屎比自己還漂亮一

[5] 都敏俊與千頌伊是二〇一四年紅遍亞洲的韓劇的男女主角人物。

點點罷。就因為算漏了這一項內在心理因素，而造成……大暴龍剛看到嘟敏俊與千送一時，也跟所有人一樣被二人那種死沒人性的帥跟美震懾住，但下一個瞬間，內心自卑與殘暴的闇黑能量全數復活，而且復活到爆點！這兩個傢伙美得那麼無法無天沒天沒地烏天黑地翻天覆地，不把你們咬爛不是太破壞偶大暴龍的名聲嗎？大暴龍無間黑暗的內心在狂喊。所以等到嘟敏俊抱著千送一自以為壓制著大暴龍的氣場而愈飛愈近時，忽然，大暴龍發難了。「嗚哇哇哇！」大暴龍向兩大嘔像吼出慘無人道的大聲波！什麼？獅吼功！原來大暴龍會使江湖傳說中的獅吼功。不！甚至是獅吼功的升級版，龍吼功！（什麼？龍不是用吼的？龍是用嘯的，所以是龍嘯功才對。放屁了！你又不是我國文老師，哪有人說龍嘯功那麼難聽的，我就愛說龍吼功，本大作家寫的龍是用吼的，你管我！）可憐兩大嘔像還沒出手，就被慘絕人寰悲歌千里悲歡離合悲痛欲絕悲情城市悲天憫人悲悲，我悲……（別悲了，悲屁了！）的強大震波震碎，變成了空氣中的游離分子，後來游離分子結合成一道渦流，漂啊漂啊慢慢的漂離了地球，歷經了不知多少光年的距離，最終漂回了嘟敏俊的家鄉星球。哇靠！這樣的結局夠浪漫了罷，反正這兩個傢伙死都要販賣浪漫就對了。

嘟敏俊與千送一浪漫死了，但其他人可慘死了！掃光了美中日韓代表的大暴龍更是興奮得口水四處噴，立馬窮追猛打窮凶極惡窮途末路窮寇莫追窮極無聊窮山惡水……（拜託！別再玩成語接龍了！！！）的一口咬死了兩個科學家、一個紙片人模特兒（紙模太瘦了被風吹起，漂到暴龍嘴邊成了貨真價實的嘴邊肉）、一個搞黑心食品的大老闆、一個律師總統（咦？好像咬死第二個律師總統了耶）、一個牛仔總統（好罷！換一換，這個很有名，超會躲皮鞋的）、兩個好萊塢大咖（你問是誰？喂！你超八卦的）、一個總裁、十幾個ＣＥＯ、一個領導人、一個律師總統（喂！又律師總統？

第三個了耶！怎麼一直重複？／不是了！律師總統多嘛！反正律師總統多咬死幾個又沒關係。你好吵耶）……總之，生靈塗炭啊！嚴格看著大暴龍又愈來愈接近，又沒有人制得住牠，正心生恐怖，忽然，老牌演員湯姆漢克從他身邊走過，一把拉住嚴格，用他那濃濁的「阿甘」腔說：「dont worry, be happy!看到沒?那邊有一個城門口，很多人都往那兒逃命！」嚴格順著湯姆漢克所指的方向看去，果然看到密林的另一端矗立著一座古城門，城門洞開，很多人發現了都往那邊湧去。嚴格沒多想，二話不說趕緊跑。問題是，那麼多人都看到了，大暴龍站那麼高又怎麼可能看不見。果然大暴龍跟隨人潮向前衝，牠跨步又大，沒幾步就搶在所有人前頭，跟著旋身轉體，威風凜凜的站在古城門之前，發出一聲震破耳鼓的龍嘯，「犀咻！」眾人大驚止步！只有一個不知是不怕死還是嚇壞了的傢伙，想一口氣從大暴龍胯下衝過去，於是大暴龍隨便抬腿一踩，可憐傢伙，就為土地增加了營養值。

這下完蛋了，古城門前的地勢開闊，大夥看得清楚，這片林地原來被古城牆三面環抱，背後是聳立的絕壁斷崖，這城門就成了唯一的出路，現在口臭大怪獸堵住這唯一的活地，看來大夥兒得全交代在這兒了。從這口臭怪剛剛表現的咬人速度來判斷，牠把大夥兒全部解決了也花不了多少功夫。

就在所有人都陷入以為看不到明天的太陽的絕望情緒時，大暴龍又做了一個任何人都預想不到的……舉動。

# 暴龍的三個問題（下）

「回答三個問題，」天雷掠過一般的巨響：「答對了，通過，活；答錯了，死！」口吐人言！

這口臭怪竟然會說人話！

但天曉得口臭怪會問啥狗屁問題？不能第一個先上，讓別人先去試試。驚慌失措的大夥都有著同一個想法。嚴格在人群中東張西望，他不知小淨在不在這個荒謬的時空，他害怕這傻女生會第一個上前回答大暴龍的三個問題。

大夥兒面面相覷，好半响，沒有人敢移動半隻腳步。哪知大暴龍忽然閃電般俯身，咬住人群前排的一個聖誕老人，輕輕向上一丟，聖誕老人被拋高又落下，大暴龍張嘴一接，整個老公公就被生吞了！

「不回答，也不行，一個一個咬死。」大暴龍威嚇說：「回答，答對，活！」

「我來！」一個留著短髮、眼神蠱惑人心、蓄著日字鬍、個子不高、身著軍裝的漢子大步向前。二戰狂人希特勒！希特勒趾高氣揚的在大暴龍跟前停下腳步，一副睥睨天下不可一世的神氣，接著行了一個標準的納粹軍禮：「Hi! Hitler!」

「嗚哇哇哇……」大暴龍回應了一聲恐怖的龍嘯（你不是說你的龍是用吼的，不是用嘯的嗎？／

蛤！……）大暴龍噴出的強大口氣吹得希特勒衣服、頭髮往後直飛，等到強風稍歇，滴滴答答，不可一世的老希失禁了！

「你為什麼出現在這裡？」壓下了希特勒氣場的大暴龍口臭怪，問出了第一個問題。

「當然是為了燃燒德意志的國魂，恢復軸心國的榮光，實踐鋼鐵條約的諾言！我的意志決定一切，我要系統的、毫不留情的、連根帶葉的消滅資本主義與共產主義的聯軍，帶領歷經動盪的日耳曼民族，解放被奴役的全世界人民！我們還要……」被嚇得尿失禁的老希感到超沒面子，就想用慷慨激昂與蠱惑人心的陳詞挽回面子，順便騙騙這會說人話的口臭畜生。哪知大暴龍不等他演講完，就猝不及防的咬掉半個希特勒！一代狂人的鮮血臟器流了滿地！

「都在放屁！」大暴龍發出雷鳴般的怒吼（怎麼又改用吼，換來換去的，到底會不會寫小說啊／你……閉嘴了！好吵耶！要吼要嘯，怎麼起肖，都隨便你了，可以嗎？），然後說：「下一個！」

大人物不行，普通人呢？一個爸爸牽著一個小女孩越眾而出，小女孩兩顆大眼睛盯著大暴龍，眼神中寫滿了恐懼。

「兩個不行！一個一個來。」大暴龍說。

爸爸矮下身體與小女兒低聲說話，說了好一會，小女孩點點頭，爸爸拍拍女兒的肩頭。

「我女兒先回答。」大概是爸爸盤算如果自己先回答答錯被大暴龍吃了，小女孩也沒辦法單獨存活下去，不如乾脆讓女兒先答，自己還可以從旁指導。

「妳為什麼會出現在這裡？」大暴龍發出第一個問題。旁觀眾人恍然，原來大暴龍都是問同樣的問題。

「我不知道耶，是爸爸叫我來的。」小女孩天真，一旁的爸爸來不及指導，就率先說出實情。

「嗚哇……！」大暴龍朝父女倆只是猛吼（別說！別說話！吼也好、嘯也好，都好了，隨便你了，別吵我說故事），難得大發慈悲沒施暴咬人，只是下令：「滾！」

這時候嚴格確定了人群中並沒有小淨，就靜下心來思考眼前的處境——回答得冠冕堂皇不行，光聽別人說的也不行，難道意思是……

「下一個，快！」大暴龍繼續催促大夥，人群中開始出現互相推擠的情形。

「我來罷。」原來鋼鐵人沒死，但頭盔與前身護甲已經破裂，明顯失去了戰鬥能力。這傢伙倒有三分英雄氣概，既然宰龍不行，就跳出來搶在眾人前面回答問題。

「為什麼會出現在這裡？」大暴龍問出同樣的第一個問題。

「『我』想離開這鬼地方呀！『我』也想幫其他人離開呀！」鋼，現在應該叫破鐵人了，回答得很真，也很無奈。嚴格在旁觀察，感覺到破鐵人的回答抓到要領了。

「離開這兒之後，你要幹什麼？」果然！破鐵人第一個問題過關了！大暴龍接著問出第二個問題。而且嚴格與幾個明眼的旁觀者，都注意到神奇的變化——問出第二個問題後的大暴龍彷彿開始變形，變得矮了些許，面目也好像顯得不那麼猙獰。原來這口臭怪會變身？這裡面隱藏了什麼奧秘嗎？

「我……不知耶？」破鐵人沒想到第二個問題是這個樣子，一時反應不過來，只好隨口說：「改良鋼鐵衣罷？目前這一型連你都打不過。然後繼續維護世界和平罷？」

破鐵人的答案顯然不是很有自信。果然大暴龍又發難了！瞬間回到原來的高度，渾身散發霸道的殺氣，咬著破鐵人甩來甩去，可憐被甩出老遠的破鐵人又是不知生死。

接著幾個回答者都在第二個問題，甚至在第一個問題上就被處理掉。嚴格倒是漸漸聽出點門道——這大傢伙痛恨制式？牠要殺死慣性？

一連串回答者的失敗與犧牲之後，上前回答大暴龍莫名其妙的問題，就變成了一種比死亡還痛苦的煎熬，但不上場也沒好下場，這種時刻就更需要二愣子或不怕死的出現。果然，這世界不缺玩命的瘋子，人群之中又有一個光頭大漢排眾而出：「我來試試看。」

這光頭大漢長了一雙炯炯有神的牛眼，眼睛的主人其實年紀頗大了，但依舊身材魁梧，身上穿著一件水手衫，年紀一大把了還配著一條花圍巾。更絕的是這一副老不修模樣的魁梧老漢邁開大步走到大暴龍跟前，居然二話不說的立馬蹲下來，隨手抓起一塊石頭，然後沾著希特勒剩下的血肉，就在地上作畫！而且畫的竟然就是口臭怪大暴龍，更精確的說，是支離破碎歪七扭八版的口臭怪大暴龍！對了！這老漢好生眼熟？旁觀許多人都心裡狐疑：噢！難不成就是那個很多女人，而且畫的畫賣得超貴的……

「哇！你畫什麼狗屁蛋啊！」大暴龍張大兩顆龍眼，瞪著地上自己彷彿被颶風颳過之後再遭核彈轟過的畫像，暴跳著說：「你作死呀！把我畫成這副德性，我一定要將你的老屁股咬死咬爛咬爆咬扁咬碎咬開花咬結果咬得稀巴爛我咬我咬咬咬咬……」口臭怪準是自卑心理又發作了，生氣得亂叫亂跳語無倫次。

「你懂屁了！只會咬人，沒點文化！這是藝術耶！你懂不懂？」魁梧老漢叼著個菸屁股，右手拿著的石頭還滴著血，一臉不屑的說：「這是藝術來著！這是立體派繪畫技法呀！懂不懂？還虧我把你沸騰的靈魂都畫出來了，真沒文化！到底懂不懂呀你？」

「到底是我問你問題？還是你問我問題？」大暴龍咆哮著，張開兩排長劍一般的利齒。

「為什麼不可以我先問你問題，然後你再問我問題，也許我問的問題你回答不出來那你就別再問我問題，就讓問題始終保留成問題沒有答案的問題才是真正的問題，人生嘛不一定需要答案也許人生真正需要的是真正的問題，因為我們……」老漢說的話就像他的畫一樣，讓人感到滿腦子狗屎被炸彈開花的感覺。

「你不准問問問問問題再下去，我問題你的可以，你問題我的不可以，你再問我的題我咬你的飛機芭樂不准飛機我的芭樂問題……哇！別說了！你搞得我好亂啊！我問的不是你問的題了……嗚哇哇！」大暴龍的腦子繞不過魁梧老漢，話愈說愈亂，那是一定的，甭說大暴龍，又有幾個正常人真能繞得過那魁梧老漢什麼卡卡的畫的玩藝兒。

「好了！好了！你有牙齒，你是老大，你問。」魁梧老漢聳聳肩，吐出煙圈，一副啥都不在乎的神氣，兩顆牛眼瞪著大暴龍。

「你這老屁股為什麼會出現在這兒？」相同的第一個問題。

「喂！你有沒有搞懂？老子是大藝術家耶，『我』當然要離開這鬼地方，」魁梧老漢沒好氣的回答：「難道要爛在這兒聞你這沒文化的傢伙的口臭？」

顯然是答對了。看起來大暴龍是遵守自己訂下的規矩的，縱然暴跳，還是緊接著發問第二個問題。

「離開這裡之後，你老屁股要做什麼？」大暴龍磨著龍牙，發出難聽的吱吱聲，準備隨時撲上去咬爛這講話尖酸的老屁股。

「no！no！no！看來你還沒搞清楚狀況耶。我不是跟你說老子是大藝術家嗎？你這沒文化的沒聽過老子的名言嗎？『藝術是一個謊言，但卻是一個更真實的謊言。』」[6]魁梧老漢繼續揶揄口臭怪，說：「離開這裡之後做什麼？廢話！還用問嗎？當然是繼續說謊啊！我不繼續說謊，現代藝術怎麼辦？」

嗯！果然是藝術家的答案，很個人主義。魁梧老漢答完第二個問題之後，幾乎所有人都注意到大暴龍進一步的變化——高度變得更人性化了，只剩下三百多公分，更驚人的是大暴龍的臉部竟然逐漸浮現出一些些人類的輪廓！原來大暴龍是人變的嗎？這是另一個版本的《變形記》嗎？[7]這口臭怪幹嘛在這裡問什麼三個鳥問題？這裡面隱藏了什麼祕密？不管怎樣，魁梧老漢的第二個問題也過關了，他是第一個進入第三個問題的人，大夥兒不禁緊張起來，屏息等待，如果這個大藝術家第三個問題也回答通過了，大夥兒就看到活路了。

「那說謊之後呢？」大暴龍的聲音也愈來愈接近人類，身形愈變愈小，而且口氣裡也透著一股渴望，不只沒那麼生氣，而且彷彿也在期待正確的答案。但，第三個問題有點不好回答，不容易找著大暴龍的重點，旁觀的幾個人像嚴格一般腦袋瓜比較好使的，都皺著眉頭思考其中的深意。

「說謊之後嘛，」大藝術家第一次流露出遲疑的神情，但沒幾秒，又回復到跩到不行的神氣，侃侃而談：「藝術是無止盡的追求啊！說了一個謊言之後，當然是說另一個更偉大的謊言，然後再說一個更更偉大的謊言，跟著是另一個更更更偉大的謊言……」

6 這一句名言與立體派繪畫技法都是屬於一個當代大畫家的，為了小說的趣味性，作者刻意隱藏了他的名字。

7 《變形記》是二十世紀大小說家卡夫卡的名著。故事的輪廓大致是說：一個普通的上班族第二天一覺醒來發現自己變成了一條大蟲……

「我幫你不用再說謊下去了，犀咻！」一瞬間暴漲回原來高度與殺氣的大暴龍，好不容易逮到機會一口咬掉卡卡大師，大藝術家的鮮血剛好洒在他畫的暴龍像上，後人經過這裡，看到這坨狗屎不像狗屎恐龍不像恐龍的東西，怎麼頗有一點卡卡大師作品的神髓，但又有一灘不知啥時代的野狗在上面拉下稀屎的遺跡，所以就沒挖去蘇士比拍賣，讓這大藝術家作品的競標天價失去了一個再破紀錄的機會。

大夥兒的心往下直沉，這臭屁老頭幾乎成功了，結果還是被大暴龍給咯七掉！但這個臭屁藝術家的被咯七引起了同儕的憤慨。所以另一個大藝術家春天種樹跑出來了。（春天種樹？那夏天不種樹嗎？秋天呢？冬天呢？／喂！喂！喂！專心說故事好嗎？／……○○○×××）春天種樹仰視著幾層樓高的大暴龍，語重心長的說：「暴龍桑，你這種行為是不對的，你知道你剛剛咬死的那位大畫家的重要性在哪裡嗎？就是他畫的畫幾乎沒有人看得懂耶！你把一個超會畫沒人看得懂的畫的大畫家幹掉了，那剩下的繪畫作品大家都看得懂，那繪畫藝術怎麼發展呀？會影響到藝術家的市場與生計啊！你懂嗎？讓人看得懂的畫是沒有人會去買的，就是大家都看不懂，卻都在裝懂，很多所謂評論家更催眠自己讓自己以為懂，其實他所謂的懂根本不是畫家的懂，而且很高興的以為別人都不懂，甚至想辦法讓別人知道自己懂，然後大家都在裝懂裝high class，其實都在暗爽別人不懂，這樣的畫才會有市場啊！暴龍桑，你知道你犯了多大的錯誤嗎？這樣好了，我給你說一個故事。很久以前有一個住在海邊的卡通卡，某一天心血來潮造訪了芬蘭的森林，芬蘭的森林長著很多忘憂草，味道太濃郁，讓卡通卡一整天都忘記了放屁。然後他在森林邊緣向城市方向出發，經過一處加油站遇見了柏拉圖，柏拉圖告訴卡通卡再朝西邊走會找到一間夜店，夜店裡通常會隱藏著生命的答案。於是卡通卡照著柏拉圖的指示到了夜店，邂逅了一個相貌普通身材平平的女孩，女孩喝醉了，吐得滿身狼狽，卡通卡帶女孩到旅館，脫光她的衣服再幫她洗好澡，兩個人睡在床上。第二天女孩醒來發現自己身無寸縷，就問卡通卡『你有沒有上我』，卡通卡回答說『沒有』，女孩說『真的嗎』，卡通卡說『真的』，女孩說『嗯』，卡通卡說『嗯』。女孩離開後，卡通卡一個人到海邊，一邊看海，一邊喝啤酒。喝一罐啤酒，捏扁一個罐子，往海裡丟；喝一罐啤酒，捏扁一個罐子，往海裡丟……卡通卡突然心裡想起一句話：『People are strange when you are a stranger.』[8]卡通卡還是覺得很無聊，於是繼續喝啤酒，繼續捏罐子，往海裡丟；喝啤酒，捏罐子，丟……啤酒喝多了，卡通卡開始放屁，聲音與氣味都很完整的一個屁，就是氣體的流量差了點，所以卡通卡又聯想起另一句話：『世界上沒有完美的絕望，就像沒有完美的放屁一樣。』[9]放完屁之後，卡通卡還是覺得無法遏止無聊的氛圍，只好繼續喝啤酒，捏罐子，丟；喝啤酒，捏，丟……」哇靠！春天種樹的故事一說就是三十分鐘，讓大部分人神遊悲慘世界。如果仔細分析，聽故事的人的反應大概可以分成三種：第一種是進入深眠狀態；第二種是腦袋放空，兩眼放光，口水直流；第三種是精神狀態瀕臨崩潰。大暴龍顯然是屬於第二種。在這當口，剛剛那個第二個上場回答問題失敗，沒被大暴龍咬死的小女孩對她爸爸說：「爸爸，這叔叔講的故事怎麼那麼難聽啊！」小孩子的聲音脆，現場又是沒半點動靜，所以這句評語大夥都聽得很清楚。一語驚醒夢中龍！大暴龍從彌留狀態全面甦醒過來，心理狂喊：「差點著了這傢伙的道！」同時內心的負面能量瞬

---

8 這句話是當代某日本名小說家在作品裡的名言，這位小說家寫過《挪威的森林》、《海邊的卡夫卡》、《國境之南太陽之西》、《一Q八四》等等作品。

9 跟上一個註一樣，是同樣一位小說家的名言，但這句話經過作者的改寫，更換了關鍵詞，譬如「放屁」。

間漲到爆點，心裡對春天種樹的故事只有三句評價——第一句評價：「哇！」第二句：「哇！哇！」第三句：「哇！哇！哇！」隨即將春天種樹一腳踢飛。牠可不敢吃下這傢伙，萬一被這傢伙的有毒細胞汙染，自己變成像他一樣會說這些鳥故事，那可怎麼辦？

　　大畫家，小說家都不行，嘿！該輪到音樂家上場了。只見人群中一個留著長髮的漢子慢條斯理的走出來（噢！是貝多芬出場了！／貝你個頭！留著長頭髮的音樂家就一定是貝多芬嗎？你有看過貝多芬戴墨鏡的嗎？看清楚再說話。／n〇〇××👽☆☆……）漢子戴著一副大墨鏡，脖子上掛著一把吉他，嘴巴嚼著檳榔，腳踢藍白拖，走路霹靂啪啦響，一副超級台客的德性。哇靠！原來是台式搖滾教父八百登場了！君不見八百玩著結他，咬著檳榔，抖腳賤笑，一副酷得不可一世的樣子，對大暴龍說：「喂！暴龍仔，雖然剛剛那兩個傢伙，一個畫的畫不像話，一個說的故事煩死人，但你這樣對待鵝們玩藝術的，總是不太好罷，喂，暴龍仔，你的火氣太大了！我唱首歌仔給你消消火，保證跟剛剛那兩個裝肖仔的不一樣啊！超俗，超台，超有力的啊！**聽、好、了！**」

「留心腳步，看的清楚，有很多可疑的因素；（背景音樂響起）
呼喊妳，讓妳糊塗，考驗我愛的程度。（八百邊唱邊搖像在起乩）
喔～～～妳是我的花朵！（副歌響起了）
我要擁有妳，插在我心窩。（跳舞了）
喔～～～妳是我的花朵！我要擁有妳，插在我心窩。（超嗨的）

喔～～～妳是我的花朵！喔～～～妳是我的花朵！……（全面搖滾了）」[10]

哇哩！大暴龍真的開始搖起來了！還邊搖邊唱耶！

「喔～～～妳是我的花朵！

我要擁有妳，插在我心窩。

喔～～～妳是我的花朵！我要擁有妳，插在我心窩。……」

哇哇哩！所有人都搖滾起來了，包括沒被咬死的爸爸與小女娃、鋼鐵人（哇靠！這傢伙打不死的、邊搖鋼鐵衣還邊在冒煙）、春天種樹（他也沒死？）、夏天種稻（春天種樹的弟弟）、秋天種麥（春天種樹的弟弟的弟弟）、冬天種……西瓜（春天種樹的弟弟的弟弟的弟弟／喂、西瓜不是冬天種的！／你煩死了！又不是真的種西瓜，是名字嘛，是人的名字ok嗎？／你你……）、還有嚴格、湯姆漢克、湯姆克魯斯、湯姆歷險記（湯姆歷……／別、別說話！我知道了！我說太快說溜嘴不可以嗎？）、小平同志、卡斯楚同志、華盛頓總統、歐巴馬總統、歐七馬、歐六馬（喂！玩太過囉，別太超過呢！你給我小心點！／用恐嚇的，〇〇××〇〇👽☆☆……）、唐太宗、唐明皇、不動明王、亂動不明王、拿破崙、阿歷山大、阿歷山中、阿歷山小（好了！好了！不玩了！）……總之所有人全體都搖滾起來了！

10 這是著名台語歌手伍佰名曲〈妳是我的花朵〉中的歌詞。

「喔～～～妳是我的花朵！我要擁有妳，插在我心窩。
喔～～～妳是我的花朵……」

如果這時候不是有一個人，不！不是人！一個……東西也在搖滾，恐怕大暴龍就真的被搞定了。

「呱～～～溺是臥的化朵呱！呱～～～溺是臥的化朵呱呱呱……」

天呀！是唐老鴨耶！唐老鴨也一齊在搖滾。但這隻鴨的嗓子太破，聲音太粗，講話太奇怪，跟所有人一齊唱，就是鴨立人群，完全不協調啊！所以唱、跳得正嗨的大暴龍被唐老鴨的破嗓門驚醒，驚醒後的口臭怪悔恨交集：我怎麼跟這台客唱那麼low的歌啊？還跳舞！太破壞我大暴龍口臭怪的格調了！太丟臉了！大暴龍沒多想，一腳將八百踢飛，音樂終止，搖滾結束，但被踢飛的八百在空中劃過一道很搖滾的拋物線，還不忘撂下一句話：「這次沒感動死你，下一趟我找『姐姐』一起來咚吱咚吱跳針跳針。」

大畫家、大小說家、台客音樂家，玩藝術的全部貢菇；輪到搞科學的上場了，於是阿基米德、牛頓、海森堡等幾個大咖一一上前回答三個問題。科學家們比較實際，沒有人想去感化大暴龍，都有志一同的只想趕快答好問題過關，離開這個有點神經病的地方。（天啊！堂堂大科學家剛剛還跟許多人一起跳「你是我的花朵」，丟人啊！）問題是往往只有頭腦卡住的人才能當上大科學家，所以阿基米德一直想著怎麼用一個支點舉起整個地球，牛頓還在記掛那個砸到他的蘋果熟了沒好不好吃，至於海森堡就一直在想辦法怎樣才能抓住那隻亂跑亂跳的基本粒子，因此沒有人好好思考大暴龍的三個問題，回答的格局就沒有脫離剛剛光頭老漢卡卡大師的範疇，結果就是讓口臭怪又多喀七了幾個偉大的科學心靈。

「有沒有注意到，他們回答的基本邏輯錯了。」一直在旁靜靜觀察的嚴格對身邊的湯姆漢克說。

「巴拉底，看你的長相就是一副有學問的樣子，來！說說看你的發現。」湯姆漢克右手插在褲口袋，嘴角掛著很帥的微笑。

「最後幾個人，回答到第三個問題，都只差了一點點，因為他們沒有發現大暴龍的三個問題其實是依據三段論法的……」嚴格還沒說下去，就聽到人群中一片此起彼落的吵雜聲——「喂！不要去啊！不要命了。」「剛剛幾個大藝術家、大科學家都不行，你這隻死鴨子頂個屁用。」「回來了，剛剛不是你太吵，大暴龍就被八百唱昏了。」「臭鴨，回來！」「你以為前面是米老鼠啊！別添亂了！」……

「呱呱！大藝術家、大科學家又怎樣？他們都回答得不呱呱，我才會呱呱得呱呱呱，所以不要阻擋呱我去呱呱，我呱呱成功了你們才可以呱呱呱……」唐老鴨一邊與後頭的人群對罵，一邊顛著胖胖的屁股呱呱聲不絕的上前回答問題。大夥心裡想：反正也沒有幾個人聽得懂這死鴨子講的話，就讓牠上去嗝屁算了。

大暴龍瞪著走到跟前的唐老鴨，心裡還在狐疑這屁股肥肥的小生物上來幹什麼？一時沒有回過神來。

「呱呱！看什麼呱？問問題啊呱呱！」唐老鴨雙手插腰，仰頭反瞪著大暴龍，說話很嗆，果然有唐老鴨潑辣的威風。

「好！你說的，問題答錯了，我可不介意吃沒拔毛的鴨子。」大暴龍頓了一頓，問：「你為什麼出現在這裡？」

「呱呱！我要離開呀呱，我討厭這裡呱呱！我討厭你呱！我討厭你的口臭呱呱！我討厭你吃人的樣子！我要走啊呱呱！」唐老鴨一邊呱呱呱一邊鴨毛亂飛。

「離開這裡之後，你要做什麼？」大暴龍超想生吃了這隻死鴨仔，但牠是個守規矩的龍，對方的答案顯然沒有破綻，只好繼續問下一個問題。

「呱呱呱！當然是回到鵝的舞台向全世界散播天下無敵的呱呱呱！」這死鴨子的呱呱聲呱得讓人耳鼓發痛。

「那對全世界散播天下無敵的呱呱呱之後呢？」哇哩！這死鴨子竟然回答到第三個問題！旁觀所有人不禁都緊張起來，畢竟這是第一隻鴨子走到這一步。

「呱呱！自然是向全世界散播宇宙無敵的呱呱呱！」唐老鴨一副說得理所當然的神氣。但，在人群中靜靜聽著的嚴格卻有著另外不同的心情。

領悟了！一個領悟在心中升起。一瞬間，嚴格覺得自己心中明白雪亮，清楚通達，就像在小亭之中面對少女小淨時自己了解了水的故事的隱喻，現在的嚴格覺得已經掌握到大暴龍的三個問題的真正涵義了。這領悟不知從哪裏來？但嚴格就是感覺到自己在這個問題上醒過了。當然，這可能只是自己的感受，不見得就是大暴龍的想法；但領悟就是領悟，領悟不需要什麼理由，有時候沒有理由的領悟才是真正的領悟。至少，嚴格領悟到唐老鴨答……錯了。

「哇！哇哩！哇塞！哇靠！哇哇！VV！VV哇哇！」在一片驚呼聲中，大暴龍直接將唐老鴨，吞了！口臭怪明顯不在乎究竟是北京填鴨、明爐烤鴨、櫻桃鴨胸、芋泥鴨、雪菜火鴨絲、薑母鴨、鹹水鴨、子薑燜鴨、荷葉粉蒸鴨、醬爆鴨丁、還是冬瓜老鴨湯……，就直接吃唐老鴨沙西米，沒留下一片鴨毛，唐老鴨甚至來不及呱一聲呱呱。眾人的心沉到谷底，一切又回到原點，沒有人抓得準大暴龍到底要的是什麼答案，更不要說了解問題背後的深意。再這樣下去，一個一個準成了大暴龍的腹中點心。

「巴拉底，你有什麼理論就快點說出來罷，不然你看這怪獸吃人好像沒有消停的意思。」湯姆漢克挑起一邊眉毛，口氣很急，但態度還是很紳士。

「不是理論，是一種……觀察，」嚴格若有所思的說：「我剛剛提到正反合的三段論法模型，如果從這個思路想下去，大家回答的邏輯都不對了。我……觀察暴龍的三個問題是在講一種生命的……升階，而後面幾個回答者都是依循A⇩A1⇩A2的思路，從結果來看是錯了，從正反合理論來說，不是A⇩A1⇩A2，而應該是A⇩A+⇩A-……」

「咦！又有人出來回答問題了。」湯姆漢克突然打斷嚴格的話，嚴格轉身去看，沒有啊，沒有人出來啊？心裡奇怪的嚴格正要轉頭問湯姆，忽然有人用力在他背上推了一把，嚴格踉踉蹌蹌的跌出場中，同時心中一驚！回頭一看，哇靠！就看見湯姆漢克向他比出一隻大拇指，臉上掛著一個陰險的微笑！我的媽呀！這個一副正人君子模樣的阿甘也會陰人！

嚴格趕緊要跑回人群之中，就聽到前方響起一個雷鳴般的聲音：「你為什麼出現在這裡？」大暴龍的第一個問題！

嚴格抬起頭看著高得像一座小山般的大暴龍，張著兩排利齒牢牢盯住自己，全身血液彷彿瞬間凍結，一雙腿忍不住的打起哆嗦，剛剛在心裡想得通透的領悟被嚇得無影無蹤，飛回姥姥家去了。在人群中看著別人回答問題是一回事，但等到自己身在局中，才知道完全不是那麼一回事，身歷其境，才真實感受到大暴龍恐怖的氣場與壓力。

「我我我我我不是要回答問題了，我剛剛摔了一跤，不小心跌了出來，先讓人……讓別人回答，我我還沒想好，想好了再作答。」嚴格說得結結巴巴的，慌慌張張的就要閃回人群之中。

「嗚哇哇！」大暴龍猛吼一聲，強風颳得嚴格全身汗毛直豎，立定不敢稍動。大暴龍說：「你以為在玩金頭腦啊，輸了可以回家，出來了就要回答問題，不然，」大暴龍用短短的前肢指了指牠巨大的腹部：「你就往這裡走一趟罷。我再問一次：你為了什麼出現在這裡？」

「為了『我』要離開這裡，『我』一定要離開這裡，『我』強烈的決定要離開這裡，『我』超級強烈的決定要離開這裡，『我』超級超級強烈的決定要離開這裡，『我』超級超級超級強烈的……」嚴格不得已只好回答，但害怕表達得不夠精確，就一直一直歇斯底里的強調。

「夠，夠了！你這個人真煩！第二個問題：離開這裡之後，你要做什麼？」認可了嚴格第一個答案的大暴龍開始變形——個子變小，臉部線條開始變柔和，聲調也比較人性化。

「離開這裡之後？」嚴格頓了一頓，又開始密集發射言語飛彈：「離開這裡之後，『我』要去找一個人，『我』一定要去找一個人，『我』強烈的決定要去找一個人，『我』超級強烈的決定要去找一個人，『我』超級超級強烈的決定要去找一個人，『我』超級超級超級強烈的決定要……」

「好了！停！enough！」大暴龍阻止說得超級超級超級喘的嚴格繼續說下去。接著大暴龍想了想，嚴格對第二個問題的回答，好像也沒什麼問題，於是開始進一步……變化，這次每一個人都看得清楚分明，但同時又懷疑自己的視線是不是變模糊了，就好像極細微極密集的變化在極短促的時間內進行，讓人的眼球追不上變化的速度，等你想方設法要看個清楚，變形的過程已經完成。這時大暴龍已經沒有比最高的人類高出多少，臉部的線條也愈來愈趨向人形，尤其是嚴格，怎麼就覺得這大暴龍的臉愈看愈似曾相識？

「第三個問題：找到你要找的那個人之後呢？你要做什麼？」愈來愈人性化人形化的大暴龍每次問到第三個問題，語氣中都會夾帶著一份期待。

終於走到第三個問題，嚴格反而沉靜了。他的心裡當然已經預想好答案，他的頭腦也建構了一套關於大暴龍三個問題的邏輯，雖然他並不確定自己預想的回答是否合式大暴龍的胃口，但人在場中，當然只好按照既定的策略應對。問題是答案在嘴邊呼之欲出之際，嚴格遲疑了。因為這個快要說出口的答案，太違背他內心的真正想法了。嚴格覺得如果他真的將答案說出來，恐怕自己的心靈會崩落好大好大的一塊。

「說：找到你要找的那個人之後，你要做什麼？」大暴龍重複了第三個問題，臉上的線條又開始變得猙獰。嚴格心裡恐懼，如果真被這大傢伙生吞了，就再沒有機會兌現第二個問題。於是輕輕吐出一口胸中的濁氣，緩緩說出答案。

「找到那個人之後，就忘掉那個人了。」一抛卻剛剛的恐懼、煩惱如過眼雲煙，這個答案卻掃興得彷彿殘山剩水。說出第三個問題的答案之後，嚴格馬上閉上雙眼，絕對不想親眼看著大暴龍長劍一般的利齒咬在自己身上。

「哇靠！哇哩！哇啦啦！哇塞！哇哇哇！VV哇哇！哇嗚嗚……」周遭一片驚呼聲，嚴格遲遲感覺不到身上的劇痛，於是慢慢睜開雙眼，趕上大暴龍口臭怪變回人身的最後鏡頭。大暴龍終於完完全全完完整整的變回一個人！一個跟自己身高差不多的老年人？剛剛身為大暴龍的殺氣與猙獰全都不見了。蛤！自己真的答對了三個問題了！蛤？咦？這……這不是那個老……瘋子嗎？對了！是老瘋子！正是那個頭戴跳跳虎皮帽、手裡常常拿著一支大號棒棒糖拐杖、還老不修的畫上桃紅色眼影（靠！今天還擦上橘色唇蜜）、而且將自己推進末日洪水之中、後來又在小山丘上將自己敲昏的那個老瘋子耶！大暴龍與老瘋子竟然是同一個……人！一龍一人，一變態一神經，竟然是同一個人？這裡面有什麼道理啊？但不管怎樣，老瘋子這老不修神經兮兮的，怎麼說都不可能生人活吃啊！那剛剛上演的那些恐怖劇難道都是假象？這究竟是演哪一齣啊？

老瘋子好像也看到嚴格的滿臉疑惑，便堆上一臉奸詐的笑容，看著這個一直被他惡整的大教授，說：「老弟，記得嗎？心隨瀚漫共悠悠啊！」嚴格正要質問老瘋子幹嘛搞出那麼大的陣仗惡整人，忽然，大霧升起，超大的無明濃霧在密林裡處處升起，將整個幽谷完全籠罩，能見度幾乎等於零，當真是伸手看不見指頭。嚴格跟其他人一樣完全不知發生了什麼事，只能朝著前方依稀的光源，一步一步小心翼翼的向前行。帶著忐忑的心情不知走了多久，愈走濃霧愈漸散去，本來四周人聲吵雜，也漸漸的寂靜下來。走著走著，霧散天開，終於看清楚四方景物，嚴格張目凝視，我的媽呀！這不是邂逅少女小淨的湖畔小亭的來時路嗎？景緻依然，哪有什麼密林秘谷？哪有什麼大暴龍的生吃活人與三個問題啊？至於啥蜘蛛人鋼鐵人葉孤城嘟敏俊千送一唐老鴨八百春天種樹卡卡大師阿基米德……等等當然是通通都沒有！嚴格感到一陣茫然，此時此刻心裡更強烈的想念小淨與明兒。如果不是這時遇見兩個人，嚴格準會認定剛剛的遭遇絕對是一場荒唐夢。

第一個人——一個「熟人」在前方十幾公尺處緩緩的爬起來，嚴格快步接近，赫然是，海賊之王魯夫！原來魯夫被大暴龍「吐」出密林之外，就摔倒在這裡昏過去了，直到嚴格出現的腳步聲才將他喚醒。魯夫有點艱難的伸展伸展四肢，應該是還沒從大暴龍的咀嚼恢復過來，這海賊之王看見有人接近，便裝得一副沒事的樣子，而且向嚴格比了一個V的手勢，隨即一拐一拐的轉身離去，繼續他偉大的海賊冒險。

真的是魯夫耶！那剛剛的那場荒謬劇是真的囉！嚴格的心裡正感疑惑，忽然有人在背後輕拍他的肩頭。第二個人出現了。嚴格轉身一看，湯姆漢克！

「剛剛為什麼陷害我？」嚴格無名火起，差點要一拳揍過去，強壓著怒火，質問。

「巴拉底，反正事情都過去了嘛，你帶我們過關了，good job!而且，」湯姆漢克還是很從容優雅的說：「理論不如行動啊！我只是推你一把嘛！」

嚴格想想也對，而且心裡還徘徊在回答大暴龍的第三個問題的感傷氣氛中，就低下頭沒再說話。

「你回答第三個問題的答案，究竟是什麼意思？」湯姆漢克問。

「你要聽一個最哀傷的愛情故事嗎？」嚴格沉思片刻之後，反問。

「please!」湯姆做了一個「請」的手勢。

「我忘記從哪一部電影看到的，」嚴格沒在看湯姆，而是凝視遠方，彷彿仍然在戒備不知從哪一個前世而來的洪水湯湯。宛如在傾訴一個遙遠的傳說，嚴格說：「有一個普通的士兵，既沒有崇高的軍階，也缺乏赫赫的戰功，卻愛上了王國裡最美麗的公主。當然士兵也知道身分不配，最初沒敢表白。但一天一天的過去，士兵對公主的愛已經沸騰到一個頂點，他覺得公主的美彷彿是夜空蒼穹裡最璀璨的明星，對一個在茫茫人海裡孤獨航行的旅者來說，怎麼可能忍得住對夜星的愛慕與渴望。於是他不顧一切的對公主提出婚姻的邀請。一旁的國王一聽大怒，就要喚人來處死這個不知輕重深淺的士兵。倒是公主怪有趣的看著這個愛慕者，阻止了搶過來拿人的宮廷衛隊，而對士兵開玩笑：如果你在我臥室窗下的草地上，不移動的坐上一百天，我就嫁給你罷。士兵沒有說話，取過一張椅子，靜靜坐在公主窗下的草坪上。第二天清晨，公主推窗一看，果然看到士兵一動不動的低頭坐著，公主抿嘴笑了笑，沒有多想，就忙別的事去了。過了兩天，公主心血來潮的想到了士兵，走到窗台往下一看，士兵還在，只是過了三天，臉色有點憔悴。公主心裡冷笑：逞英雄，看你能夠耗幾天？第四天早上，公主起床一看，士兵還在；第五天，還在；第六天，在！公主一問在旁監看的衛隊，這傢伙果然六天以來沒離開過椅子，只是每天清晨舔舔軍帽上的露珠解渴。公主心裡想：存心跟我嘔氣來著，看我理不理你！於是負氣離去。第七天，公主忍住不去看那個頑固的士兵。到了第八天，滂沱大雨！公主冒著雨衝到窗台，那個該死的士兵還是坐在那裡！士兵仰頭吃雨水果腹，兩人的目光在雨中相遇！公主眼前看到的盡是一片蕩漾的溫柔。大雨一共下了三天，公主的心再也無法保持冬天的溫度。好不容易雨勢收斂，公主跑到草坪，對著士兵尖聲說：你不要再坐在這裡了，我是公主，我不可能嫁你的，你知道嗎？快離開，我求你了！這樣坐下去會死的！士兵抬頭微笑，溫柔的眼神投向夜空蒼穹裡最璀璨的明星。公主眼裡卻看到本來強壯的士兵變得蒼白、虛弱、快支持不住了。公主看著看著，不爭氣的眼淚往下直流。就這樣一天一天的過去，不管晴天、雨天、冷天、熱天，士兵還是頑強的坐在公主的窗下。公主看著這窗下的男人愈來愈搖搖欲墜，臉色愈來愈白，鬍子愈來愈長，本來畢挺的軍服愈來愈髒，但就是坐著不稍動！公主發現自己的心跟著愈來愈軟化，情感愈來愈脆弱，同時內心的答案也愈來愈清晰。到了第九十九天，士兵奇蹟的堅持下來，公主下定決心明天準備好最好的醫生去治療她的勇士，然後牽著她的男人向父王提出婚禮的請求。她的心完完全全被他打動、征服了。終於到了最後一天的清晨，公主推窗往下看，但滿心歡悅的她只看到一張空椅子！公主跑下草坪，果然只有一張空椅子！士兵在第一百天離開了他心目中夜空蒼穹的明星。」

嚴格說完故事，看著湯姆漢克。

湯姆沉吟良久，嘆了一口氣，說：「好故事！但，巴拉底，你真的能夠兌現第三個問題的答案嗎？」

「……」嚴格默然。湯姆拍拍他的肩頭，踱步緩緩遠去。一邊走，還一邊唱著一首關於相遇、寂寞、內心祕密、注定的愛情、神祕女子、陌生的知心人、悲辛與溫柔的歌：

「I heard she sang a good song,
I heard she had a style.
And so I came to see her
To listen for a while.
And there she was this young girl,
A stranger to my eyes.

Strumming my pain with her fingers,
Singing my life with her words,

Killing me softly with her song,
Killing me softly with her song,
Telling my whole life with her words,
Killing me softly with her song.

She sang it as she knew me
In all my dark despair
And then she looked right through me
As if I wasn't there.
But she was there this stranger
Singing clear and strong.

Strumming my pain with her fingers,
Singing my life with her words,
Killing me softly with her song,
Killing me softly with her song,
Telling my whole life with her words,
Killing me softly with his song.

看到老農還在賣力收割，情緒消沉的他什麼也沒想，看到田間阡陌放著一些農具，就隨手拿起一把鐮刀上前忙活。在另一個時空的嚴格曾經參加過青年下鄉體驗的計畫，所以幹起田間的活雖然技巧比較生疏，但仗著年輕力壯，也算幫了小忙。幹完活後，老農讓嚴格與他一起用餐，還是一樣的粗糧與配菜，只是多了一杯熱茶。老農告訴嚴格，他的妻子幾年前去世，幾個兒子不是到城裡工作，就是另外置田成家，只剩下老頭子自個兒對付這片老田，仰仗著一輩子下田的經驗與技術，基本上還對付得了，但遇到農忙時還是得找臨時工幫忙。輪到嚴格交底，只好編個故事說跟家中長輩鬧意見逃家，結果瞎跑亂跑到了這裡，才發現身上沒錢了，虧得有老農的收留，所以就想說既然出來了，就乾脆花個幾天把事情想清楚了再回去。閒聊間，嚴格技巧的打聽，終於知道這處農村就在自己原來的時空所任教大學的近郊，時間呢？果然是在一九八九年，「現在」的自己是一個才十八歲的小伙子啊！對於自己穿越一連串似夢非夢的經歷，嚴格也說不清內心悲喜交纏、憂歡起伏的複雜感受！接著嚴格向老農問起小湖與亭子，老農聽了瞪大眼睛看著嚴格，許久沒說一句話，好半响才開口：「俺在這裡住了一輩子，沒聽說過這個地方。」嚴格不死心，央求老農代為打聽打聽。老農吃完晚飯，轉身出門。等到很晚才回來，告訴嚴格說幫他問過幾個老鄰居，也沒有人曉得這處所在。嚴格聽後默然無語，彷彿眼裡還看到那瀲灩蕩漾的湖光倩影。接連幾天，嚴格都在白天幫老農割稻，一靠近黃昏，就四下去尋找那神祕失蹤的湖泊，可幾天下來，徒勞無功，心裡飽受煎熬。某日清晨，清風拂面，手提鐮刀的嚴格站在一片隨風動蕩的稻洋之中，心中忽有感悟：也許萬物都有屬於自己的節拍與規律罷，大暴龍事件擾亂了時空的序列，讓少女小淨的時空不見了，這大概就是自己這幾天一直找不到神祕湖泊的真實原因罷。但仔細想想，在自己原本的時空裡，也是到了快三十歲的年紀才在一個學術會議上遇見小淨，那也是快十年後的事情了。這個時空自然有屬於這個時空的節拍與規律，如果因為自己的強加干預而擾亂了敏感的時間舞步，搞不好會造就出不想看到的結果。所以比較聰明的做法就是不要有太大的動作，讓時間之河自然流轉，那麼等到小淨與明兒該出現的時機到了，他們就會出現了，又何必硬做那吹皺一池春水的愚行呢？豁然開朗的嚴格終於放下消沉的情緒，當晚便向老農辭行，而且向老農借點路費，說好一回家就馬上寄還。老農聽了掏了鈔票塞到年輕嚴格的手裡，說是算給他這幾天的工錢，不用寄還了。嚴格沒推，卻一把抱住老農，剛開始老農身體僵硬，慢慢、慢慢的放軟下來，但老農想到那幾個不在家的兒子，就靜靜的掙開這陌生小夥子的懷抱，趕緊別過頭去。

第二天嚴格就乘坐列車上路，算一算老農給的工錢足夠回老家一趟，嚴格決定先去看看在這個時空的老爸。返回家鄉，本來擔心會不會在這個時空遇見另一個自己，還好這件恐怖的事情一直沒有發生。倒是老頭子看到兒子非常驚訝，迫不及待的追問嚴格這些天到哪裏去呢？原來這個時間的嚴格，應該在首都借住親戚家準備考大學，但十幾天前親戚打電話告訴老頭子：你兒子失蹤了！還跟公安報了案。嚴格只好硬著頭皮又去編故事——兒子告訴老爸某日起床，忽然覺得走到人生的轉捩點，開始懷疑念大學的意義，所以書讀不下去了，就臨時決定出遠門流浪，經過了十來天的沉澱與思考，總算重返人生的軌道，再出發之前，有一種想返鄉看看父親的強烈衝動。（故事編完，嚴格很訝異來到這個時空的自己怎麼變得那麼會瞎掰。不過想一想也沒啥了不起，歷經了一連串異度空間的悲歡離合，說幾個小謊就像鼻頭長了一顆青春痘一般稀鬆平常囉。）老頭子凝視著兒子，很驚訝的發現年輕的臉上似乎多了一份……歲月的刻度！這個兒子到底遇著了什麼事呢？嚴格很意外的沒受到責備，老頭子反而稱讚了他的「誠實」！哇哩！老天！在家鄉住了幾天，父子之間說了好多話，嚴格覺得在原本的時空沒跟老頭子說的話都補回來了，而且只要轉換個視角，老頭子對自己的嚴格與不合理都變成是可以理解的。幾天後告別父親，嚴格要回到首都準備考試，老頭子默默無語的送走兒子，其實內心激動不已：這孩子的眼眸深處怎麼閃動著一些以前沒有過的東西？

當然，以嚴格多了一個時空的知識、閱歷與經驗，他可以輕而易舉的考上好成績。事實上他確實考慮過在上一個時空讀了半輩子的法律，既然擁有reset重來的機會，何不試試看另一條人生的道路？但轉念深思，萬一太大的驚動造成時間軌跡的變異，而導致小淨從自己的人生舞台消失！那可怎麼辦？想到這裡，感到一陣靈魂顫慄的嚴格，還是老老實實選擇原來的方向。他小心翼翼的程度甚至刻意在考場上表現得只比中等程度好一點，不動聲息的考上首都大學的法律系。從此嚴格就拿捏著這種低調的態度生活下去——默默學習、暗中發展其他專業卻絕不表現出來、不引起其他人注意的畢業、考上研究所、成為小有名氣但不會太出色的法律學者、在原來大學任教、與其他人保持不熱不冷的交往、發表了幾篇不重也不輕的研究論文……當然，作為一個過來人與穿越者，嚴格不是沒動過別的心思：憑仗著對這段已經走過一遍的歷史的經濟發展與國際局勢的了解，加上自己豐富的法學學養，大可「作弊」式的投資、炒作，進而建立起一個在上一個時空夢想不到的企業王國！但只要一想到時間河流可能因此嚴重改道，冒險犯難的念頭便立即打住了。儘管如此，一個穿越者的人生是不可能完完全全雲淡風輕的，但許許多多關於嚴格教授的傳說，就不是這個故事的範圍了。總之，嚴格在這個時空的基本人生信條，就是：維持一個不顯山不露水的中庸的存在。就這樣過了十年，時間之河終於流到了嚴格應該會遇見小淨的學術會議的交叉點上。之前嚴格不是沒有嘗試過打聽小淨，但首都地區著名的大學調查了一遍，都沒有發現陸羽淨這號人物？在不敢有太大動作的顧忌下，嚴格只能心裡揣測：是不是這個時空的小淨比較年輕，現在還只是一名藝術系的學生？還是這個時空的小淨沒有念藝術，所以在藝術系找不著？還是這個時空的小淨不叫陸羽淨？或許她是在首都地區以外的大學任教？……不管怎樣，自己一定會在會議上遇見她就對了。嚴格如是想著。

但等到為期兩天的學術會議登場，卻讓嚴格徹徹底底失落了。因為：沒有。沒有遇見小淨。沒有遇見等待十年的那個她！這個學術會議是一個跨領域的學術大拜拜，嚴格任教大學的法學院廣邀校內、外的法學院、經濟學院、商學院、文學院、藝術學院的專家學者與會，人頭多，場子熱。嚴格老鷹般的眼目盯著兩天來會議上的每一個人，但就是：沒有！沒有看到小淨！論文的發表人裡，沒有；邀請與會的專家學者裡，沒有；曾經有參與討論或發言的，沒有；旁聽席中的人群，沒有；甚至連打掃的工友與工讀的同學裡，也沒有！通通沒有！會後嚴格不計形象，不理會其他人詭異的目光，向許許多多準備離去的藝術系老師及藝術家打聽。「嚴老師，沒有啊！我不認識您說的這個人。」「嚴教授，這個問題這兩天你問過我三次了，我沒聽過這號人物啊！」「對不起！我不認識。」「老弟啊，怎麼著？這麼急！你家娘子跟你鬧意見逃家是不？」嚴格覺得自己的問題像一塊塊投向斷崖的石子，沒有丁點反響。

傳說東太平洋群島的海岸區，有一種長吻飛旋海豚。這種哺乳類有著快樂的配偶、族群與夥伴。牠們通常上百隻組成一個家族，還經常與斑海豚、領航鯨、小虎鯨、瓜頭鯨等近親族群結伴在海中捕魚、遨遊、遊戲，在海面上旋身飛躍，過著天真自由的日子。飛旋海豚只有一種天敵，就是殺手鯨。致命的天敵！一般來說，只要三到四隻殺手鯨就可以解決數十隻飛旋海豚，獵手們會從四個方向圍住海豚族群，逼迫海豚跳出水面，然後趁獵物飛離水面的一瞬間，準確無誤的一口咬住，咬死一隻後，再攻擊另一隻，等到殲滅、瓦解掉整個海豚家族，再回過頭來慢慢進食。聽起來很殘忍，其實也只不過是維繫生態均衡的自然法則罷了。傳說中，失去配偶與家族的飛旋海豚會離開殘存的族群，離開從小生活長大的淺海區（其實應該是離開這片傷心的海域罷），獨自游向深海秘處，然後吟唱出最神祕、哀傷、孤寂的海豚之歌，從此流浪不歸，不知所終……這時孤獨坐在大會議廳的嚴格，覺得自己就是那隻傷心失群的海豚，他失去了屬於自己的時空，失去了一直以來依賴的……嚴格控制，他失去了所愛的人，失去了一直深信不疑的人生信條，失去了奮鬥的目標，失去了生命中所有重要的聯繫。更、更嚴重的，他失去了小淨。小淨啊！是什麼原因造成妳的不出現呢？是什麼理由讓妳錯過這麼重要的交會點呢？還是在這個時空裡根本沒有妳的存在⁉但，如果沒有妳和明兒的存在，那我為了什麼要穿越到這裡？這一切的一切，又有什麼意義？這一切的末日故事、水的故事、明兒的故事、湖畔相遇的故事、暴龍的故事，又有什麼意義？難道這一切的瘋狂與錯亂，都只是意義虛無、徒勞無功的混沌？嚴格在心裡吶喊。也許，他的心靈已然游向大海深處的神祕海域，謳歌著最悲傷的海豚之歌。

「老師，老師，我們要關門了耶！」會議廳管理員幾乎在嚴格耳邊用喊的。嚴格卻覺得聲音從很遠的地方傳來，漸漸的在整個空間裡迴盪著、迴盪著……

「老師，老師，您沒事罷？」

「呃？我聽到了，我沒事。讓我再坐幾分鐘……就走。」

獨自一人枯坐在大會議廳裡的嚴格，感到這個空漠的大廳向四面八方無止盡的延伸、延伸、延伸……

接下來半年的歲月，嚴格發了瘋似的四下打聽小淨的下落，他終於忍不住了，打破了多年以來的小心翼翼，利用他神奇的投資「預言」高額懸賞小淨的情報，因此在這段時間裡留下了好些讓人拍案驚奇的故事，那，結果呢？結果是除了與一堆江湖騙子周旋之外，只是更敲定了所有努力的廢然無功。然後嚴格開始喝酒，三個月後，所有法律系的同事與同學都有了一個共識：嚴格大教授要完蛋了。大教授開始帶著滿身酒氣進教室，開始有同學投訴他竟然在上課時間睡著，也有同學質疑嚴格教授在教室說醉話（問學生三個什麼暴龍的鳥問題），甚至開始開天窗沒去上課，跟著系主任與院長開始約談他，老同事也開始跟他說一些苦口婆心的人生大道理。面對這一切一切，嚴格只是笑笑，啥都沒有說。因此全世界的人都認為嚴格大教授絕對撐不了一年，準被解聘。但對嚴格自己而言，喝酒只是讓他覺得「輕」一點，舒服的「輕」一點，他覺得自己就像一塊生長了十年的萬鈞巨岩，直接滾落看不見底的黑暗淵藪，那是一種讓人從靈魂裡難過起來的墜落感，而酒精讓他感到稍稍「輕」一點，可以短暫解脫那種無止盡的沉重。

這一晚，嚴格又去「輕」一點了。

◇　◇　◇

空氣中混雜著人體的汗味、女人廉價的香水味、濃濁嗆鼻的煙味、經過口腔發酵後噴出的酒臭味、冷氣裡的陳腐味、舊櫸木地板的霉味、當然還有各式各樣的酒飄散在空中的種種穀類的甜香與屍臭、辛辣的食物味、嘔吐物的酸味、甚至有著男女性交的體液味……如果嚴格的鼻子沒有錯亂，他覺得還聞到一種燃燒靈魂的煙硝味？這間酒吧就像一本氣味雜陳的百科全書，一本亂七八糟的臭味百科全書。

這幾個月以來，嚴格大教授成了一個流浪型的酒鬼，「喝」無定所，但最常光顧的還是這間酒吧。嚴格也說不上是啥理由。這間酒吧其實很low，龍蛇混雜，什麼人都有，什麼事都可能發生，而且距離嚴格的學校與居所也遠，也許，對嚴格來說，存在著兩點吸引他的理由罷。一點說得清，一點說不上。第一點理由：與很多上癮者一樣，儘管這裡充斥著各式各樣的危險與酒鬼，但就是愛來這兒泡，因為這裡，自由。這間酒吧的空間設計其實不壞，百分之七十的北歐風加上百分之三十的中國元素，讓這間酒吧成為一個融合中西設計風格的成功範例。基本上，這個城市的許多公共空間與營業場所的所謂中西合璧，都是些糊弄洋鬼子的不倫不類，真正成功的案例事實上是少之又少，這間酒吧就是其中之一。這裡的設計手法毅然捨棄了中式圖騰、明式家具、宮廷藝品以及一些民族風擺飾等小件；設計基調主要是由線條簡約的桌椅家具、原木建材、裸露的天花板、冷峻的吧台設計、強調神祕感的燈光調控、再配搭一些藝術風格明快的鐵件與後現代主義的畫作等組成；中國元素方面則通過喜氣紅色系及東方花紋的蒲團、桌巾、窗花、落地窗的窗簾布，再加上蘭、菊、水仙等甚富中國風味的植物來表現，基本上都是屬於軟性的題材。這麼一來，整間酒吧的風格是冷色系的北歐風加上比較強烈但含蓄的中國式熱情，成功揉合出一種看起來頗為陰陽均衡的深厚基底，於是形成一種隱約卻堅定的空間語言，彷彿對每一個酒吧的訪客說：這裡的中西合璧不是媚俗的中西合璧，而是一種有想法的中西合璧。空間設計是有格調的，但經營手法卻完全不在同一個檔次，酒吧的經營方法基本上就是……沒有經營方法，另外一個同義詞就是：亂搞。不知是由於酒吧主人的偷懶，還是要刻意營造出一種無政府主義的氛圍，店主人的經營理念可以這麼說：任何人可以在這間酒吧裡做任何事。是的！

做、任、何、事。當然，做任何事的後果你必須自己完全負責，別指望酒吧主人會出面保護你。神奇的是，酒吧開業以來從來沒有黑白兩道上門關切過，店內也沒有真正發生過太嚴重的勾當，所以所有酒客都共同認為，這裡的老闆應該是一個很有「背景」的人。就是這樣的設計與經營的融合，讓這間店出現一種自由、墮落的美學風格，正是吸引嚴格這幾個月經常來光顧的第一點理由。酒吧主人甚至很黑色幽默的將店取名為pure？這麼汙穢、混亂的地方竟然叫pure！這是酒吧老闆自我嘲弄與挖苦的反諷式哲學嗎？至於吸引嚴格常來的第二點理由：他覺得這裡存在著一種召喚，神祕的召喚。其實說不上真實的道理，嚴格就是感到他必須經常上來，呼應這個召喚。當然這也可能是大教授喝酒喝壞了腦子之後出現的幻覺。總之，嚴格大教授就成了pure的常客，而且很快就變得赫赫有名，因為瘋狂的他和他瘋狂的問答遊戲。

「傻大，傻大，別走！別走！來回答我的三個問題。」嚴格大教授還假裝出一隻腦殘暴龍咬人的死樣子，如果被他的學生看見，準掉落滿地的下巴與眼珠子。

「老小子，你又來了！煩不煩呀你！」傻大身高一八五，長髮落腮鬍滿身都是毛，活像一隻人類大猩猩。但一副兇樣的他偏偏拿邋遢瘦弱的嚴格沒辦法。

「答了！答了！搞不好這回你就通關了。」嚴格的酒醉已經high到抑制期與鈍化期的沸點了——抑制住一切理性，鈍化了所有正常。

「就陪他玩玩唄，這大叔其實挺可愛的。」傻大身邊的女朋友濃妝艷抹，但眼裡閃動著稚氣的光，看著嚴格。

傻大嘆了一口氣，他心裡清楚如果不陪這瘋子教授玩，今晚就休想脫身了。傻大與嚴格都是pure

的常客，同樣愛上pure那種墮落風的自由，但兩人絕對不是同一類型的人：傻大兇，嚴格瘋。傻大是富二代，加上身子骨長得粗壯，造就了性格裡一份目中無人的蠻橫，但他不敢惹嚴格。所謂窮的怕富的，富的怕兇的，兇的怕傻的。有一回傻大目睹嚴格喝醉鬧事，展示出敢跟一個玩刀子的幹架玩命的氣魄，就知道這種神經病惹不起。即便將這個瘋子教授打趴了，自己也要付出相當的代價。尤其身旁這個漂亮妞可是花了整個月的工夫才把上的，自己可絕對不想在她面前出洋相；跟瘋子較真，何必？自己只是名字叫傻大，人可不傻耶！但瘋子教授好像就是認準了傻大這個心理弱點，每次碰上他，就纏定他玩問答遊戲，遊戲規則只有一條：如果答錯了沒通關，下回遇見可得再回答一次。偏偏這瘋子問的問題超蠢，每趟問的又幾乎都一樣，而且每趟都判傻大「答錯了」，又不說明理由，害得傻大每趟遇見嚴格都要一再重複這腦殘的輪迴。

「好罷！你問唄。」漂亮妞在旁，傻大儘量表現得很有風度的樣子。

「來囉！我問囉！」其實問的與答的都知道每趟的題目都是一樣的：「你為什麼要出現在這裡？」

「是你這個神經病要我在這裡回答你的狗屁問題啊！」傻大握拳，粗聲反嗆。

「哈哈哈！你是蠢蛋！第一個問題就答錯了！」嚴格笑得幾乎岔氣，辛苦的說：「再給你一個機會，我問第二個問題：答完我的問題之後，你要幹什麼？」

「離開你這神經病之後，當然是去喝酒啊！這裡是酒吧耶，不喝酒難道喝尿？」傻大沒好氣的說。

「哈哈哈哈哈！原來你真的是傻仔！怪不得你叫傻大。你第二個問題回答得完全沒有重點耶！能回答得那麼弱智，真了不起！哈！笑死我了。」嚴格笑彎了腰，好不容易才直起身體，說：「再一個機會呀！我第三個問題來囉：喝完酒之後，你要做什麼？」

「喝完酒之後？當然是抱著我的妞去睡覺，廢話！」傻大愈說愈大聲，耐性瀕臨崩潰。

「哈哈哈哈哈哈哈！原來你不是傻仔，你根本就是神經病！」嚴格故意笑得很大聲，讓全酒吧的人都看過來，結果愈笑愈瘋，笑得快要吐，好不容易稍稍停歇，還說：「你竟然回答得**『完全』**沒有內涵啊！真是宇宙無敵的神經病啊！哈——哇——我的媽呀——」

被瘋子教授大呼大叫的嗆，傻大的臉色彷彿在一塊豬肝上面淋上一堆豬屎。不甘心在妞與許多人跟前沒面子的他，決定反攻：「老是你問我，輪到我問你三個他媽的問題了。」

「好哇！新玩法。來問！來問！」嚴格興奮到手腳不知往哪裏放，酒醉完全進入了躁動期。

「你為什麼出現在這裡？」擺出絕地反攻姿態的傻大問。

「『我』要找你玩啊！『我』喜歡跟你傻大玩嘛！」嚴格裝出一副很「嫵媚」的德性，看得傻大一陣冷顫。

「那你回答完我的問題後，你要做什麼？」這瘋子教授果然回答得比自己篤定，傻大只好繼續問第二個問題。

「就像你說的，當然是去喝酒啊，廢話！難道去喝尿？」嚴格腳步蹣跚，看起來快不行了。

「哼！那喝完酒之後呢？」傻大心裡想，第二個問題跟我回答得差不多嘛，看你最後一個問題是不是也是胡說，再一塊還給你。

「喝完酒之後呀，就忘掉喝酒囉。」嚴格的一雙醉眼盯著傻大，好像傻大是一件世界上最好玩的玩具。

「屁！你又回答得多高明，還不是差不多。哈！輪到我笑死了，我哈……」傻大正要準備衝著這瘋子教授狂笑，卻突兀的被嚴格打斷。

「等一下！先別笑。」

「咳咳……幹嘛！你可以笑，為什麼我不可以笑？」

「嘻！傻大，你沒聽懂玄機耶，你為什麼不問問我，怎樣才能忘掉喝酒？」醉眼惺忪的嚴格，嘴角慢慢浮現出一個奸詐的微笑。

「你怎樣忘掉喝酒？」傻大被挑起好奇心，果然傻傻的問。

「當然是繼續喝酒啊！喝醉了，就忘記喝過酒了！哇哩！你太傻了！我太天才了！你笨死了！笑死我了，哇哇——呵呵——哈哈——」傻大眼看嚴格愈笑腳步愈不穩，應該沒力氣玩命了，心裡又超不爽一直被這瘋子擺道、惡整，於是朝瘋子教授猛揮一拳，嚴格只感到腦袋瓜裡倏然鼓鈸齊鳴，鼻腔內部陡然湧出強烈的鮮血氣味，跟著眼前一黑，隨即失去意識。

「好玩嗎？」「好玩嗎好玩嗎好玩好玩……」「好玩嗎這樣……」「這樣這樣這樣……」「很這樣嗎好玩嗎？」「這很好玩這樣嗎？」「好玩嗎這樣很？」嚴格的意識重開機，一個句子在他的腦際不斷的重組、拼湊、播放、穿透，逐漸的組合成一個有意識的問句——「這樣很好玩嗎？這樣很好玩嗎？這樣很好玩嗎？這樣很好玩嗎？……」

跟著嚴格發現自己坐在地板，之前不知昏了多久，腦袋暈眩，顯然酒醉進入了痛苦期，鼻子疼痛，鼻血一滴一滴滴在地上。

「這樣很好玩嗎？」句子主人的聲音又甜又脆，卻不是那種討人厭的娃娃音。

「不好玩！頭痛死了！又被揍。」嚴格坐在地板擦鼻血，沒有抬頭，剛剛喝到high的興奮勁如退潮般消失無形。

「洪哥，麻煩你把大教授扶起來罷。」洪哥是pure的調酒師，調酒技術一流、強壯、不愛說話，平時就是一副對人愛理不理的死樣，許多人都在懷疑洪哥就是pure的真正老闆。這個美麗聲音的主人能指揮得動他，可見不是普通的酒客。老闆？股東？熟客？相好？

嚴格感到一雙強而有力的手臂將自己架起，然後將自己放在吧台前的高腳椅上。嚴格就順勢坐下來，緩緩的喘著氣。

「妳認識我？」嚴格依然沒有抬頭的發問。一邊擦著臉，一邊按壓快裂開的頭殼。

「大教授和你的三個問題，這一陣子在pure很有名呀！」美麗的聲音嬌笑著回答。

「……」嚴格說不出話，覺得胃部也在翻江倒海。

「噢！想吐了。洪哥，給大教授一杯rainbow bomb唄。」

嚴格雙手支撐著痛苦的頭，沒有丁點慾望去看美麗聲音的主人，酒醒後的他，好奇的細胞也成了槁木死灰。

沒幾下功夫，洪哥就放了一杯色彩豔麗的調酒在嚴格面前。嚴格沒有絲毫猶豫，一口灌了半杯。哇！神奇的能量炸開了！果然像一道彩虹在腦袋瓜裡爆炸，僅僅三秒，對！絕對不超過三秒！剛剛的所有頭痛、嘔吐、暈眩、頹唐、沮喪的負面身、心感受，全數不見了！神！嚴格覺得靈魂被打了一劑強心針，整個人瞬間充滿強電流！

「哇靠！這是啥鬼東西？」嚴格坐直身體，兩眼發亮，看著前方酒櫃。

「如果我說給你喝的是毒品，你喝嗎？」

「喝！幹嘛不喝？」

「嘻！大教授真是瘋得夠了。」

嚴格順著聲音看過去，看到一個短髮明艷、身段嬌小的女郎，穿著一身俐落的連身短裙坐在旁邊的位置上，正在啜飲一杯無腳闊口的蘇格蘭威士忌。嚴格眼睛瞪得老大，我的天啊！是小淨！小淨出現了！我找到小淨了！

「小淨！」嚴格站起來，激動得全身顫抖，猛地悲從中來，眼淚奪眶而出，脆弱的心靈堤防再也擋不住悲傷的山洪暴發，好一個大男人竟然控制不住的趴在女郎腿上失聲痛哭！

這一哭不得了，哭聲震天價響！整個pure的酒客都往這邊看過來，認得嚴格的都心裏奇怪：這瘋子教授怎麼變成一個哭泣的小孩？本來坐在沙發摟著漂亮妞喝酒的傻大也看傻了眼，心裡竟然忍不住慚愧：難道剛剛自己一拳揍得太用力，將瘋子教授打哭了？

女郎兩條大腿被嚴格用力抱住，一時慌了手腳，從來沒有男人在她面前這麼失態過，哭得像孩子。調酒師洪哥這時靠過來，看著女郎，用眼神說話：要不要我將這傢伙擰走丟掉？女郎輕輕揮揮手，意思是說：沒關係！我沒事。洪哥轉身去忙別的，女郎卻懸空著雙手，過了一會，終於忍不住放在嚴格頭上撫摸，安慰說：「孩子！乖！沒事的。」

這句話觸動了嚴格另一根心弦，反而讓他慢慢的止住了哭聲。這一場痛哭，讓他感到淘清了內心的所有鬱結，頭腦漸漸的清晰起來，才意識到一個大男人在一個陌生女子腿上哭成這副德性真是他媽的不像話！於是不好意思的站起來，看到女郎一雙美腿與網襪被自己哭得一蹋糊塗，忍不住脹紅了臉，說：「對……對不住！」

「輪到我問你囉：你認識我嗎？」女郎擦拭著嚴格在她雙腿上留下來的禮物，輕笑著問：「還是我長得像你的……小鏡？還是小徑？」

「是小淨，乾淨的淨。」嚴格呆呆的看著女郎，呆呆的糾正。

「是。我長得像小淨嗎？」女郎怪有趣的追問。

嚴格痴痴的盯著女郎，在內心對自己說：是啊！這女孩其實長得不像小淨啊！小淨長髮，她是俐落的短髮；小淨清秀，她美艷；小淨修長，她的個子嬌小；年輕時代的小淨雖然強勢，但不像眼前女郎的大方；夢裡的小淨生病，眼前的她健康……這明明是不同的兩個人啊！為什麼自己會認錯人呢？為什麼這兩個女子會有著那麼強烈的相似感呢？良久無語的嚴格，最後不甘心卻不得不的承認：

「妳……不是她，對不起！我認錯人了。」

「認錯人？」pure女郎淺啜了一口酒，故意雙手插腰，裝兇說：「我的大教授，這是你追女人的伎倆是不？隨便說一句認錯人，就在不認識的女孩子腿上哭成這個樣子，小心會被打死的。」

「沒有了，不是伎倆，真的是認錯人了，不是故意的了。」明明比眼前的pure女郎大著好幾歲，但不知為什麼，嚴格卻很容易在她面前臉紅，在她跟前彷彿弱了氣勢，剛剛逗弄傻大的瘋勁此刻全然消失得無影無蹤。

「哈！沒想到rainbow bomb還有這樣的效果，讓大教授的辨析系統完全完蛋。」pure女郎抿嘴輕笑，語氣中還透著懷疑，到底這是不是嚴格用來把妹的梗。

「妳剛剛究竟讓我喝了什麼？」嚴格看著女郎時，眼神還透著一股傻氣。

「這是洪哥的私房調酒，叫rainbow bomb，獨門配方，成份可不能告訴你。雖然喚rainbow，裡面的配料可不只七種，大概用了十二、三種的酒類、香料與果汁，再厲害的舌頭，大概也只能分辨其中的六、七種罷。rainbow bomb有一個特性，喝下一杯會讓人全然回復清醒的狀態，感到全身充滿電力，但最強壯的人維持這種狀況也不會超過一個鐘頭，後勁發作，恐怕連站都站不住了。」

「妳要灌醉我？」嚴格第一次露出提防的神氣。但轉念一想又覺得意興闌珊，自己連毒品都敢喝了，還怕被一個美女灌醉。

「大教授，我灌醉你幹嘛？哈哈……」pure女郎的笑態充滿魅惑力，看得一旁包括嚴格在內的幾個男酒客兩眼發直。女郎嬌喘了好幾口氣，才接下去說：「我是要你短暫的清醒，我對你的三個問題感興趣。」

「哦！原來是這樣。」想起十年前的一個一個異夢，到頭來還是錯過了生命中最重要的相遇，嚴格又感到心頭一陣一陣的隱痛。

「你的問題到底有啥意義？」pure女郎好奇。

「這其實是生死攸關的問題，當日我遇到這三個問題，答錯了，可是要人命的。」嚴格有點答非所問。

「什麼？不是開玩笑的！竟然是真事！」女郎的好奇能量到達最高點，坐直嬌軀，嚴格聞到一陣紫羅蘭的香水味撲向鼻端。

「妳想不想聽故事？」端詳女郎愈久，愈肯定她不是小淨，但情感上的困惑與錯置感卻只有更強烈。

「好啊！好啊！我最愛聽故事了。快說，快說。」pure女郎拍手，嫵媚的大眼睛閃動著艷光。

也許是因為嚴格感到小淨與女郎之間存在著某種聯繫，也許是嚴格被女郎的美麗媚惑，也可能是他來到這個時空十年以來，從未跟任何人談過他離奇的際遇而壓抑太久了；總之，在pure女郎跟前，嚴格覺得自己像一座不設防的城市，一股腦的將生平的故事娓娓道來：從上一個時空的身世說起，談到他一口氣喝了九十九瓶紅酒，跟著被老瘋子推進末日洪水……一直說到這十年追尋與等待的終於落空。嚴格沒有管女郎聽故事的反應，會不會聽完之後認定自己是真的瘋了，他只是再也按捺不住傾吐的慾望。但說著說著，心裡升起一絲疑惑：怎麼自己愈說愈不清楚了？愈說愈邏輯顛倒？愈說愈理路錯亂？愈說愈神智模糊？嚴格沒想到是rainbow bomb的爆炸點到了。在失去最後一絲意識之前，嚴格注意到當他一再傾訴他在小山丘上沒遇著小淨，然後穿越到小淨的靈堂，心底湧現無盡錯愕與悲涼的情緒時，pure女郎淌下了一滴飽滿、晶透的眼淚。

跟著許久無夢的嚴格掉進一個很深很深的夢中。在很久以後，每當想起這個夢，嚴格都不知道應該怎樣去形容它、定位它——這當然是一個關於慾望的夢，但在慾望之外又似乎蠢動著一些別的暗流；這應該不是一個愛情夢，但「應該」暗示著猶豫，真的沒有一絲一縷情感的幽魂在飄蕩嗎；夢中人不是小淨！但想到這裡本來覺得堅定的理性又不禁動搖起來；這個夢理當在時間之外，又確確實實在真實的血肉裡進行著……其實關於這個夢的許多細節，嚴格都不記得了。他不記得怎樣離開pure？他不記得是自己走的？還是女郎攙扶著他離開的？他不記得沿路說了些什麼？他不記得二人怎麼進入小旅館？他不記得事情是怎麼開始的？只是依稀記得二人在浴室共浴，但完全想不起在裡面發生了什麼事，說過什麼話，他甚至沒有印象女郎有沒有談過關於她的故事與身世……然而，能留下的，能被記得的，都是屬於靈魂的刻痕與深度。好些夢裡的記憶金塊，就像被時間之河不斷沖洗的石頭，沖刷得愈久愈凸顯出分明的稜角與珍貴的本質——怎麼都不會忘記那流水一般的肌膚，那嘲笑地心引力的酥胸，那完全妄顧道德感的觸撫，那節奏感強烈的能量流動，那生命深處的顫慄與歡快，還有……？這明明白白就是小淨靈魂的氣味與印記嘛!?

「小淨！」嚴格在夢裡驚呼坐起，發現自己坐在一張陌生的雙人床上，白色的枕頭、白色的被單、白色的床組，四周的景物顯示自己身處在一間不熟悉、簡單、明淨的旅館之中。嚴格一時想不起自己怎麼會在這裡？啊！是了！這是昨晚與pure女郎度夜的地方。想到這裡，昨晚夢裡的綺麗與奮悅又在體內細胞升起，鼻端彷彿流過一絲野薑花隱約的甜香。那，人呢？沒有人。固然沒有小淨，pure女郎也不見了。這個房間很小，小到可以馬上覺察房間裡包含浴室，都沒有其他人的存在。嚴格碰了碰旁邊的床褥，還有微溫，女郎才走不久？自己竟然睡得那麼沉？咦？空枕上有一張字條？上面用鉛筆寫了一行字，顯然是用旅館的鉛筆隨手寫的，但字條上的筆跡很清麗，上面寫著：

「**還記得荒山危岩的溫度嗎？**」

嚴格跌回枕頭中，雙手使勁揉搓臉部及頭皮，然後閉上雙眼。這是什麼意思？不過不用去管它，至少暫時不用管它，因為嚴格忽然覺得自己很……ok！有一股乾淨的能量從腳底湧上腦門，他覺得自己被清洗了。靈魂的洗滌！昨晚宿醉的不適感被清洗了，這幾個月以來深深滲透進入體內的酒精被清洗了，這大半年的憂心如焚被清洗了，甚至這十年歲月不停追尋與等待的心靈罣礙……也全然被清洗了！嚴格覺得自己這十年的「眾裡尋她千百度」的尋訪期結束了。在這陌生的旅館裡，空氣份子彷彿特別潔淨，野薑花的幽香鑽進深層的感官之中。pure女郎與小淨應該不是同一個人罷，但為什麼兩人給予自己那麼強烈的相似感呢？嚴格忽然想到了，是鼻子！對！pure女郎與小淨都有著一個精巧翹挺的鼻子。如果說眼睛是一個人靈魂的窗戶，那鼻子就是一個女子的楚楚動人啊！在某個意義上，pure就是小淨了；就算她不是，她一定有接收到小淨從另一個時空傳來的訊息，小淨要透過她，給我傳遞一個……ending。很多人不了解，ending是很重要的。ending is breathing，ending is beginning。一個老舊系統出現了ending，新姸的生命能量才能呼吸與甦醒；確切完整的ending出現了，ending之前與之後的人生階段才能被明確定位與賦予意義。如果在任何一個人生的點上沒有經營好一個清清楚楚的ending，那在後來的人生路上即會有曖昧不明的幽魂纏身。透過昨晚的性愛，嚴格覺得清楚收到從小淨傳送過來的ending。這個ending來得莫名其妙，這個ending來得空穴來風，這個ending來得空山靈雨，但嚴格清楚聽到這段歲月的ending在心靈深處扎根的聲音。

已經清空的他突然好想喝一杯咖啡，於是下了床，稍稍盥洗，隨手拿了字條，就離開這間再也不會重訪的小旅館。既然沒有留下任何聯絡管道，嚴格知道再去酒吧也不會遇見pure女郎了，而且，也不需要。

因為，他找到小淨了。

至少當時的他是這樣認為的。

# 恆定…失控？（上）

十年後。

暮夏淺秋之交，北方的天氣已經開始乍暖還寒，首都大學法學院大樓前的景觀水池，卻還有一隻貪歡的小水鳥在池中抖羽振翼、臨波弄影，這大概是牠在這個夏季的最後一次洗沐了。晨浴後的小東西趕緊甩動身體，整隻鳥瞬間「澎」了起來，隨即伸展翅膀，細心整理層層密密的覆羽。小水鳥覺得今兒空氣裡的含水量還真的是挺高的，而且小小的心靈不解：怎麼沉寂了幾乎整個夏季的校園，一大清早就有許多學生朝大樓進進出出？往年這個時節，這兒還是很清幽的啊？當然，牠純真的眼眸更看不到，大樓內法律系的大教室中，更是湧動著不尋常的熱鬧。

「唉！果然是人的名兒，樹的影兒，」法律系三年級高材生解東東用蚊子般的聲音，向他的死黨港仔Martin說悄悄話：「嚴格教授，可真是夠嚴格耶，連選他的課都要搞個選前檢定，夠嗆的！可他老爺當初生下他這個娃時又怎麼知道定得幹這個行當？就先取好了名兒，神哩！但選課前就讓學生先考試、寫文章，我看整個學院，不！整個學校就只有他嚴大教授敢搞這個玩意，也不怕課開不成沒人選。我前天上網選課看到這則訊息，心裡就直喊我的娘啊！要我們今兒到這裡來參加選前測驗，通過了才能正式選修嚴教授的『法律與藝術』，而且選修名額只有四十人，我當時就想準沒幾個人來淌這趟渾水罷，哪知，你瞧瞧，這裡準有兩百人不是，這嚴格大教授還真有狂的底氣。唉！考試也就罷了，但要咱們寫啥鬼題目，你瞧瞧！你瞧瞧！」解東東活像一隻著急的彭彭（迪士尼卡通裡的活寶型胖山豬）指著黑板直瞪眼。

這間教室的講台設置在最底層的中心，學生席位呈扇子狀向上輻射，是一間大型的階梯教室，足可容納二、三百人。這時座位坐滿了大約三分之二，全是來選修嚴格開的課的各系學生。學生中，有人低頭苦思，有人振筆直書，有人低聲討論，有人苦著臉看著講台的黑板發呆，當然也有人像解東東這樣的叨唸抱怨……講台上一個監考的助教直接趴著睡覺，與其說他在監考，不如說在等時間到了收考卷。因為沒啥好監考的，熟知嚴格教授教學風格的都知道，他是嚴格的執行不嚴格主義。黑板上一行小字寫得很清楚：

「**任何人可以在這個空間裡做任何事，但一切後果自行負責，別指望有任何人會保護你。**」標準的嚴氏作風——嚴格堅持不嚴格。所以在嚴格的考場裡，你可以交談、討論、甚至上網查資料，但效果其實都很有限，你瞧瞧黑板上大字寫著的考試題目就知道了：

「**法制模型與藝術風格在歷史道路上的深度相遇**」

哇靠！面對這種讓人看到想死的大題目，任何人都可以說上兩句但都不容易說得清楚罷，事實上，嚴格要的不是答案，他要的是活的頭腦。嚴格經常說的名言就是：

「**藝術是清醒的，法律是活的，死的腦袋讀不通活的東西。**」

問題是，怎麼寫才是活的答案，就難有定論了。所以嚴格大教授這樣的作風，讓大部分腦袋瓜還沒死、也沒有多活、應該是處於休眠狀態的大學生連連抱怨。怪不得米蘭・昆德拉說：

**「這個時代一點都不喜歡思考。」**[11]

基本上，學生的抱怨有兩種型態：低調的一邊寫一邊心裡暗幹，少根筋像解東東這種的就邊寫邊聊天邊嘮叨。

「東東，我同你講，你最好不要一直講野，快D寫，唔係來不及了。而且我聽說這個professor的耳朵猴賽雷的，如果被他聽到你講佢壞話，你就死了，唔洗選了。」來自香港的Martin老是一副杞人憂天憂國憂民憂選不上憂被當的世故相，用千里傳音的超低聲波警告解東東：「而且這個嚴格professor是我們系上的大牌耶，他的課都超難選耶，我還聽人地講他這幾年發表的『藝術法律學』，有人要提名他選下一屆的諾貝爾經濟獎，你講佢D壞話，萬一傳到professor耳仔，嘿嘿嘿！你D日子就唔好過了。」

「Martin啊，我不是要講教授的壞話了，但是你不覺得考試考這種題目有點over了嗎？現在的大學生都普遍智障啊，用你們廣東話說是不是叫昂勾……」

「東東，唔好講！這是粗口！」Martin趕忙制止，同時兩眼左右掃描，生怕被人聽到。

「都是你，平時就教我說一些亂七八糟的話。」抱怨完Martin，解東東繼續抱怨題目：「我們北方人叫傻逼，台灣人好像叫腦殘。是了！現在大學生大部分是傻逼、腦殘，要他們寫這種那麼深奧的題目，不是要燒壞他們的腦子嗎？而且，我讀過一點嚴格教授的『藝術法律學』，我還是覺得藝術與法律是風馬牛不相及的兩樣東西耶！藝術是感性的，法律基本上是理性的，藝術是主觀的，法律必須

11 米蘭・昆德拉（Milan Kundera）是當代國際間知名的小說家，這句話是他的評論著作《小說的藝術》中的名言。

是客觀的，本質就不同嘛！就像剛出爐的烤鴨，與空運來的新鮮香蕉，都很好吃，但可以混在一起吃嗎？現在要我們寫藝術與法律在歷史上的相遇，就像烤鴨與香蕉怎麼混搭啊？」

Martin心裡正在想：好似唔係一定，許多的法律觀點其實都是很主觀的，而不同的藝術門類也都存在著客觀主義的傾向及流派。他正想打斷東東滔滔不絕的說下去，忽然一個爽朗的聲音在兩人背後響起。

「兩位同學，在背後說老師的壞話可是不禮貌的行為啊！」

解東東與Martin的頸後汗毛直豎，兩人同時回頭一看。

「嚴格教授！」

來到這個時空快二十年的嚴格已經接近不惑之年，但比起年輕時代，現在的他顯得更強壯、挺拔、陽光、從容與溫和，近年來已經罕有事情能讓他驚慌了，但當他看到眼前這兩個活寶，卻著實嚇了一跳，忍不住失聲驚呼：「解東東！Martin！真的是你們兩個！」

因為聽過嚴格的演講，所以兩個活寶學生認得嚴格，但瞧著大教授看到自己時的反應那麼大，卻不禁傻了眼，解東東囁嚅著問：「嚴老師，你認得……咱們嗎？我們是兩個乖乖的不會說老師壞話的……」Martin趕忙拉拉解東東的衣袖，免得他愈描愈黑。

「咳！我當然認得你們囉。」嚴格總不能說你們是我在上一個時空的寶貝學生，沒想到穿越到這個時空又遇著你們，只好強壓下遇見故人的激動情緒，故作輕鬆的說：「法律系的老師誰不認識你們啊？你是從河南來的解東東，你是香港來的馬俊達，對不對？你們兩個在系上可是很有名的啊！哈哈！」

「professor，唔好意思！東東同我唔應該在考場講野，我們……」Martin覺得在這種狀況中被嚴格認出來不見得是好事，世故的他想要解釋一下，一時卻找不到合適的措辭。

「沒關係，在我的考場不只可以講野，食野也是ok的。」嚴格打趣的說：「我只是覺得東東同學的論點有點偏頗。」

「哦？嚴老師的意思是？」解東東雖然好脾氣，畢竟是年輕人，有著一份不隨便委屈自己的耿直。

「東東說現在大部分大學生都傻逼、腦殘，如果這個假設真的成立，那站在一個老師的立場，剛好正要用一些些強制的深刻，來喚醒大夥睡著的頭腦啊！」嚴格心想在二十年前，大暴龍可是用死亡的威嚇來逼迫出自己敏銳的心智。嚴格繼續說：「至於藝術與法律，是不是真的是風馬牛不相及的兩樣東西？讓咱們細緻的想一想：一個法官斷案，當他審閱各方資料與聆聽雙方的陳述時，他的心智狀態當然是理性與客觀的，但等到最後的判決呢？『決斷力』這種心智活動包含了像直覺、決心、勇氣、靈感、經驗等等因素，它就不可能完全的客觀與理性了，所以法庭審理案件也無法完全排除感性與主觀的成分啊！可見理性與感性、客觀與主觀、法律與藝術兩造之間的界線是模糊、不明確的。在我的著作裡，我稱這種模糊、不明確為『覺醒的混沌』。」

頓了一頓，嚴格說下去：「照這樣的脈絡，就可以進一步談到藝術與法律在歷史相遇的問題。舉一個簡單的例子，在古代，農業社會是主要的經濟型態，人口就是財富，在這樣的背景下，鼓勵多產的一夫多妻制成了合理的制度，影響所及，古典文學中不論詩歌、戲劇、小說，都充斥著歌頌女子容讓的婦德，或者是描寫男子與青樓妓女之間美麗愛情的作品。所以文學作品的類型事實上是反映了歷史發展的背景。但到了現代，經濟型態已經從農業社會進展到工業社會甚至資訊社會，人口不只不再是財富，一個家庭如果有著太多孩子反而會變成沉重的經濟負擔，因為在工業或資訊時代，將一個孩子培養成有效能的生產工具，需要接受漫長的教育，所以每一個人才的養成都需要龐大的教育經費呀！孩子太多怎麼吃得消呢？那麼由於經濟型態的改變，一夫多妻制就變成了不道德而且違法的行為了，相反的一夫一妻制成了社會及法律的主流，連帶影響到當代的文學作品所描寫、歌頌的對象，大部分都是對伴侶忠貞的偉大愛情故事。是不是？在這個論述裡，我們看到了文學藝術、法律環境、甚至經濟型態的一致性，不只法律與藝術，延伸到經濟，都可以在歷史的道路上相逢照面。」

嚴格忽然發現考場響起一片竊竊低語的議論聲，於是機警的對所有與考者說：「各位同學，剛剛這段論述可不能用在試卷上啊！寫了也不會評分的，大家不要偷懶，要發揮創意思考。」考場隨即發出一波失望的噓聲。

「東東、Martin，你們兩位就不要抱怨了，好好寫，老師對你們有信心，我在班上等著看見你們啊！」拍拍瞠目結舌的兩個活寶，嚴格隨即轉身離去。

「報告教授，我有意見。」剛走到教室門口，嚴格聽到一個甜美的聲音在背後喚住他。

「蘇慈！」嚴格回身一看，東北女生蘇慈，在上一個時空是自己班上的厲害腳色之一，怎麼今天好像所有的熟人都碰上了？一瞬間，嚴格心裡隱隱約約想起在上一個時空發生事情的那一天……

「是蘇慈同學嗎？妳有意見應該在正式課上發表，現在只是選課前小小的……意見調查。」嚴格輕鬆的調侃著這個犀利妹。上一個時空讓人頭痛的學生，現在看著，只覺得內心泛起一片暖流。

「因為剛剛聽到教授對兩位男同學表達的高見，我就想現在也可能是討論學問的時機，是不？而且這個小小的意見調查也是非正式的，並不是真正的考試，我想以教授的學養與名望，應該是可以接受不同的觀點與角度唄。」

蘇慈講話還是混合著東北人的豪邁與犀利正妹咄咄逼人的氣場。

嚴格肚子裡暗暗好笑，這個蘇慈，上一個時空是個刺頭，到了這個時空也是一副得理不饒人、不得理也不饒人的態勢，一點都沒變，於是微笑說：「好的！蘇慈同學說得有理，那說說妳的意見罷。」其他人看見有熱鬧可瞧，紛紛停下筆，等著看犀利正妹出招。

蘇慈倒沒想到這個大牌教授那麼好說話，緩了緩情緒，才說：「剛剛教授舉了一個法律、藝術、甚至經濟在歷史上相遇的例子，那只是表示它們之間的『連動關係』，但『連動關係』存在，並不代表『核心價值』是一樣的。法律的『核心價值』是維繫社會的公平正義，藝術的『核心價值』是陶冶人類靈魂的高貴與深度，它們的本質明明就是不同的嘛，硬要放在一起討論，在學術上的意義其實並不堅實，頂多就是一個……知識遊戲而已。」

蘇慈這一頓話說完，全場屏息等待。我的老天！這正妹講話太狠了！太敢於挑戰權威了。照她的說法，等於否定了嚴格教授「藝術法律學」的根本價值，如果嚴教授答不過來，這門課根本就不用開了。所有人的眼光看向嚴格，等著看嚴教授怎樣守住他的山頭。

事實上，現場沒有人知道嚴格在心裡暗暗稱奇：蘇慈這女娃的性格一點都沒變，但怎麼她講話的內容與立場那麼像上一個時空的自己，倒像兩個時空之間的嚴格與蘇慈的思想互換過來了。但嚴格表面上不動聲息，一派輕鬆的反問：「蘇同學，那妳的意思就是說，『核心價值』不同的領域，是不可以混為一談的？」

蘇慈檢查了一遍嚴格的問話並沒有陷阱，才點頭說：「是的。」

嚴格進一步確定：「更簡單的說法就是：A與-A是不能變成同一個系統的，是不？」

蘇慈立馬警惕起來：「請教授直接說您的意見唄。」

「好的！我們馬上會看到A與-A整合成一個系統的例子。」嚴格的目光變得深邃起來，彷彿要穿透學生席，看向那場遙遠世代的末日洪水，悠悠的說：「這個A與-A，咱們古老的文化就叫陰與陽，事實上陰陽就是一種既矛盾又統一的狀態，這世上陰陽合的例子太多了。譬如，對一個孩子的成長來說，父親的意義……噢！不，就用剛剛說的『核心價值』好了，一個父親的『核心價值』就是教育孩子當一個正直的人，那母親呢？母親的『核心價值』就是讓孩子學會愛人的能力罷，一個人得先充分被愛，才學會付出愛。所以父親的『核心價值』是社會性的教育，相對於母親的『核心價值』就是愛的教育，這兩者的『核心價值』肯定是不相同的。但進一步試想想，一個正直的人如果不懂得愛與被愛，這會不會是一個很可怕很難相處的人？同樣的，一個充滿愛心的人如果不懂得社會規範，那他將會給自己與他人帶來多大的麻煩與傷害？也就是說，能夠愛人的正直才是含情脈脈的正直，有規矩的愛才不是情感氾濫的愛。因此父親與母親整合起來的『核心價值』才是一個真正完整的『核心價值』啊！對不？很尋常的例子，也是很真實的例子。

「這種擁有不同『核心價值』的兩個系統整合的例子，其實古老的文化早就提過了，就是所謂陰陽回歸太極啊！我們今天稱為太極圖的符號☯，正式的學名其實是『陰陽魚合抱太極圖』。妳看看，兩條魚的形狀，黑中有白，白中有黑，代表陰中有陽，陽中有陰，正中有反，反中有正，而兩條相反狀態的魚卻相互擁抱。也就是說，法律與藝術的會通，就是兩條要相互擁抱的陰陽魚啊！其實，大夥知道嗎？通過藝術去詮釋法律是有著更深層的意涵的。現代社會的法律如果演變成純粹理性的、冷冰冰的、缺乏彈性的條文，那可能是另一種災難的出現，歌德就曾經說：『有一種和平暴力，那就是法律和禮節。』要讓法律不致變質成暴力怪獸，藝術與法律的對話就成了一個很有時代意義與值得思考的課題。蘇慈同學，妳認同這樣的說法嗎？」

年輕剛強的心讓她不甘伏雌，蘇慈想要反駁，但一時之間又繞不過來，覺得嚴格說的好像有理，卻又有點詭辯的況味，但東北人直爽的個性，又讓她不願意為了強辯而違背自己的想法，於是變成了說話不對，不說話又不甘的窘迫，一時之間嬌靨脹得通紅，在座位上尷尬著。

嚴格倒不想為難這東北犀利妹，又覺得蘇慈的窘態著實可愛，同時感受到考場中疑慮的氣氛逐漸消失，取而代之的是一種面對新知識的興奮，心裡就想是時候該收官了，於是爽朗的說：「蘇慈同學，其實我覺得妳只是性格中有一種挑戰權威的慾望，不見得就是不同意我的觀點，是不？老師跟妳打個賭，以妳做事積極的作風，我猜妳已經開始動筆作答了，而且應該快寫滿一整頁是不？如果我猜錯了，我讓妳免試選課。怎麼樣？能不能請妳將考卷拿起來讓大家瞧瞧？」

坐在學生席上的蘇慈紅著臉，舉起手上的考卷，不只一個頁面，正反兩頁都寫得滿滿的！其他學生發出一片譁然！都想這嚴格教授超神的，連算命的也會！

「還有，東東同學，老師只是覺得你有一點愛小抱怨的個性，其實以你的程度，來我的班上是沒問題的。還有Martin，以你圓通的性格，最適合研究兩個本質不同的系統進行會通與整合的題目了。其他同學也一樣，加油！我們在班上見囉。」嚴格離開大教室之前，看了一眼還在趴著猛睡的監考小朱，心裡著實佩服這傢伙置全世界於度外，而勇猛精進於睡眠的能耐。

◇◇◇

在法學院大樓的走廊上踽踽獨行，暑假還沒放完，大樓內沒有幾個學生，嚴格清楚聽到自己足音的迴響。

剛剛與蘇慈的對話，又讓他想起臨終的父親。父親在前年去世，比在上一個時空提前了一點點的時間離開，但嚴格覺得這一個時空的父親走得比較快樂，至少放心，對他唯一的兒子放心。但詭異的是，離世前兩年的父親停止了作畫！寫畫寫了一生的他，在人生的最後關頭前卻放下了一生的追尋，反而跑去閱讀一些政治、經濟、甚至是科普的書籍？嚴格本來很擔心，但觀察一段時間之後，發現老頭子除了身體比較虛弱之外，生活起居都很正常，腦袋瓜好使得很。於是嚴格就嘗試去跟老頭子談談他閱讀的動機與心得，但每一次老頭子都只是笑笑的沒有答腔，等到嚴格多問幾次了，老頭子就若有深意的說：「兒子啊！你不懂，這裡面也有山情水意呀！」

後來老頭子甚至讀起嚴格「藝術法律學」的著作。在人生的最後幾天，在病榻上，老頭子忽然從書本上抬起頭來，突兀的對兒子說了一句話：「兒子啊！在絕壁上的溫度可寒冷嗎？」嚴格倏然感到一陣電流在腦門炸開，然後酥麻的通電感直灌腳板——怎麼老頭子講的話跟十年前神祕女郎講的那麼相似？回過神來，看向父親，想要問他，但老爸爸已經昏睡了。

嚴格最後還是沒有問到答案，因為沒過幾天，老頭子就去世了。在睡夢中過去的，嘴角還掛著一抹難測深淺的微笑。

◇◇◇

心靈警號響起！走在廊道中的嚴格急速從記憶中拉回現實，因為他突然想起在上一個時空的那一天，跟蘇慈、解東東等幾個刺頭學生在班上舌戰之後，隨即會在走廊上遇見……

福至心靈的嚴格猛然轉身，向背後的不速之客大喊一聲：「喂！主任可好啊！」法律系的系主任衛豐本來要偷偷掩至嚴格背後，突如其來的使勁狠拍嚴格的肩膀，嚇這個高個兒一大跳。這是衛豐經常對嚴格玩的小把戲。衛豐這人雖然貴為系主任，年紀也不小了，但性格有點老不正經，也可能有點忌妒嚴格的身高與學術地位罷，所以經常逗著嚴格當傻大個玩，嚴格也沒少吃虧，卻沒想到今天被反將一軍，被嚴格突如其來的轉身大叫，嚇人的反而被嚇個正著唄。

「我的媽呀！嚴大教授，你想篡位呀？嚇死自家系主任啊！」被嚇得臉色發青的衛豐頻頻拍著胸口，本來身材矮胖的他穿著西裝的模樣就有點讓人發噱，這時的狼狽相就顯得更滑稽，他說：「我的老弟啊！你長了一雙狗耳朵呀？還是你有心電感應？怎麼知道老哥哥就在你背後？」

嚴格心裡想你這套把戲我在上一個時空就領教過了，但嘴上只是笑笑的回說：「我的大主任，您老走路像大象在逛街，我哪能聽不見您的腳步聲啊！」

「有嗎？我走路有那麼沉嗎？」衛豐稍稍定下神來，搔搔頭，說：「不過也對，我的嚴大教授，瞧你的精神頭那麼足，嘿！下一任的研發長準是你了！而且看看你，還搞個啥選課前考試，這麼賣力，就是一副接班的態勢嘛。」

嚴格心裡暗嘆一口氣，心裡想這老小子算是真人前不說假話，一上來就點了題、交了底，自己果然沒料錯——衛豐是來探口風的。衛豐這人其實不壞，做人海派，性情活潑，思路也算靈活，沒有許多大學教師的學究氣。照道理說，自己應該與他蠻合的，但現實面卻不然，做了這許多年同事，兩人的關係始終像是隔了一道牆，問題就出在：衛豐這人有點心機，尤其這幾年自己的名氣愈大，愈是招了這系主任的忌憚，加上這趟老研發長退休，學校裡許多人拉幫結派的在覬覦這塊肥肉，因為在這樣一所著名的研究型大學裡，研發長通常就是角逐下一任校長的黑馬人選。好巧不巧的，自己正是現任校長中意的人選，而衛豐卻是打亮起招牌支持他的老兄弟田瑾的，這樣一來自己就更遭了衛豐的忌了。但這老小子還算好樣，沒有耍陰，卻明著來打聽軍情，如果自己說清楚了確實有意這位置，那從此就是兩軍對陣的壁壘分明了。

嚴格心中盤算清楚了，就直接進入主題：「校長昨天找過我了，談下任研發長的事兒。」

衛豐瞪大一雙牛眼，既驚訝嚴格的單刀直入，同時等待對方撂下戰帖。

哪知嚴格只是微笑的看著他，沒有把話接下去。

等了老半晌，衛豐終於忍不住：「我的嚴大教授啊，校長到底跟你說什麼，你就表個態唄。」

嚴格故意很古怪的笑了笑，回答：「校長問我願不願意當下一任的研發長。」

「那你怎麼說？」衛豐彷彿一隻全身豎起體刺的豪豬。

「衛主任。」嚴格突然拐了個彎。

「蛤？」衛豐被喚得沒頭沒腦的。

「咱們做個交易。」嚴格微笑。

「哦？啥交易？」談到買賣，衛豐立馬警醒過來。

「你請我喝罐啤酒，我告訴你答案。」嚴格裝得一臉正經的說。
「好你個小子，故意耍我，走！」衛豐拉著嚴格，風風火火的就往他的辦公室跑。
回到系主任辦公室，衛豐特意關上門，從私用冰箱裡取出兩罐冰啤酒，「啪！啪！」拉開環扣，衛豐立馬邀嚴格對幹了了半罐冰啤酒。嚴格看衛豐急得跟猴子似的，肚子裡暗暗好笑。
彷彿完成了儀式，衛豐緊盯著嚴格。
嚴格微笑著回看。
兩個人都沒有說話。
一個急著等對方開口，一個故意惡作劇保持緘默。
「我的大教授，就別為難老哥哥了，您開個金口啊！」衛豐瞪大兩顆牛眼，裝出一副你再不說就立馬開打的架式。
「我拒絕了。」嚴格改變策略，忽然開門見山。
「什麼？」
「我說：我拒絕了。」
輪到衛豐不說話了，像看異形怪物一樣看著嚴格。
「我感謝了校長的信任，但明確拒絕了校長讓我當研發長的邀請。我告訴校長我未來的人生規劃還是在研究『藝術法律學』，甚至有考慮轉戰商界，而且我向他推薦了兩個研發長的適合人選，就是咱們系上的田瑾和文學院的張東巖。當然，在個人的感情上，我支持系上的田老哥，但張東巖也是一匹黑馬耶，你要支持田老哥勝出，我的好主任，可得多費一把勁囉。」

嚴格說完，用手上的啤酒罐輕碰了一下衛豐的啤酒罐，然後轉身離去。衛豐還在消化嚴格的話，整個人愣住，說不出一句話。

嚴格走到門口，回身補上一句：「衛主任，『今年花落顏色改』啊！不是每件事每個人都一直在計畫之中，不去改變的。」

嚴格笑著輕舉啤酒罐，然後仰頭喝光，隨即離開了衛豐的辦公室。

# 恆定…失控？（下）

「砰！」剛離開衛豐的研究室，在走廊上沒走幾步的嚴格，徒然後腦袋瓜被一個不明飛行物體K到。感覺不是很疼，但突如其來的震盪讓嚴格滿頭冒著金星、小鳥、飛碟、三角、叉叉……噗、噗、噗、噗、噗……驚魂甫定，嚴格看到一個在地板上跳動的足球。心內怒氣飆升：哪個死大學生竟然腦殘得在大樓走廊裡踢足球！剛轉身，就看到一個矮小的身影從大門外跑進來，衝到嚴格跟前，立馬深深一鞠躬，然後用脆生生的娃娃音說：「叔叔，對不起！我在外面空地踢球，不小心踢歪了方向，球就飛進來打到您了，請問您有沒有受傷？」

原來是個小男生，倒是挺有禮貌的，球能夠踢進來又剛好砸中自己，機率還真是小，好罷，看在你挺會說話的份上，隨便訓你幾句就算了。嚴格心裡想著。正要開口說話，卻看清楚小男孩的臉，什麼？天呀！「明兒？是你嗎？你是小明兒！」真是那個在夢中夢相見，卻不曾存在於上一個時空的兒子！果然是那個讓自己念想不忘的夢裡明兒！

嚴格仔細端詳著眼前的小明兒，好像比夢裡的印象要大著兩、三歲，臉上的神氣也似乎有著些許的不同，但確然就是讓自己一直罣懷著的孩兒無誤，同樣清秀的五官，同樣讓人有點心疼的乖巧，同樣柔軟可親的氣質……是他了！是自己夢裡的兒子！是小明兒了！但他怎麼會突兀的跳進自己的人生軌道上呢？但此時此刻的嚴格無暇多想，看到小明兒瞪著兩顆秀氣的大眼睛看著自己，心裡只想著絕不能嚇著小孩兒，一時之間又想不出合理的說詞，只好搪塞著說：「沒了！叔叔只是覺得明兒這名字好像蠻適合你的。」

「但是，叔叔，我們應該不認識啊！你怎麼可能剛好知道我的名字呢？猜中的機率太低了耶？」小孩兒不放過，仍在觀察嚴格。

嚴格有點著慌，眼前的明兒看起來是個聰明的孩子，不好唬弄，就在不知如何是好之際，忽然靈機一動，說：「是這樣了，這是一種不太好解釋的感覺，咱們中國人就叫投緣罷。小明兒，叔叔問你，你以前有沒有見過我？」

「沒有啊？我剛從國外回來，當然沒見過叔叔。」小明兒回答。

「那你會不會覺得看到叔叔，有著一種熟悉的感覺呢？」問題丟出，嚴格立即緊張的等待著明兒的反應。

明兒看著嚴格的臉好一會，最後搔搔頭，說：「好像是耶！我不認識叔叔，但又好像已經認識你好久哩，這就是『投緣』嗎？」

嚴格內心一陣激動，說：「是啊！叔叔也是這種感覺，所以我猜得到你的名字。喔！是了，你愛玩足球是不？」嚴格不經意的轉移話題。

「是啊！所有運動項目中我最愛足球了，我回國之前一直都有參加比賽耶，媽媽有答應我會幫我問新學校有沒有足球隊？」提起足球，小明兒一臉興奮。

「真巧！叔叔唸大學的時候也玩過足球耶，那，明兒，叔叔考考你，你知不知道東方球員與西方球員的打法有啥差別嗎？」嚴格問。

「我知道！我知道！我在運動月刊裡有讀過。西方人體型比較壯，所以西方球員喜歡用衝撞、中路進攻的打法；東方球員的體型比較靈巧，就擅長使用迂迴戰術，靠技巧取勝。像德國與巴西的戰術就完全不同，而傳統英國國家隊的打法卻是……」一大一小兩個人就站在走廊上聊起足球經。

「對了，明兒，你說你剛從國外回來，那今天是誰帶你來叔叔的學校的？」嚴格不著痕跡的又轉變問題，他太想知道明兒的真實身分了，他覺得快被自己的好奇心脹死了。

「我是跟媽媽來的呀……」小明兒忽然朝著嚴格背後高聲喊：「媽媽！」

嚴格來不及轉身，就聽見身後傳來一句輕輕柔柔的責備與關心：「明兒，你跑哪兒去呢？害得媽媽找你老半天！」

就是她！這聲音的主人就是她！天呀！怎會是她？竟然是她！讓他遍歷生死的分合，花了十年時間尋找，再花了十年時間忘卻的那個她！確然無誤，是她！本來以為真的放下她了，也許是真的放下她了，但絕沒想到這輩子還能遇見她，而且一聽到她的聲音，不用轉身，沒有回頭，就確認是她，同時一認出她，心底瞬間翻起滔天洪水。猛然憬悟，也許從未忘記她，根本從沒忘過她！嚴格感到內心好大一片飆風暴起，而且發現自己全身僵硬，無法移動身體的一分一毫。

「媽媽，就是這個叔叔跟我說話，他人很好耶！」小明兒的聲音愈來愈接近。

「這位先生，我的小孩打擾到你，不好意思！」這個聲音彷彿一泓清水，讓嚴格全身、心、靈都浸潤在冷冷寒泉之中，也讓他內心的風暴稍稍平緩下來。於是腦筋一片空白，全身麻木的他，嘗試著慢慢轉動石塊一般的身體。

一刻間看清楚彼此的容顏，兩個人的目光在空中相遇，幾乎同時想起遙遠記憶中的那一場初逢乍遇，對視的二人本來以為經歷過許多人生際遇的磨洗後，那模糊的人生片段，已然是情感回憶裡的死水微瀾，卻不料此時此刻的意外邂逅，仍然證實並且激起那深心秘處一直塵封著、壓抑著的驚濤駭浪。

周圍的空氣彷彿凍結起來，凝重中又潛伏著暗流，敏感的小明兒也感覺到氣氛不對，不自覺的後退半步，警惕的觀察著兩個奇怪的大人。

真的是小淨！嚴格看了一眼就認出來了，哪怕穿越了一個時空與二十年的歲月。眼前的她，當然已經不是少女的風華，但綽約明媚依舊，還存留著一、二分氣功師小淨的明朗，但氣質裡更明顯的卻是河畔少女小淨變得更成熟的淡定嫵媚。難道眼前的這個她是……

「是你！」這個小淨從震驚中恢復過來，顯然認出了眼前人。

「是我。」嚴格傻傻的回答，也顯然是弄不清楚眼下發生的是什麼情況？

「真的是你！我聽說×大有一個名教授叫嚴格，心想這名字那麼稀罕，會不會就是同一個人，結果，真的是你。」小淨的震驚緩緩平復，取而代之的卻是一份情不自禁的歡喜。

「我找妳好久了耶，這些年妳去哪裏呢？」漸漸的，嚴格感到胸臆之間那一份提防了二十年的悲辛即將潰堤。

「爽約！」小淨突然想到這樣不加掩飾的喜歡是一種失態，自己現在該表現的情緒，理當是……憤怒，於是硬生生的轉換著兩種感情，但轉折之間的反差太大，讓一向恬靜的她看起來像是尷尬多於生氣，所以興師問罪的底氣就明顯不足了：「是……你爽約！你找我好久？嚴大教授，說話真不怕閃到舌頭，是你爽約在先的耶！」

「爽約？」嚴格懵了：「我第二天就在同一個時間去找妳和豆豆啊！但怎麼找就是找不到小湖與亭子。」嚴格發現自己還記得小狗狗的名字。

「沒有看到你呀？我和當年的豆豆照著約定的時間去等……」接近中年的小淨發現自己還有害羞的情緒，嬌靨一下子通紅了起來，於是趕緊把話說下去：「其實不只一天，連續……幾天我們都有去，就是沒有看到你……」

說到後來，小淨的話已經變成一陣失望的呢喃。

都二十年過去了，嚴格聽出小淨的話裡還殘留著失落的漣漪，不禁感到一陣心痛，於是馬上娓娓說出自己的遭遇。從遇到老農、幫老農收割、找不著神祕的湖畔小亭、只好回到首都繼續成長求學、想方設法打聽小淨的下落、一直講到十年後學術會議上的惆悵失望、然後重新振作起來……等等的生平故事。

「那個小農村我知道，離我們遇見的地方足足有五十幾公里的路程耶！等於是旁邊的一個縣了，你怎麼會一下子跑了那麼遠的路？」小靜默默聽完嚴格的敘述後，一向沉著的她也著實吃了一驚。

嚴格呆住了！原來湖畔遇見的少女小淨一直跟自己在同一個時空，他當然知道自己之所以一下子走了那麼遠的路，是因為大暴龍事件的干預而讓時空序列稍稍錯了位，並且使得自己誤會了進入另一個時空。但他當然不能對剛重逢的小淨說這些不正常的事兒，只好忽悠說當時年輕，跟家裡鬧意見，神智很混亂，在湖畔相遇之後心情激動，可能是整晚夜行卻找不著回頭路了……

二人痴痴的對視，幾乎同時湧現不知從何說起的複雜心情，就這樣一個小小的錯過，竟然就錯過了二十年的人生歲月；但漸漸的，都從對方的眼眸裡找到了慰藉，也許那二十年的錯過，就是為了此時此刻的重新交會與心甘情願罷。尤其小淨的心情更是奇異：原本以為記憶中那場微風細雨，早過去了，其實雨勢一直沒有稍停過。嚴格的說，眼前的這個男子自己根本不熟，二十年的歲月，他只佔據了自己不到一個小時的時間，這根本就是個陌生人嘛。然而，這只是世俗的標準，心靈的事實是，他一直躲在自己的心靈暗角，從未離開。那麼短暫的照面就刻下那麼深邃的靈魂烙印！這中間難道真的有著前世的因果？此情此境的小淨不禁如是想著。

「就這樣二十年了！我整整找了妳十年的光景……」愈看眼前的小淨，嚴格愈覺得找回與湖畔小淨、甚至氣功師小淨的繫聯。

「找了十年就不找了，哼！就把萍水相逢的小女子忘記了。」在男女的愛情遊戲中，常常是女性的一方先行清醒過來，慢慢從難過的情緒中回復過來的小淨，開始撒嬌式的敲打嚴格。

「我沒忘，我以為妳不存在，我以為那是一個好短好短的夢，我一直想回到夢中，但一直找不著另一個夢中人，我還差點振作不起來，直到……卻沒想到妳突然出現在這兒，我回到夢裡了！但……也許妳已經在另一個夢中，妳結了婚，還有了這麼可愛的小孩兒。」嚴格忽然覺得意興闌珊，有點失神的看著小明兒。

小淨聽著嚴格的話，忽然眼睛犯酸，趕緊微微仰頭，避免不爭氣的淚珠順流而下。她不忍心捉弄這個傻氣的男人了，才想開口解釋，身旁的明兒卻插話進來，拉著她的袖子，聲音細細脆脆的說：「媽媽，妳沒有結婚啊！」

嚴格聽到了，瞪大眼睛看著明兒，彷彿在心裡說：你媽沒有結婚？那你這小屁孩打哪兒鑽出來的？

小淨看到嚴格從難過到驚詫的古怪神氣，忍不住好笑，噗哧一聲笑出來，哪知笑聲解除了戒備，剛剛壓著的淚珠隨著笑聲直滾而下，嚇得她慌忙別過臉，順手抹掉淚痕，然後說：「明兒其實是我收養的兒子，她的親生母親是我的一個好朋友。當年沒再遇見你，隔了兩年，我去了南方讀大學，後來我全家移民到國外，但我還沒畢業，就獨自一人在國內完成了大學與研究所的學業，畢業後就出國找我的家人，在國外一住就是十幾年，一直做的就是中國藝術史與現代藝術的研究。大約八、九年前，一個跟我從小一塊長大的姐姐到國外找我，還帶著她的兒子，就是小明兒。明兒那時好小，只有一歲多一點，才剛學會走路，走起路來跌跌撞撞的，小臉粉嫩粉嫩，可愛得不得了，我第一眼看見這娃兒，心裡就直喊：這是我命裡註定的小朋友啊！」

小明兒在旁聽著，就黏在他媽媽身側，小淨溫柔的摸摸他的小臉，繼續說：「我問我的姐姐怎麼突然會生小孩兒？父親是誰？究竟發生了什麼事？姐姐什麼都不肯說，只說小孩兒叫嚴明，噢！倒是跟你同性耶。母子倆在我家一住就是一年多，說來奇怪，小明兒跟我比跟他媽媽更投緣，他小時候生病，身體不舒服，姐姐是怎麼抱還是怎麼哭，但只要我一抱，這娃兒就馬上不哭了；到後來他每晚都要磨著我說話、說故事說完了才肯睡覺，甚至從他媽媽被窩裡爬出來找我睡。另一點也很奇怪的是，這娃兒跟我黏成這副德性，我姐姐竟然從來不吃醋耶？反而取笑我倆說：妳們啊！就直接當母子得了。我當時只想這是姐姐一直以來的爽朗個性，卻沒想到真的一語成讖。大概就在小明兒剛過了兩歲生日，姐姐說要去攀登歐洲的白朗峰，她提出得很突然，而且我注意到那段時間她的身體狀況並不好，就勸她等明兒大一點再去。但姐姐說已經跟朋友約好了，就拜託我照看明兒一個月。我當時只好答應，但事後回想起來可能是姐姐安排好的，因為她這一去就再也沒有回來過，這裡面到底有什麼原因？還是姐姐碰到了意外？總之從此再也沒有一丁點壞的或好的消息傳回來，我和明兒就這樣失去她了，一直到現在。」

棄養！嚴格心裡出現這兩個字。小淨彷彿感應到嚴格心中所想，搖搖頭，繼續說：「應該不是。我清楚感受到姐姐對明兒的愛，而且姐姐走之前，精神狀態是愉快的，不像有遇到什麼解決不了的困難。總之，明兒就這樣跟著我長大，我正式收養他當兒子，我在國外也有過幾段感情，但緣生緣滅，一直都沒有……結婚。一年前，我聽到國內有一個叫嚴格的法律學者發表了稱為『藝術法律學』的論文，心血來潮，就帶著明兒回國到這個大學找教職，果然，真的遇上了你。」小淨說完，勇敢的凝視著嚴格。嚴格覺得小淨的眼波流逸著秋月春風。

聽完小淨的敘述，對小明兒奇特的身世，嚴格的心靈縫隙閃過一絲莫名的狐疑，但小淨沒有結婚的消息讓他心中滿溢著歡喜的能量，轉念就將那一絲絲的疑惑忘得乾乾淨淨了。等到知道了母子倆剛回國，學校分配給小淨的新教員宿舍還沒蓋好，目前暫時住在附近的旅館，嚴格就俯身對明兒說：「明兒，你剛剛跟媽媽回國，對我們國家的很多事情都不熟悉罷，而且，叔叔猜你很喜觀看ＤＶＤ是不？」

「是啊！叔叔怎麼知道？其實我回來之前就看過很多漂亮風景區的錄像了。」明兒雀躍，一臉陽光。嚴格想起另一個時空的明兒，覺得兩個明兒擁有共同的靈魂，卻表現出全然不同的兩種氣質。

小淨卻怪有趣的打量嚴格，她忽然想起這傢伙有一些奇妙的算命能耐。

「那你來我家好不好？叔叔家裡有好多好玩的ＤＶＤ，有貓熊的、有電影的、有風景的、還有外星人研究的。叔叔家裡還有院子，我們還可以玩踢球。而且叔叔也想聽你講在國外生活的故事。」嚴格感到跟明兒之間的莫名繫聯又漸漸甦醒了，但在這一個時空，兩人之間不是沒有血緣關係嗎？

「好啊！媽媽說好就好啊！」小孩兒開朗的說。

嚴格就想抬頭問小淨，剛好小淨正要彎下腰跟明兒說話，巧妙的一瞬間，兩個人的唇片恰好碰觸在一起。電光火石的錯愕之後，嚴格感到一陣無名的激動，他絕對不想再放手這意外造訪的幸福了，於是趁勢摟著小淨，深深的吻下去。小淨吃了一驚！但隨即身體與心靈逐漸軟化，悄悄的與這個奇怪的男子一起掉入一個失去時間的深吻之中。

失去時間、失去時間、失去時間……直到嚴格感到一陣冰涼從小淨的臉上傳來，只好捨不得的告別唇片的溫存，隨即看到嬌靨上一行淚印，於是他輕輕的幫她拭淚，她悄悄的依偎著他，他輕輕的擁著她……「啊！」二人忽然同時想到小明兒就在身旁耶！急急忙忙的離開對方的懷抱，咦？左右一瞧，卻看不到明兒，把視線拉遠，原來明兒這鬼靈精早跑到大樓外的空地去玩起球來，識趣的躲開不看兩個大人羞羞臉的事兒。她和他不約而同的會心對視，小淨卻忍不住又臉紅起來。

「去我家坐坐可好？學校配給我的宿舍就在附近，雖然是單身宿舍，但因為是老房子，有院落，空間挺大的。哈！我們可是有二十年的課要補修耶，有二十年的故事可以說呀！」嚴格微微前傾，看著小淨的臉，視線再也沒有離開。

小淨沒有再說話，只是微笑點頭。

「Let's go!」嚴格歡喜得像小孩子一般跳起來大叫，跟著想也不想的牽起小淨的手，小跑向前找明兒去。

小淨被嚴格牽著手，饒有興味的歪著頭觀察他，內心思量：這傢伙那麼會泡妞呀？剛剛講的故事有幾分真？幾分假呢？但隨即被嚴格眼中強大的快樂能量感染，些許的狐疑轉念即忘，就跟著這傢伙歡快的跑起來了。

◇　◇　◇

「小淨，妳先去陪明兒，我的研究室在走廊左轉的那一間，我去拿點東西，馬上過來找妳們好不？」二人小跑到一個轉角處，嚴格忽然停下來，對小淨說。

等小淨走遠，嚴格看著小淨的背影好幾秒，確定小淨沒有發現異狀，才往左邊廊道走去。當然，嚴格不是真的要回研究室拿東西，他藉故離去的真正原因，是因為他在走廊的另一端看到了……蜘蛛人！

天呀！這些怪傢伙怎麼又來呢？

蜘蛛人黏在走廊轉角處的天花板上，看見嚴格看到他，就停在陰暗的一角等待。

「哈囉！你怎麼來呢？」嚴格走近，仰頭問蜘蛛人。他突然想到這隻小蜘蛛不是已經被大暴龍給喀嚓掉了嗎？

「……」蜘蛛人定格看著嚴格，沒有說話。

「哦？」嚴格想了想，然後說：「責任愈大，放屁愈大嗎？」

「哈！」蜘蛛人彷彿笑了笑，說：「責任愈大，不放屁了！」說完，朝轉角左方的樓梯指了指，然後迅速向所指的方向爬過去。

嚴格心中滿佈疑雲，快步跟著蜘蛛人，轉到樓梯口一看，乖乖不得了！

所有人都在啊！

每一個老朋友都一塊兒出現了！

沿著樓梯由上而下的排了一整排：老瘋子、湯姆漢克、卡卡大師、春天種樹、八百、嘟敏俊、千送一、葉孤城、魯夫、索隆、鋼鐵人、唐老鴨、蜘蛛人、小平同志、卡斯楚同志、希特勒、好幾個律師總統、海森堡、阿基米德、牛頓、甚至連大暴龍都來了（大暴龍太大樓梯裝不下，所以牠學蜘蛛人黏在大樓的外牆，一顆大頭卻從氣窗探進來）……天呀！所有回憶中的怪誕存在悉數出現了，每個人臉上的神情卻都不一樣──老瘋子還是一臉哭笑難辨的古怪神氣、嘟敏俊與千送一還在肉麻兮兮的深情對望、阿甘湯姆漢克一邊對嚴格比大拇指一邊在奸笑、春天種樹還在碎嘴念念有詞、八百仍在全身發抖一副隨時要搖滾起乩的樣子、唐老鴨則不停的呱呱呱亂叫、阿基米德還在玩他的槓桿、海森堡仍在到處找那隻逃跑的基本粒子……大暴龍呢？大暴龍不停的流著口水活像一隻失智的小狗。但，每一個神氣各不相同的老朋友都在做著同一件事──微笑著跟嚴格緩緩揮手。

嚴格從未想到會有這一個時刻的存在，他忍不住熱淚盈眶，對每一個內心中的扭曲存在與每一個人生裡的荒謬經驗友善的打招呼！

「巴拉底，long time no see!」湯姆漢克趨前熊抱嚴格。

「老弟，心隨瀚漫共悠悠啊！」老瘋子說完一拐杖敲在嚴格頭上。

大暴龍則伸出牠的超長舌頭舔得嚴格滿身唾液。

「哈哈！你好呀！」

「你好呀！你好呀！你好呀……」

「哈哈哈哈哈哈哈哈哈……」

原來，荒謬有時候是很可愛的。

◇ ◇ ◇

匆匆告別了一夥怪朋友，走向小淨與明兒的嚴格心情異常的複雜。既感覺到在這個時空的感情功課，好像都在這一天走到了完美的句點，但內心不祥的陰翳又同時漸漸擴大——這一天太像了！一口氣與解東東、蘇慈、那群怪怪朋友、小淨、明兒重遇，又解決了與衛豐之間的心病，怎麼與上個時空出事的那一天那麼相像！「叔叔！」從明兒的呼喊聲中驚醒過來，當嚴格覷見明兒臉上的早春氣息與小淨身上的淺秋之美，心頭的陰霾一瞬間就被吹掠得天宇清明。

「走！咱們回家去！」嚴格一左一右牽起小淨與明兒的手，才要邁開腳步，忽然……「咦？」三個人幾乎同一瞬間停下來，同時抬頭望向北方的天空。遙遠的天際隱隱悶雷響動，彷彿千軍萬馬在遠方的大地奔騰澎湃。倏忽間，陣陣罡風呼嘯而至，空氣中瀰漫著潮濕的水氣，一時之間密雲不雨，天色迅快的黯淡下來，宛如大事將要發生。

嚴格愣住！身不由己的緊張起來，小淨與明兒同時感到嚴格握著他們的手掌變得僵硬。小明兒轉過身來，裝出一副小大人的神態，安慰嚴格說：「叔叔，不用害怕，我親生媽媽留給我一本空白的日記本，在第一頁上寫下了一句話，小淨媽媽要我從小就背起來。我親生媽媽是這樣寫的：『荒山危岩上的空氣可能是溫暖的。』所以下雨也可能是溫暖的，是不是？叔叔，下雨也沒關係呀！」

嚴格聽了恍然一驚！轉過去問明兒：「明兒，你說你媽媽是……」話沒說完，小淨在另一邊說：「是啊！沒關係的。『今年花落顏色改』嘛，人生總是會不斷出現新的驚喜的。」

嚴格又吃了一驚！轉到另一邊看小淨，小淨也在微笑著看他。漸漸的，嚴格從小淨的微笑中找到一份安慰的力量，於是爽然自失的笑說：「哈！是啊！管它的！有什麼關係，反正我又不是沒遇過這種怪事。就像明兒講的，危岩上的雨也可能是溫暖的。」說完與小淨相視一笑。三個人，手牽著手，不約而同的，一齊仰頭觀看隱隱雷震的北方天空。

完稿於二〇一四年五月十七日

# 亂世群生和他們的遊戲

遊戲一定有遊戲場。
不同的遊戲場其實就是每個遊戲的規則、磨角與嵌兒。
遊戲場本身其實就是遊戲。

# 全校升旗的遊戲場

「side effects！」儘管熟悉自己身體的反應，曼庭還是覺得心臟的小鼓愈敲愈急、愈敲愈響：「快十二月的氣溫冷多了，會不會延誤藥物的反應呢？」

校長慷慨激昂的聲音以司令台為中心輻射到全校的朝會。許多的老師同學都一直想不通這位老大叔怎能將枯燥得要人命的內容與激動得像瘋子的情緒結合得那麼成功？但曼庭今天一點都不受影響，也完全沒有睡意，因為她的每一條神經都緊張、亢奮得像一條顫抖的毒蛇，緊緊盯著內在的動靜與外在的獵物？當然，還有天敵。

「他在前面兩排，一定第一時間看得見，而且我的位置很中央，效果一定很好。」曼庭定位好獵物，又用眼球餘光窺視距離不遠的天敵，小心得像一條絕不驚擾潛伏威脅的蟄伏的蛇。等到確定poison沒有注意自己，才偷偷放緩行將繃斷的神經。

雖然只是一秒的窺探，但曼庭已經完全掃描到今天的poison還是一樣的……正，胸口掠過一陣欲嘔的煩悶，關於poison的畫面彷彿猙獰的夢靨，一瞬間全擠進來：poison是個不折不扣的大美女，高挑、健美、明媚，而且，很辣。又是儀隊隊長，功課也不錯，更驚嚇的，聽說這「婊子」不是處女！（每回曼庭在心裡說這兩個字時，全身都會不自覺的流過一陣亢奮，如果熟悉曼庭乖女孩形象的師生，知道這位淑女心中早將這兩個字練習得像呼吸一般自然，恐怕要嚇死一拖拉古的人。）這婊子的浪勁會毫不掩飾的……綻放。一下課，poison從校門穿越過其他學校趕來瞻仰的宅男粉絲後，就跑進麥當勞「武裝」自己——畫眼線、塗唇蜜、露胸線、換熱褲，然後坐上幾個玩咖男生的機車，呼嘯而去。這分明就是個「爛婊子」嘛！（這三個字帶來的快感更強烈了。）更可惡的，是生活糜爛的poison竟然成績還不壞！相對的，曼庭自己呢？

曼庭覺得自己也是個美女，但自己的美是屬於古典婉約的，但問題是，古典婉約沒市場啊！而且儘管自己每學期都是班排第一名，poison頂多是前五名內，但才貌雙全的冠冕卻總是落在這蕩女頭上！尤其想到這婊子對自己的霸凌……曼庭感到整顆心都被煮沸了！「我一定要超越她，被所有人……看見！」而且，用一種對方意想不到的方式。就在今……噢！來了！

雖然有心理準備，但暈眩與嘔吐一齊爆發的勢頭仍然讓曼庭慌了神，一口氣吞了兩顆藥錠，果然達成計畫中的效果。自從一年前因為強烈經痛服用了這種止痛藥，知道了這種藥對自己嚇人的副作用後，哪知道竟然會成為今天的反擊武器。吞下加倍的藥份與風險，精準調控的時間與日期，不管不顧要走出冷夜的寂寥……壓不住了，胃裡的所有東西毫不設防的翻出來，帶著嘔吐腐敗與撕裂的氣息。失去意識之前，曼庭只來得及做兩件事——順手扯開衣襟的兩個鈕扣，增值自己倒地時的撩人姿勢；以及，注意婊子的反應。果然兩旁的人都驚呼著避開嘔吐物，只有poison不閃不躲，雙手交叉胸前，朝曼庭的方向打一冷眼。彷彿步步心機的毒蛇遇見天敵蒼鷹的快狠準，曼庭只來得及感到一陣心悸，然後天旋地轉，眼前一黑，最後陣陣驚叫聲傳進耳內，隨即失去了意識。

◇ ◇ ◇

「……起來……」

「……急著……起來……」

「……不要急著起來……」

「……曼庭、曼庭、曼庭……」

意識碎片漸漸的拼湊成功，終於聽到一句完整的句子：

「曼庭同學，不要急著起來，先躺著。」班導蘇老師的面孔與聲音逐漸清晰的浮現。

「老師，我……」曼庭的視線終於收覽醫務室的全景，護士阿姨在擺弄瓶瓶罐罐，蘇老師站在病床邊，還有，他！站在老師身後……一陣暈眩感又湧上來了，藥物反應還沒有完全過去。

「曼庭同學，不用起身。妳剛剛在朝會昏倒，把全校老師同學都嚇壞了。駐校張醫師來給妳檢查過了，應該沒有大礙，張醫師說可能是藥物過敏引起的副作用，曼庭同學，妳早上有服過什麼藥嗎？」蘇老師問。

「報告老師，前些天熬夜準備月考，加上我……生理痛，早餐吃了止痛藥片。」曼庭小聲回答，順勢撥了撥頭髮，同時用輕得像煙嵐的眼光飄向關心聆聽的「他」。

「這就是了。應該是妳對止痛藥過敏，記得以後不能再服用這種藥了。曼庭同學是我們班的榮耀與典範喔，月考成績剛剛公布，妳得到校排第一！恭喜妳啦！這種實力只要堅持下去，第一志願升學絕對是沒問題的。但也要注意健康喔，妳一定是太用功才會在朝會昏倒，校長也很關心妳哩，他待會兒忙完也會來看妳。好了，老師也要去忙了，爾文班長要跟著我來問候妳，老師先走了，爾文也要快點回去上課喔。哈哈！曼庭，妳真是本班之光！」班導眉眼全笑到一塊去，校排第一，這個計畫昏倒的女孩幫她獵食到好大的一塊虛榮食物。

班導離去後，剩下曼庭與爾文兩個人不好意思的彼此相看。彭爾文是這個實驗中學少數男生中的翹楚——棒球明星、科展冠軍、英俊挺拔、又是班上的班長。兩個資優生本來只限於相互欣賞，因為卡在曼庭長期成為poison的「禁臠」，與這惡女的關係糾纏不清，讓曼庭一直無法present自己，更氣人的是這麼好的男生竟然會跟poison這婊子的關係不錯！終於，月考公布、全校朝會、止痛藥的副作用，曼庭縝密計算了所有的環節，終於攫獲許多人包含爾文的看見。

「曼庭同學要好好保重身體，等妳好了，我們一起來研究讀書計畫。」留下一個靦腆但爽朗的笑容，爾文輕快的離開醫務室。

「曼庭同學，妳不用急著回去上課，蘇老師有交代了，上午四堂妳就不用上了，如果中午還是不舒服，就直接回家，蘇老師會幫妳請假，我有事出去一回，好好在這兒休息啊！」隨即護士阿姨也離去，剩下曼庭獨自一人。

閉上眼睛靜靜躺著。等著藥物的副作用過去?當然，更重要的，是暗自品嚐計畫成功的甜美果實。

「李曼庭，妳很有種喔！」人在成功時，常常會忽略潛在的敵人與危險。poison的一句話將曼庭推回心靈的冰窖。

「妳要做什麼？」曼庭半坐起來，雙手顫抖的拉拉自己的薄被，沒有察覺poison什麼時候潛入，毒蛇又看見她的天敵佇立在病床床尾。

「妳以為我會做什麼？」在曼庭眼中，poison還是一樣的美艷、修長、冷傲，但危險與討厭！

「……」

「李曼庭，妳以為我看不出來妳演的好戲！所有人都以為妳是一個純情女孩，只有我poison一直看透妳了，看透妳根本就是一個內心悶騷的小賤貨！」

「……」

「我就看出妳是一個一直想出風頭的小賤貨，妳愈想，我就愈打壓妳。我的功課不比妳差多少，哼！我的美麗也不輸妳吧，更重要的，妳缺少了我的『敢』。是的，我就是敢霸凌妳，妳敢嗎？而且我不要玩死妳，只要讓妳不好過，讓妳有壓力，讓妳無法全力讀書，讓妳的成績不能拋開我。所以妳我的成績與外貌不相伯仲，但妳要維持妳虛偽的純真，我卻可以坦然我直率的放蕩，我還在人前假裝是妳的好姐妹，讓那些所謂的好男生遠離妳這個跟魔女一起混的不自愛女孩。哈，李曼庭，不要那麼腦殘好不，妳怎麼跟我戰鬥呀！」

「妳為什麼這樣對我？」

「為什麼這樣對妳？」poison似乎要轉身離去，離去前卻用完全沒有溫度的語調說：「妳竟然不知道我才是宇宙的中心嗎？鳳凰身旁是不容許其他雜鳥張翼的，而輕率嘗試的笨鳥，下場會是很不好看的。」

曼庭感到體內每一根神經都在強烈顫抖。

「不過妳放心，這一次我不會對妳怎麼樣的，」走到醫務室門口的poison轉身說：「妳現在是全校的學生楷模，暫時搶了本該屬於我的位置，這時對付妳，反而會加強了妳被欺負的好學生形象，哼！我poison不會那麼笨。當然，李曼庭，我以後再找妳要回來，我知道妳家的地址嘛，上大學？有規定大學生不會被霸凌嗎？哼！而且人是善忘的，今天的事全校不會記得超過一個月，到時再找妳要回宇宙中心喔。親愛的，等我喔。」

poison離去後，曼庭倏然覺得房間以她為中心向內擠壓、收縮，自己變成一個充滿恐懼能量的黑洞。突然強烈的嘔吐感又猛湧上來，但已經沒東西好吐了，只能狂吐酸水。吐完後，曼庭感到一陣撕裂與空洞，空洞中，忽然隱約傳出一縷遙遠、曖昧的歌聲……

## night club的遊戲場

Lady's Night！其實正確的說法應該是Bitch's Night！

快要穿破耳膜的重金屬、擁擠到彼此磨擦的人體、空氣中混雜著臭汗味、酒味、尼古丁刺鼻的嗆味、吸食毒品的氣味、性交的體液味、甚至，尿味——所有惡質的氣味共同築構成一個動物慾望的修羅場，場中充斥著種種放縱、慾念、自棄、傷害的負面情緒，當然還包括，憤怒。

尤其是，poison的憤怒。

這間在鬧區裡的night club在圈內很有名——很有名的混帳！毒蟲、藥頭、撿屍者、道上兄弟、富二代、人渣、蕩女、做S的、民意代表、警察……通通都是這個生態圈裡的共生動物。這間夜店是有名的危險，幾乎任何人都可以在這裡幹任何事。所以即便以poison這種玩咖，如果不是她大小姐今晚的心情實在太不爽，也不會隨便到這兒蹚渾水。

「李曼庭這賤貨竟然來這一手！」poison心裡暗幹：「快三年了，一直被自己踩在地上的蛆蛆居然會絕地反攻，而且這一招還耍得真漂亮啊！雪特！現在絕不能動她，不然自己還真成了本土劇裡的三八惡女，不！這絕不是我poison的style。可惡，現在還真拿這賤人沒辦法！校排第一，用功到在朝會昏倒，而且這賤人又長得……」原來poison深心深處一直嫉妒著曼庭的古典美，不像自己的……俗艷。

「姐，妳今天超sexy的！」

「美女，妳今天的舞跳得也太辣了吧！」

「poison，喝酒不要喝那麼猛，還喝混酒，喂！喝慢點！」

「poison，妳今晚怎麼呢？大小姐，自己小心點。」

「姐，我們來玩國王遊戲好不好？」

「國妳媽的頭，給本小姐滾遠點！」趕開想佔便宜的傢伙，poison心裡一發狠，下唇幾乎被自己咬破，心裡就想：「想佔便宜？fuck！就讓你們佔個夠。」

「看過來！看過來！所有人看過來！」poison站在舞池中央，向所有人浪聲尖叫：「現場所有的animals，今天誰的舞跳得最屌、跳得最power，poison我今晚就陪誰！」

此話一講，整個夜店幾乎沒有半點聲音，poison的幾個姐妹全看傻眼，連DJ的音樂都漸漸停下來。現場瀰漫著poison的強大氣場，只見她雙手交叉胸前，彷彿站在宇宙的中心，睥睨著紅塵眾生的愚昧與穢瑣。

「那誰的舞跳得最屌、最power？誰說了算？」一隻男的在座位上直喊。

「吥！被上的人不是我嗎？當然是我說了算。」poison用挑戰的眼神冷對著下面的眾生。

全場一下子爆出震天價的歡呼！

「Mic哥，給我最屌的音樂。」poison說完，立馬狂舞。

poison用最狂野、最性感、最放蕩的姿態狂舞起來，而舞池中超過一百頭的雄性動物，圍繞著他們心中的慾望女神，嘶叫著、狂吼著、奔騰著、膜拜著……（我要用我的性感、身體、生命重返宇宙中心，自從被你們遺棄之後。poison如是想。）宛如魔女般甩動著張狂的長髮，全身浪舞得連乳房都快要跳出來，到最後poison乾脆將bra丟掉，所有雄性動物發出遇見獵物的嚎叫，猛張著一百多雙赤紅的獸眼盯著他們心目中的性慾黑洞。（妳從來不曾關注我，妳只關心妳的名牌、鑽戒、名媛朋友、時尚派對；你從來不曾關注我，你只管你的金錢利益與小三小四；反而是你的病態老頭拍檔非常關注我，關注到一直撫摸我十二歲的身體。哈！已經那麼賤的身體，我今天就要把它送出去，連賣都不必了。poison如是想。）poison彷彿化身成一股闇黑風暴，在這風暴裡的一切理性、寧靜、羞恥、純潔全被碾為齏粉，而唯一倖存在風暴中心的，是那一個彷如驚電轟雷的強烈執念……（我不要再當被拋棄在心靈暗巷的瀕死動物，我要千方百計被你看見，即便被你搧耳光；我要不顧羞恥被妳看見，所以妳罵我爛貨；我要被全校看見，知道我是集正妹、蕩婦、資優生與大姐大於一身的複雜靈魂；我不能容忍任何人搶去我的被看見，所以我要將李曼庭那假仙女人踩在腳下。poison如是想著。）一眾雄性動物搶著接近poison的暴風眼，表演著各式各樣的求偶戲碼——脫掉上衣展示肌肉的、操弄著挑逗性的狂熱舞步的、甚至有表演著街舞的……如果不是poison讓他們無暇他顧，雄性動物們早就因為競逐交配權而打起來了。發騷、發浪、賣弄著的poison覷見其中一頭雄性動物的舞沒有跳得很特別，但眼中射出的慾望焰火特強烈，poison彷彿聽到了同類心弦的巨大共鳴，而且她知道這傢伙。（這渣男的……後臺很硬，就是他！他老爸就是那個豬頭候選人，如果讓他上，效果會很不錯！poison如是想。）於是她與他成了彼此的獵物，她的雙眸發出清晰的挑逗訊號，於是，他收到了，下一秒，廣仁的獸眼發出強光。

◇　◇　◇

廣仁是個有「背景」的渣男，他把poison拉進男廁，兩隻戴著墨鏡的保安「獸」隨即將男廁清空，然後守在門外，嘴角彎出一絲淫穢的微笑。

廣仁事實上沒比poison大上幾歲，兩個年輕的軀體離開吵得讓理性粉碎的舞池，禁閉在慾望的場域，四目交投，隨即發現彼此眸裡情緒的懸殊。

一雙是充滿男性渴望的充血瞳仁，但另一方的poison一離開「宇宙中心」，眼中的激情瞬間冷卻成一絲隱約難辨的嫌惡與恐懼。二人對看，空氣中浮現著不安的沉默。

「妳不是要做嗎？」

「……」

「要反悔？嘿！如果我現在出去說妳poison阿機打退堂鼓，難看的可不是我劉廣仁唷！」

poison一咬櫻唇，發狠褪下下體的所有衣物。

「只脫褲子？ok啊！那我也不客氣囉。」

廣仁隨即脫下褲子，露出醜陋昂揚的陽具。

「喂！」poison全身發抖，雙頰火燙，但喝止住行將侵入的雄性動物。

「又怎麼呢？」

「戴套子！別藉口說沒帶，你姐這兒有。」poison從衣衫口袋掏出一枚保險套。

「套子？本少爺沒興趣。」廣仁的喘氣聲愈加急促，彷彿呼出火一般的氣息。

「不戴套子別想上我。」poison當然聽過這傢伙可是聲名在外的壞胚。

「是醬嗎？那我立馬轉身出去，告訴全世界的人，poison大小姐是一位表面裝酷實則孬到連做愛都不敢的假玩咖。」廣仁陰狠的獰笑著，好像認準了poison的軟肋。

「雪特！娘砲的，上啊，還等什麼！」在「曼庭事件」中憋了一肚子悶氣的poison寧可冒著染病的風險，也不願再當陰影的存在。

衝刺、衝刺、衝刺……沒有憐惜的衝刺，廣仁化身成一道慾望的電流，流暢但粗暴的律動著。痛！劇痛！恥辱的劇痛！poison感覺到一縷尖銳的痛苦從胯下開始爆炸，一直上延到中樞神經，但她死命壓抑著，不讓自己流淚或尖叫，結果牙齒咬破下唇，一線鮮紅悄悄從嘴角流瀉而下。還不只，另一線秘處的鮮紅也同時歡快的奔流著……

哇！中大獎了！廣仁心裡驚呼，原來……「妳是處女！為什麼？妳犯賤呀？」廣仁忍不住對胯下美麗但扭曲的臉孔說話。

「處你的頭！」用力扯開上衣的前襟，poison用力拉著廣仁的脖子，往自己的豐唇吻下去……

交配儀式結束。雙靨酡紅的poison拿衛生紙擦拭下體，整理好衣服，然後不屑的瞄了一下軟攤在地上的醜陋男體，說：「不來勁！你去外面說說看我是處女呀，看哪隻鬼相信你？」離去前還一口水吐在廣仁臉上，然後轉身開門即走。但一逃開侵入者的視線，兩行委屈的淚馬上逾越倔強的藩籬，全身顫慄的流下。

「Bitch！」廣仁大怒：「怎麼會沒人相信我？放屁！」

搖搖晃晃的站起來，穿好衣服，衝出男廁，看見兩隻保安獸呆呆的盯著舞池中央，「幹什……」，一句話沒說完，順著保安獸的目光看過去，廣仁愣住，他看到了為什麼沒有人相信的答案。

剛被奪走了初夜的poison竟然立即回到她的「宇宙中心」，跟隨著戰鼓音樂的強烈脈動，舞得更狂、更野、更浪、也更奪目。她乾脆打開前襟，兩隻剛發育好的乳房隨著鼓聲上下跳動，圍繞著她的一眾雄獸集體發出尖叫，她，poison，確實在今夜重返闇黑宇宙的中心，成了慾望國度的傳奇，被許多大口呼吸著黑色空氣的扭曲生靈們看見，貪婪的看見。「本小姐的慾望粉絲們，用力給我跳舞啊！搞不好你就是下一個中選的！」整個舞池充斥著非人類的嘶喊，意亂情迷的poison身在局中痛飲著靈魂的鴆酒。

「這婊子瘋了！」廣仁氣得全身發抖，剛剛的興奮與滿足完全被屈辱的怒火燒盡。本來正得意上了全店最辣、最正、最紅的處女！好向兄弟們炫耀。但看現場這個態勢，如果對人說這婊子是處女，自己準被笑成腦殘，如果稍說她的壞話，那不被她的性奴們打成豬頭才怪。這種時候，即便亮出老爸的名號，怕也起不了啥作用。廣仁感到這種完完全全被取代的中燒怒火，將每一條肌腱都燒得扭曲。

「少爺，我們要離開了嗎？」保安獸瞧著廣仁的臉色難看得像在豬乾上扔上一堆狗屎，小心著問。

「Fuck！當然走！留在這兒當這婊子的面首好看喔！」帶著不知如何澆熄的憤怒焰火，廣仁旋風般離去。

◇ ◇ ◇

覺得自己分裂成無數殘片的poison，顧不得撿拾處處碎落的自己，迫不及待的跌進女生廁所。幾個女孩子看見今晚的魔女，嚇得趕緊逃出去。

一個碎裂的人，逼視著猙獰的鏡像，長髮披面，滿身汗臭、酒氣、菸嗆味、還有不潔的氣息，剛剛在舞池中被全宇宙看見的快感頓然消失，取而代之的，是一種完完全全無痛無感的空洞覺受，吞噬著一切的空洞覺受！原來最嚴重的自責不是看不起自己，而是自我價值的徹底虛無。「就真的這麼賤嗎？自己才不到十八歲，就連賣的都不如，錢都不收了，妓女至少是為了吃飯，自己就賤得連不戴套子的都可以上我！」忽然一股強大的悲愴感升起，poison感到自己的靈魂被傷心的潮水滅頂，「哇啦！」淚水與鼻涕完全失控而突兀的猛湧出來，歇斯底里的哭到全身抽搐，哭到肺部與肚子劇痛，整個人縮在地板直不起身。在失去時間感的哭泣中，不知過了多久，悲慟的潮汐漸漸退卻……一份劫後的清明感緩緩的從潛意識海洋深處浮現，愈來愈清晰，愈來愈清晰……原來這就是眼淚的力量，忽然，隱隱約約聽到一絲一縷宛轉纏綿而讓人心痛的歌聲不知從身體哪一個角落傳來，彷彿體內存在著一個神祕的歌者飄然踏歌而至。

「好動人啊！」poison正要凝神細聽，想聽得更真切，但……「砰啈！」感到腦門像玻璃杯被摔破，眼前一片金光，燙熱的涓流從頭頂順著臉頰滑下，隨即失去了意識。

帶著鴨舌帽，偷偷潛近poison背後的曼庭，手拿著半支破酒瓶，面無表情的盯著昏倒在地的poison，她看看她白晰的頸子，再看看自己手中碎瓶子鋒利的缺口，眼中閃過一絲複雜的悸動。她可不知道失去意識之前的poison與今天早些時候的自己一樣，聽到同樣的一首歌。

## 用紅龍打警察的遊戲場

「fuck！滾開了！不要跟著我，我剛剛上過的妹不聽話讓我超沒面子的，少爺我現在超不爽ok！我跟你們兩隻大猩猩說，我不會有事的，我去兜兜風就回去了，何況我現在這個死樣子也不會有人認得，什麼？記者？記者會認得我現在這個爛屌樣就是平常在鏡頭前那個乖乖牌的大學生？fuck you！你們兩隻大猩猩給我聽好，再不在我眼前消失，本少爺就當眾大聲嚷嚷誰是我的老子？」廣仁怒目瞪視兩隻保安獸。

兩隻保安獸對看一眼，身為資深貼身護衛，他們當然知道在這種場所引發混亂的危險，而且就像渣男少爺說的，只要沒人認出他，發生危險的可能性實在是不高的，何況還可以採取跟蹤護衛模式。

「是，少爺！」兩隻保安獸點頭離去，自行尋找監視的暗角。

看著兩隻保安獸漸漸遠去的背影，廣仁反而心裡一沉。連最後兩雙眼睛都不見了，哪怕是笨蛋的眼睛。

不行！我一定要擁有很多很多眼睛，哪怕這些眼睛看向我時已經不再純粹與清明。不管！我就是要享受被許多眼睛擁抱的感覺。但今晚的眼睛都被poison那賤人搶光了，還哪兒去找眼睛呢？

點了一支菸，坐上哈雷重機，還沒發動，在雲霧中的廣仁忽然想到，自己在車後儲物箱中藏了一把藍波刀！「砍人？台北市第一個砍人飆仔？似乎沒創意。」廣仁搖搖頭，狠抽一口菸。他倒不怕行兇，問題是，台北市哪一天還短得了持械鬥狠的嗎？而且飆仔砍人又不是這個城市首創，隨便的砍傷個把人，恐怕連媒體都懶得報。

fuck！根本是沒主見的行為。彈掉菸蒂，廣仁就要發動引擎離開這個窩囊的臭地方，忽然一個威嚴的聲音傳進耳洞……

「喂，喂，少年仔，守規矩點，這裡已經人擠到爆，再插隊信不信我把你轟走。還有，那邊的，把香菸熄掉，人那麼多你在這兒抽菸，大家都要吸你二手菸了，懂不懂什麼叫公德心呀你！」

「原來是條子，還是一個囉唆的條子。」廣仁看見一個穿著制服的條子在人潮中指揮。大概是最近特別亂，毒品買賣特別搖擺，所以在這一帶的夜店區就常看到有條子出沒。幾個條子中，其他人都只是裝個樣子邊晃著邊看正妹，廣仁甚至看到其中一個用眼神跟正妹們搞曖昧，只有這個長得特壯的在裝腔作勢。「呸！披著塊狗皮就以為自己是狼呀。咦？等一下！」

廣仁的腦袋瓜忽然間開了一條縫，讓他看到了獵捕眼睛的方法。

「喂，那邊的，你幹嘛鬼頭鬼腦的，過來，你給我過來，身分證拿出來！」高壯條子還機機歪歪的在管東管西。

「如果揍一個警察呢？而且，用……」廣仁靈光一閃的想到前一陣子轟動一時的新聞：一群人拿紅龍敲死一個便條……

高壯條子用鷹隼般的眼神俯視著羊群般的人潮。

「幹掉一個便條還可以說不知這是一個警察，但我動的可是一個制服條子耶，而且我只有一個人，一個人隻身放倒一個強壯的條子，哈！這絕對是明天頭版的hero！」廣仁眸子放著興奮的光，不由自主的從哈雷走下來。

制服條子不知是賣弄還是認真，完全不察覺有人從背後逐漸靠近他。

愈靠近這討厭的條子，愈感覺到對方彷彿一座站著的大山。

「小張，你站好久了，要不要休息一下？」條子嚴肅的搖搖頭，拒絕了同事的建議。其他幾個條子就跑到旁邊石墩上歇腳。

更接近大山的背影，廣仁興奮得手心直冒汗。

條子大山依舊紋風不動。

更近了！fuck！彷彿聞到這討厭條子的臭味。

條子，還是沒有移動。

只剩下三步的距離，廣仁看著條子身側的紅龍。

條子，不動。

雙眼緊盯著控制排隊人潮的紅龍。

不動。

廣仁猛抓起紅龍，手背青筋凸起，舉起用力砸下！

不，動。

廣仁拚命怪叫的砸下！

大山終於轉過身來，廣仁猛覷見一張年輕吃驚的臉，同時，一瞬間，彷彿所有的臉與每一雙眼睛全往自己身上衝！廣仁倏忽亢奮得像一隻發情的公牛，每一個細胞都在沸騰，每一個意念都在歡呼，彷彿覺得所有定鏡全集中在自己的特寫！

實物碰撞的觸感。一息間用盡所有力氣的廣仁，虛脫的跪倒地上，同時，周遭的驚叫聲、吆喝聲、條子滿臉鮮血倒下的身影、眼前亂竄的人影、拔槍上扳機的聲音、背後被壓制的痛感、夾雜著驚慌與憤怒的情緒……等等六根覺受同時湧進腦海心潮。完全沒有抵抗的廣仁，從頭到尾直到被壓倒在地，一直發出歡唱的大笑，哈哈，哈哈，哈哈哈哈哈哈哈哈……

◇◇◇

從在夜店前被壓上警車到禁閉在拘留室，已經超過十小時了，但廣仁還是爽得不時發出爆笑，讓看守他的條子眼睛瞪老大，認定這是一個毆打警察的危險神經病。但廣仁自己知道沒辦法啊，就是受不了的爽！從壓上警車、送到附近的分局、上腳鐐、錄口供、然後是漫長的等待、深夜時分又被轉送到這間城中第一分局、被單獨拘禁、除了不時有幾個看起來很高階的條子來問幾句有的沒有的、然後又是漫長的等待、到天亮了條子竟然送來頗豐盛的早餐……廣仁就是停不下被虛空中無數眼睛注視著的亢奮感。三兩口的將早餐掃光，哈哈，自己竟然吃光派出所提供的垃圾。只要一幻想今天媒體怎樣報導這條新聞——「鬧區夜店單挑強壯員警的大學生」、「又一樁紅龍襲警事件」、「無聊政治人物的兒子是一個黑道英雄」……廣仁就覺得自己回到虛榮叢林的食物鏈上層。「哈！搞不好連poison這賤人被我幹的花邊新聞也會被挖出來哩，到時候我成了紅人，這賤人搞不好就主動湊過來趴在我胯下。哈！」當然前提是先離開這裡，但廣仁盤算憑他老子的關係，搞個律師來保他出去應該是沒有問題的。「咦？不對耶！好像有點怪怪的？」想到自己的混帳老爸，廣仁心裡就浮起陰影，興奮的雲朵慢慢的吹散。

隨即又想起兩隻保安獸。平時如影隨形的，在這關鍵時刻又怎麼會消失無蹤那麼久呢？而且自己好像愈來愈被「禮遇」？怎麼會醬？自己敲的可是一個警察的頭啊！又聯想到幾個來問話的條子，看著自己的眼神，好像壓抑著怒氣，敢怒不敢言！加上好幾小時沒人來看自己了，這麼大的案子，連一個檢察官都沒跟進調查？怎麼可能！愈想愈不對的廣仁很快就歸納出一個讓人最想罵髒話的答案：老爸在動用關係了。他要將這案子變「沒」掉！尤其大選在即，他不能讓事件曝光，怎麼動手前就沒想到這點，早知道就直接將那條子幹掉，讓老頭想搓湯圓也搓不了。現在可好，一切都白幹活了。想到這兒，彷彿看到一雙一雙眼睛紛紛從空中墜落，廣仁氣得全身發抖。

「嘎——」拘留室的門被推開，四個人走進來。

領頭一個是來問了幾次話、眼神超大便的便條，好像是一個小隊長的樣子。跟著的是一個一看到就想揍他的西裝男，還滿身古龍水的味道。最後進來的就是那兩隻保安獸！一看到這兩個傢伙，廣仁就知道事情壞了，所有的眼睛全被……焚燒殆盡。

「曾律師，嫌犯就交給你了，我去外面備好文件，你們簽好後就可以離開了。但你要負責安撫好你當事人的情緒，這小子的精神……有點問題。」便條轉身向西裝男交代後離去。離去前還不忘狠狠的瞪了廣仁一眼，眼神中似乎響起拔槍射擊的聲音。

「張隊長，謝謝你！我跟我當事人解釋一下就馬上離開。」西裝男跟便條握握手，等便條走後，就轉身看著廣仁。

「fuck！跩屁喔！不就是個便條嗎？出去讓我遇上……」廣仁朝著便條離去的室門直嚷。

「劉先生，」西裝男曾律師打斷廣仁的話：「我是曾建仁律師，是你父母委託我保釋你離開的，我強烈建議在派出所發脾氣是無濟於事的，你整理一下情緒，我們離開再說。」

「離開！」廣仁朝著「真賤人」律師的臉吼說：「我能離開？你知道我犯了什麼事嗎？」

「唔，應該是說你今日凌晨兩點左右跟一位警員發生意外性的肢體碰撞。」真賤人律師嘴角向上彎出一絲冰冷的微笑。

「意外性碰撞？」廣仁感到頭髮直豎，瞪大眼珠子說：「那我上了你老媽，醬就叫意外性強暴啦！醬也行！真能掰！你是跟我老頭搞政治的嗎？」

「劉先生，我們是依循正當法律途徑保釋你出去的。」真賤人律師一團和氣的笑著回答。

「貪污國庫、盜用基金、剝削工程款、官商勾串、送紅包、走後門、和稀泥、搓湯圓……哪一樁哪一件不是被你們依循正當法律途徑矇混過去的！所以我現在打破一個警察的頭殼，也就變成意外性碰撞囉？我呸！你們這些王八蛋真行啊！」廣仁罵得毫不留情面：「你是我老爸老媽派來的嗎？」

「唔，嚴格的說，本人應該是接受邱總幹事的委任來的。」真賤人想了一想回答。

「邱文魁？這老王八蛋也來管閒事。」廣仁當然知道邱文魁是他老爸的競選總幹事，在鏡頭前他也總是邱叔叔長邱叔叔短的直喊，但私底下全世界人包括邱文魁自己都默認他是劉家的幕後黑手。

「所以我老爸老媽是還不知道我在這兒囉，那我衝啥聽老邱的，我不走！」態勢很清楚，老邱當然是從勝選的考量去排除一切障礙與變數，所以必須將這件事疏通掉。

「少爺……」保安獸才想幫忙勸，話就被廣仁打斷。

「你們兩個給我閉嘴，一定是你們當廖北鴨，再說信不信我就在這兒給你們開揍。」呼吸愈來愈急促的廣仁，與其說是暴怒，內心深處其實是恐懼——恐懼眼睛在虛空中漂走，愈漂愈遠。

「劉先生，劉二少爺，」一直一副人畜無害模樣的真賤人律師，眼神中閃過一絲殺氣，說：「當然我不知道你們年輕人心裡在想什麼，但我猜想你這種家庭出生的少爺會做出這等事，大概就是想，紅！想搏版面吧！但我跟你說實話，劉少爺，不會有版面的。關於這件意外性碰撞警員的事，今天、明天都不會有任何媒體有任何版面的報導。這件事兒就會這樣爛在這裡、死在這裡，甚至不會離開這家分局，不會有任何上層知道，不會有任何媒體知道，當然反對黨也不可能知道。你太低估你邱叔叔的手段了，你也太低估你這種家庭所擁有的力量了。劉少爺，死心了吧，你不可能用你家所不認同的方式出名的，就算你跑去跟記者講，也不會有人出面支持或證實，只要我們稍加安排，就會製造出數量不少的總統候選人的公子不幸精神失常的同情票。劉少爺，您，了解我的意思嗎？」

渣男少爺與賤人律師的眼神在空中碰撞，在一片難堪的沉默中清晰響起廣仁急促的呼吸聲。

「幹！」廣仁猛站起來，一腳踹翻其中一隻要攔他的保安獸，再拉倒一排椅子製造混亂，衝出拘留室。

「快追他！」真賤人大聲直喊。三個人七手八腳的推開障礙跑到分局正門，就看到廣仁坐上小黃去得老遠了。

神，就不寒而慄。

「糟了！又放他一個人去闖禍，你們快想辦法啊！」真賤人想到回去要面對邱總幹事暴龍般的眼

「哈雷還停放在肇事地點，渣男少爺一定會回去取車的。咦？……」保安獸突然感到背後的氣場有異，回頭看……

原來整個分局的員警都得到上級指示，各自假裝著在做自己的事，積極忽略這一幕實質上在警察尊嚴上吐口水的活鬧劇。只有張小隊長拿著文件追到正門，憤怒得用力握拳，手背青筋突起……

◇◇◇

正午時分的陽明山觀景臺，廣仁彈掉第五個菸屁股。取回哈雷後狂飆到這兒猛哈菸，連自己都聞到一身惡劣的菸臭，日頭又曬得讓人頭暈目眩，更可怖的是全心全意感受到那使人窒息的虛空，完完全全失落所有注視的虛空。而將自己推落虛空深淵的是……「兩個羞辱！」一個來自婊子poison，一個來自混蛋老頭。」全身散發著不正常氣場的廣仁如是想。他不由自主看向機車儲物箱，彷彿看得見裡面的藍波刀發出猙獰的光芒。「幹掉老頭？」廣仁用力甩甩頭，彷彿要甩掉這個有心理障礙又難度很高的想法。幹掉poison也沒多大意思，頂多報導成一個情殺事件，沒有多少眼睛的。躁動不安的廣仁一直無意識的打量著自己的哈雷——機車？交通工具？個人的？大眾交通工具？公車？捷運？「捷運？藍波刀？」忽然，彷彿覷見一道神祕連線，廣仁的雙眸閃動著凶狠的獸光。

# 派出所裡的暗盤遊戲場

在城中分局，將備好的保釋文件丟給真賤人與兩隻保安獸後的張小隊長，怒氣勃發的就往「老烏賊」的辦公室闖，其他員警看見這個局裡有名的「颱風正義哥」又要去「衝撞」，更是紛紛彷彿、宛如、好像在專注的做著自己的份內事，但一雙雙滿佈八卦神經的耳朵隨即進入啟動狀態。而邊走邊盤算對策的小隊長張太峰，心中又自然而然的響起偶像學長的「遺言」。

「小張呀，其他人都說你是『颱風』，都受不了你霹靂火爆的脾氣，但學長我不這麼看。」王啟明是張太峰高八期的學長，調離城中分局前是副隊長，也是上級眼中的問題人物，他調職前，曾拉著這個器重的學弟喝酒，語重心長的留下了「遺言」，說：「我們這種敢說敢衝的警察當然不討人喜歡，但當警察的本來就不是來討上司歡心的，我們是來保護人民的呀！不然何必當警察，統統去當政客就得了。事實上，他們討厭我們，也得靠我們去做實事。像學長這次調去南部，其實就是明降實升，你等著看好了，我們背後還是有很多眼睛在看著我們的，如果學長這幾年在南部有所表現，沒準又會被調回來，如果你到時幹到分隊長了，咱們哥倆就可以好好放手大幹一場！好好整頓整頓警界的狗屁倒灶。但小張呀，你比學長年輕了一大截，缺經驗，哈哈！學長有兩點『遺言』送給你喔。第一要注意省籍。你還別不信，我們警界表面上是紀律部隊，公正不阿，但我們國家太特別了，即使在警隊，省籍仍然是個擺脫不掉的幽魂，如果碰到這種問題，千萬要小心處理。第二要懂得策略。其實當警察不是靠發達的四肢，而是靠好使的腦袋的，遇到問題一定要用對法子，要有策略，蠻幹是不行的，你性格耿直，要記得當警察的其實就像在玩一個遊戲，跟黑白兩道博弈的遊戲……」

想到這兒，張颱風強壓下怒氣，準備去跟「老烏賊」玩遊戲。問題是，玩遊戲還得看手上有多少籌碼？

「報告！」到了老烏賊辦公室門前，張颱風刻意行了一個好不正式的舉手禮，這就是一個通知與表態。

「張小隊長喔？唉！你來了！就別客氣了，坐吧。」分局長廖忠義是個又胖又矮的老頭，腿又短，人就顯得，特胖。他的特徵是一張肥臉上長著一雙特小但特亮的三角眼，彷彿酒池肉林中鑲著兩枚冰冷的鬼火，打量人時就顯得特別陰。廖忠義與他的颱風小隊長也還算熟，現在回答卻用了個正式的職稱，意思當然就是收到對方的表態了。

「張隊長呀，有什麼事嗎？」廖忠義眯上他的三角眼，懶洋洋得像一隻在曬太陽的大狗。這位分局的老大實在長得很欠揍，與其說是一位高階警察主管，倒不如更像個角頭老大身邊的軍師。

「報告局長，我是來回報劉廣仁襲警一案的……特別處理的。」張颱風盯著老烏賊廖忠義的肥臉說話。話說廖忠義的綽號是說他這個人身段柔軟得像一隻軟體動物，又擅長打烏賊戰，將一缸子水染黑，讓在水裡的眾生沒有一個是乾淨的。這大概就是在醬缸生態裡最頑強的生存策略吧。

「人不是都已經走了嗎？」軟癱在大搖椅上的老烏賊乾脆連眼皮都不抬。

「是。但徐世展的傷勢頗重，現在人還在昏睡，醫生說腦震盪頗嚴重，是否有後遺症還要持續觀察。其他的年輕同事側聞到一些片片段段，似乎士氣頗為低迷。」張颱風開始下子了——動之以情。

「士氣低迷？嘿！但劉廣仁不是依循正常保釋管道出去的嗎？」老烏賊整隻人軟在座位上咕噥，活像一隻萬年不動的深海軟體獸。

「是，但整個保釋過程的處理很不同一般，所有紀錄又都沒有正常歸檔，萬一上級來查閱案情，恐怕程序上是有瑕疵的。」張颱風接著下子，步步進逼——說之以理。

「張隊長啊，我知道徐世展是你的學弟，你得空就幫我去安撫安撫啊，待會兒我就會去徐家慰問，反正大家都是一家人，警察嫌犯也都是一家人嘛，不就是年輕人不懂事嗎？總之就是大家都是一家人，千萬別搞啥『士氣低迷』，呵呵呵……」連發笑都不睜開眼睛，全身肥肉顫抖，真像「星際大戰」裡的「賈霸」。

「報告局長，我真正擔心的是媒體。」好你個老烏賊！我給你說情，你給我談法；那我就跟你談法，你又跟我說人情。就是打混帳打迷糊仗嘛！張颱風心裡這樣想著，一發狠，就下最後一著：「現在的媒體就像海裡嗜血的鯊魚，萬一被他們聞到了腥羶，捅破了禁忌，把我們說成關說吃案，這可是選前天大的醜聞，對總統、警界、分局都是傷害。」說情、說法，這老烏賊都不買帳，只好出動最後的殺著——說以利害。

「那你的意思是將劉廣仁重新帶回來，然後起訴他，再在大選前告訴全國媒體總統的兒子毆打警察囉？」老烏賊依然頭不抬、眼不動，但語氣中已開始透出一絲冷峻。

「報告局長，現在記者的嗅覺可是靈得緊，據我所知，局裡至少有一半同仁跟媒體有聯繫，我個人也經常有二到三個記者整天在call我……」張颱風感到一點來自老烏賊的反擊力道，就見招拆招的亮出攻防籌碼。

「張隊長！」老烏賊終於打開兩隻三角眼，鷹隼般的眼神射出，打斷張颱風的話。

「是！」對手突然中軍殺進，連一向剛烈的張颱風都嚇了一跳。

「這裡只有咱們兩個，就打開天窗說白話文吧。」深海軟體獸展開兇猛的反擊姿態了：「劉廣仁案子的處理方式，可是層峰交代下來的，就是你老闆的老闆的老闆的意思，懂嗎？颱風小隊長！如果只是我，你來跟我玩，我頂多給你壓案；如果是總長，他可能會把你找去痛罵一頓，然後由我當白臉說好話；但這次是層峰的兒子啊，而且在大選前，張颱風，我廖某人跟你保證，如果你硬是要玩大，不用三天，你準被調去墾丁，去墾丁看正妹，春吶快到了，不錯嘛！」

「話又說回來，張老弟，」明明知道對手籌碼多自己機籌碼少，但脾氣暴愛面子的張颱風臉上掛不住，就要豁出去發作，卻低估了軟體動物的陰沉，老烏賊連消帶打，說：「老哥哥了解你和你王學長是一樣的個性，就是英雄主義嘛！不要怪老哥哥說話不中聽，你們哪是真心要維持啥法律正義，根本骨子裡就是要紅！要當老大！要當英雄！是不？但這件事不能這樣子玩啊！你王學長不是跟你交代過碰到省籍的問題要小心處理嗎？別一臉驚訝看著我，老哥哥知道的事兒多得你想像不到哩。現在擺明總長與總統是同一個『顏色』，他倆是鐵哥們，就是我廖某人幫著你去硬幹也不濟事。張老弟啊，別孩子氣了，這件事不是醬玩的，其實想當英雄也是一種個人慾望，這趟就放下放下你自己的私心吧。」

張颱風嘴巴張老大闔不回來，內心的軟肋被戳到，整個精氣神彷彿一下子全洩光底氣。老烏賊判斷情勢，就毫不猶豫的定調、收官，說：「好了，張老弟，就聽老哥哥的，咱們把案子結一結吧。是的，你得去官邸跑一趟……」

◇　◇　◇

在局裡滿盤皆輸的張颱風垂頭喪氣的往總統官邸出發，他奉老烏賊的命令前往官邸報告案情。老烏賊看準張颱風再狂也不敢在官邸撒野，等到報告案情這事兒一落實，這唯一會鬧麻煩的刺頭就再也脫不了關係，翻不了天了。

這還是張颱風第一次進入元首官邸的院子，入眼的第一印象是不奢華得有點……故意。粗看很普通的庭園，但修枝、整葉、設徑、蒔花，整個庭院被打理得纖細精巧！看似沒有刻意修飾的小橋流水與數方磐石，其實是暗合日式禪宗園林的佈局。還有那幾株壯碩的巨木，跑過許多大戶豪宅的張颱風當然識得那是價值不斐、樹齡至少在百年以上的羅漢松。至於小橋下池塘中的魚兒雖然不多，但那幾條錦鯉體型修長又色澤金黃，嘿！恐怕每條的價位都在百萬台幣以上！「搞啥低調奢華，根本就是虛偽加掩飾！」心情超不爽被「刺配」到這兒「投誠」的張颱風，偷偷在心裡咬牙切齒。

六分半鐘！從在前門按鈴到被門房請進到庭園稍候，足足等了六分半鐘！但這是調控得恰到好處的六分半鐘——既足夠顯示官邸的高傲又控制在客人行將發作之前，「嘎——」進入室內的落地玻璃門被拉開，剛剛帶張颱風進來的門房領著一個西裝筆挺的中年人走出來。

「是城中分局的張太峰隊長吧？」中年西裝男笑容可掬，但張颱風覺得這是隻一身奴氣的狗。

「是，我是張太峰。」

「請進來，劉希仁先生在會客室等著您了。」

「劉希仁？頂頭大老闆的長子，昨天那隻野獸的老哥。我呸！好大的架子，自己不死出來，還要著人領我進去。」儘管在心裡腹誹，但張颱風知道劉希仁是他總統老爸倚重的幫手，聽說是個學者，擁有好幾個博士學位，在第一家庭的地位，跟他那個沒出息的弟弟不可同日而語。

走進官邸的平房，穿過擺飾著日本花道的玄關，在進入起居室之前，看見一個小休息隔間或站或坐著幾個帶著墨鏡的大漢，應該是劉希仁的保安，看見高壯的張颱風經過，一副副墨鏡後面的彷彿是獵豹般打量的眼神。到了起居室，就看見一個帶著金邊眼鏡身穿高級毛衣的死胖子在看書，神情專注而冷漠，彷彿無視於書本以外的一切卑微存在。

「少爺，這位就是張太峰隊長，來向您匯報二少爺的案情。」中年西裝男向雙方介紹：「張隊長，這位就是劉希仁先生。」

「胡管事，注意你的用詞，」死胖子劉希仁不情不願的站起來，卻完全不看張颱風，只盯著中年西裝男說話：「不是『案情』，是『事情』；言語是人與人之間誤解的根源，準確的使用言語是一個文明人的基本責任ok！」

「是是是！我了解少爺的意思了。」西裝男胡管事低頭應允，臉上的笑容彷彿會永遠凍結在那兒不會落下。

「好，你先出去，守在入口，不要讓人打擾。」起居室內剩下劉希仁與張颱風，劉希仁很「輕」的與對方握手，張颱風感覺好像握在一團冷凍的空氣上。

「張隊長，要不要喝什麼？咖啡？烏龍茶？」劉希仁放下書，張颱風注意到書名是《榮格的祕密心理符號分析》。

「哦？喝咖啡好了。」張颱風坐直了身體，彷彿要透過一個比較麻煩的選項來掙回一點作客的尊嚴。

劉希仁挑起一邊眉毛，看了這個努力挽回自尊的人幾秒，好像觀察到什麼，就喚回胡管事去準備咖啡，然後竟然又回到他的《榮格的祕密心理符號分析》，完全無視眼前人的分量。張颱風站起來也不是，發作也不對，好不容易等到咖啡「蒞臨」，才醒覺自己又輸了一著。

「張隊長，你可以開始了。」劉希仁在說這句的同時，眼睛還是沒有離開他的《榮格》。

說對方缺了禮數好像太過，說他很有禮貌當然是子虛烏有；當然感知道官邸的高姿態，但又好像沒到讓人可以發作的程度。張颱風就被這不硬不軟、又尖又酸的釘子堵得一口氣透不出來，只能將對方所說的「事情」而自己堅持的「案情」原原本本的說了一遍。

「我了解了。」劉希仁終於闔上他的《榮格》，揚起頭，抬抬他的金邊眼鏡，然後說：「貴分局在得到層層下來的指示後，在今天清晨，終於將舍弟『放』了。你們做得很好，至於舍弟離開後的行蹤，自然有我們的人去跟進，就沒你們的事了，貴分局圓滿達成任務，後續發展就跟你們都沒關係了。好吧，如果張隊長沒什麼事……」

「等一下，」張颱風身體前傾，在對面這個死胖子下逐客令之前趕忙說：「劉先生，我想你搞錯了，令弟是依循正常管道與手續離開的，不是『放』了。」

「正常管道與手續？」劉希仁挑起一邊眉毛，眼中寒光乍閃，說：「你們有留下正式的問話紀錄嗎？就是俗稱的口供？我合理的相信口供都扣在廖分局長那兒吧？在全然沒有正式紀錄的情況下，上級監察單位來調閱你所說的『案情』，你們站得住腳嗎？就算捅到媒體記者那兒，我們也能輕易炒作成是對手陣營在抹黑你知道嗎？如果真成了你所說的『依循正常管道與手續的案情』，也會對你的個人紀錄留下汙點你懂嗎？張隊長，你到底有沒有一些些基本的常識啊？」

「何況，你現在既然坐在這兒，」看著被自己搶白得臉色像豬肝的張颱風，劉希仁趁勝追擊：「就代表你張隊長已經放棄了作為一個警察的尊嚴與堅持了，一般的市場術語就叫『認賠殺出』。你知道每個人為什麼要自保嗎？就是因為每個人都有他的貪心與價碼啊！張隊長，既然來到這裡，就不要自命清高了，你也只是遵循自己的貪心執著而行動的利益動物而已。」

「霍」的一聲，張颱風猛站起來，雙手握拳，青筋冒起，全身氣得發抖。休息間的幾個墨鏡大漢也同時移動到張颱風身後，形成合圍的態勢，情勢一觸即發。

「張隊長，如果你覺得出手攻擊我可以出一口氣也沒關係，但情況仍然是不會有絲毫改變的。」劉希仁舉起一隻手指，阻止住可能擦槍走火的輕舉妄動後，繼續說：「最可能的結果就是你被我的保安官痛扁一頓，然後我們載你到一個安全的地方將你扔出去，照我對自己保安官的了解，他們很可能在走人之前再在你身上撒泡尿。然後我們不會聲張，假裝你根本沒造訪過官邸，畢竟在大選前打了一個警察總是個變數，當然，你自己也不會說，難道你能跟別人說你在總統官邸動手攻擊總統的兒子嗎？事實上，我親愛的張隊長，這整件事情就像兩個棋手在博弈，你到現在為止，時機、情勢、下子、心態全部都誤判了，你已經輸到一個子都不剩。別看我一副書呆子的模樣，要跟我玩遊戲，你這個自詡正義實則孬種的小警察是玩不過我的。」

「胡管事，送客！」瞧著氣勢全消的張颱風變成一個熱帶性低氣壓之後，劉希仁下了最後一子，然後又回到他的《榮格》裡去。

◇◇◇

不知自己怎麼離開官邸的？也不知自己怎麼發動車子到一個不知名的公園旁停下的？張飈風的感覺就像一個在一群暴徒面前脫光衣服的小處女，所有作為一個人的尊嚴全被剝奪了！可怕的羞辱！都是那個小畜生害的！倏然腦內炸起一陣金星，受辱的警察摸著自己腰間的配槍，眼中兇光連閃，瞬間做了一個致命的決定。

# 群組裡的遊戲場

「我回房去，不要吵我，除了父親call我。」劉希仁囑咐了胡管事之後，就撐起龐大的軀體，回房間「休息」。走在柚木鋪設的樓梯地板，剛剛逗著那個小警察玩的興奮勁還在腦際盤旋，但用不著幾秒，劉希仁甩了甩他塞滿念想的肥大腦袋，心裡說：「這不是同一個量級的競賽，根本就是精神性的霸凌，霸凌一個愣頭青警察實在用不著那麼高興吧，嘿！」劉希仁對自己苦笑了一下，剛剛的遊戲實在不過癮，他要去尋找更大的「休息」。

「頭腦是滿的，心是空的。」那種討厭的感覺又不知從哪個生命的暗角蒸發出來。

鎖上門，坐上心愛的真皮旋轉椅，鼻腔細細品嚐著飄逸的威士忌香味，一陣開啟的音樂聲，平板打開。進入line的世界，劉希仁活動了一下手指關節，同時瀏覽著群組的列項，思考要進入哪一個群組去「休息」。這是劉希仁每天必須的抽離與遊戲，尤其他知道總統老爸回來以後，少不了要向他報告廣仁那個不成材的傢伙的事，而且想當然老爸一定會盯緊他在學界的拉票進度，一想到這些讓情緒蒼白的事兒，劉希仁嘆了一口氣，更珍惜現在的「休息」時刻。

「唔？這個是大學同學的群組，哼！太多老師、公務員、上班族了，有獨立思考能力的沒幾個，身分也不夠看！」劉希仁端詳著每個群組的cp值。

「這個是混蛋群組，哈！現在不需要。」直接跳過。這群組根本是炮友與淫媒的大集合，都是些鈔票與精蟲過剩的人渣，還偏偏將群組名字稱為「山巒起伏」，現在是大選的非常時期，可不能聯絡這些混蛋。

「這個是一堆讀書把腦子讀壞的所謂『斜者』的群組，超無聊的。」

「這是一個笨蛋＋腦殘的群組！」

「這是一個只知道內幕消息、炒短線、外幣交易、名牌……的群組，標準的俗不可耐。」

「這是一個虛偽的群組。」

「這是一個快要發霉的群組。」

「這是一個常常上準會變成一個很長壽的白痴的群組。」

「好，就這個吧。」看準了「休息」的地方，劉希仁觸動了進入鍵。這個群組人很多，組成份子也複雜——有擁有好幾個常春藤學位卻回來當米蟲的公子千金、有很愛講很多自以為是名言的大老闆、有腦袋很好卻不好好做學問只一心想當官的馬屁官迷、有超想打進名流圈的民意代表、有滿肚子謀略的政壇騎牆派、甚至有神棍、有名媛、有高級交際花、有名士、有專業作家、有精神病患……亂七八糟！但，亂才好玩嘛！這是最好玩的群組，甚至群組的名字就赤裸裸的叫「瘋人院」。下午時分，瘋人院裡大部分的瘋子都剛起床沒多久，正好是「叫早」的甚佳時機。

「哈囉廢物們！還賴在小三的屁股上喔？」（稀有動物，劉希仁在群組裡的代號。）

果然不到三秒，聽到「叮咚」一響，劉希仁整個人放鬆下來。

「喂，姐我賴在小黃的××上不行嗎？你分明有性別歧視！」（女王回應，同時貼上一個生氣的貼圖。劉希仁知道女王是一個交際花＋女學者的性格分裂者。）

「對號入座，是妳自己有陰暗心理。」（稀有動物）

「虛偽！」（女王）

「哈哈女王！妳聽過『風動旗動，心動旗動』的典故嗎？如果妳的心沒有自卑，妳就不會覺得被歧視；如果妳的心裡不懂虛偽，妳就不會覺得別人在虛偽。哈哈！是妳的心在動，不是本稀有動物在冒犯妳喔。」（稀有動物）

「哼！巧言令色！講道理當然講不過你們這些唸文科的。」（女王）

「女王陛下，雖然妳是唸管理的，但管理管的就是人性啊。何況妳另一面閱歷豐富，怎麼會講道理講不過我哩。」（稀有動物隱晦的點出了女王的公開祕密，女王被堵住了嘴巴，吃了悶虧，話接不下去。這一招下流，但有效。）

「叮咚。」（女王貼了一個背著坐三條槓的貼圖。）

「喂，稀有動物，欺負女生喔！」（大隻佬）

「如果大隻佬你醬想，反而碰觸到女王的心理底限了，女人怎會被男人欺負，男人如果醬想反而是不尊重女性喔。」（大隻佬就是那個愛說名言的大老闆，一線的商場上像他這麼無聊的老闆還真的是絕無僅有，但商與政是經常掛鉤的，稀有動物在言詞上倒是會對大隻佬賠著一份小心。）

「有能力攻擊弱者的是暴漢，懂得保護弱者的才是強者。」（大隻佬又在說名言了。）

「你又犯了女王陛下的心理禁忌了。但每個人的角色不同，你就扮演你的大隻佬吧，我就還是演我的……直言者吧。」（對大隻佬，稀有動物就用滿足虛榮這一招，果然這個無聊大老闆被戳中了軟肋，就自我感覺良好去了。）

「叮咚。」（倒是女王送出一個飛吻的貼圖。稀有動物心裡暗罵這對狗男女，什麼女性主義，放屁！都是煙幕彈，拜金主義才是真的。）

「因人而異，拍馬屁！」（于律師這句話沒有主詞，但誰都看出是針對稀有動物。網路實在是一個奇怪的生態圈，平日面對面時會維持著基本的虛偽，但在互聯網上卻彷彿擁有不用負責後果的肆無忌憚。）

「馬總統的屁就不用再拍了吧，哈！」（先插科打諢緩衝一下。稀有動物知道于律師是那一種表面正直內在孬種的貨。儀表堂堂＋滿嘴正義，其實說穿了就是他的生存包裝與伎倆。）

「因人而異就是拍馬屁，那孔子的因材施教也是拍馬屁囉？」（稀有動物）

「你明知道這是不同狀況，詭辯！」（于律師）

「哈哈！被最會詭辯的行當的翹楚說詭辯，這是諷刺還是讚美？大律師，你告訴我們，詭辯是合法還是不合法？」（稀有動物）

「唔，這個問題不一定，但大部分的情況下，使用詭辯術，不見得就是不合法的。」（于律師）

「那就是合乎程序正義了，連程序正義都ok了，司法正義就更不是問題了。其實所謂因材施教、因人而異、見人說人話見驢說驢話，都只是策略的運用，遇到不同的對象，就有不同的作戰方式，不是嗎？大律師成天在法官、當事人、嫌犯、對方律師、線人之間周旋，怎麼可能會不明白『策略』的道理。」（稀有動物發現今天「講」得特順，頗有一點舌戰群儒的暢快感。）

「高！我們當律師的只是在法庭內詭辯，你們搞政治的卻公然在社會上詭辯，操作的層次果然是不一樣。叮咚。」（于律師還故示大方的貼了一個舉起大拇指的貼圖。）

「政治學上有一句名言：在選舉裡，由候選人決定告訴選民什麼是真相。」（稀有動物）

「但于律師弄錯了，我是在學界的，不是混政界的。」（稀有動物表面的身分還是一個教授。）

「你比我還會說名言嘛。」（大隻佬）

「哪裡哪裡！」（稀有動物）

「老弟今天真是舌粲蓮花，但孔子也講過巧言令色鮮以仁。」（學究）

「巧言令色的話題剛剛討論過了。」（稀有動物知道學究是一個自命名士的退休老學人，有點虛名，但沒有價值，人又古板不好玩，所以不太想搭理他。）

「其實今天稀有動物兄講的唯心論與語言策略是有一定道理的。」（人間正義。這是一個新人，稀有動物只知道是一個心理學學者，不太確定他的來歷，但這個網名一看就讓人討厭。）

「可是語言如果完全成了一種策略，那心中的真相呢？人與人之間就會無法得知對方心裡在想什麼，那麼語言不就成了人心的偽裝與掩飾嗎？」（黃以軒。直接用本名，看似坦白，其實也是另一種策略。稀有動物知道這是一個敵對陣營的高級助選員，但這個傢伙有點騎牆派，故意混進來這個群組。稀有動物覺得這個發言是一種刺探。）

「在這個資訊爆炸的時代裡，人常常活得很自我，但愈自我就會愈痛苦，因為自我不等同於自主，在資訊主宰一切的社會裡，人很難自主，而自我就只能變成一個孤獨、荒涼的存在。」（稀有動物）

「而一個孤獨的靈魂，不管使用什麼語言，都無法百分之百的傳達我們蒼白的感情與思想。人為了溝通，發明了語言，卻從此受限於僅知的辭彙，語言成了掩飾、欺騙、誤會、虛偽、失真與妥協的工具，成為必要的荒謬，生命從此成了語言理性的奴隸。」（稀有動物）

「所以我們無法改變自己受語言奴役這一事實，就只能想盡一切辦法去跟它共存，而且美化它。是啊！語言是人心的偽裝與掩飾，但可以是美好的偽裝與掩飾。這不也是我們僅剩的選擇，不是嗎？」（稀有動物）

整個群組一下子靜默下來。劉希仁感到自己的內在爆炸，而在爆炸中得到最大的「休息」。這個靜默的片刻是一個冠冕的片刻，整個群組被自己折服了，所有眼睛都迎向自己。這是一種將全體靈魂踩在腳下的豐收時刻，當然，劉希仁是懂得策略的，見好就收是一種保有戰果的技術性運用，正要說幾句謙虛的話……

「說得很好！但似乎有點似是而非。」（人間正義）

「哦？怎麼說？」（在正要收割的當口被挑戰權威，除了超不爽，稀有動物隱約嗅到一絲危機的氣味。）

「你是哪位？先自我介紹。」（大隻佬）

「對不起！我忘記了！我是黃以軒邀請進來群組的，也被學究老師與楊教授總共三位朋友推薦，符合了本群組的內規。我的本名是殷詩陸，是的，我知道，不要笑，我老爸取的名字我也沒辦法，我在××大學教書，學的是心理學與語言學。」（人間正義）

「好小子！有你的，陰屍路？真會取名字。」（大隻佬）

「哈，殷教授真會說笑！不過陰屍路難聽，還是喊你人間教授好了。」（女王）

「請各位多多指教！」（人間正義）

「不過人間教授的大號還真是搞笑。」（黃以軒）

「請人間教授回到正題吧。」（一下子被人搶了舞台，稀有動物超不爽。）

「好。首先，我得先承認稀有動物兄說心決定人生，內在決定外在的論點，是正確而深刻的。」（人間正義）

「然後啦。」（稀有動物）

「然後語言有它必然的極限與扭曲，這樣的論點，我也是同意的，但……」（人間正義）

「但……？」（稀有動物。憤怒夾雜著恐懼，又發現那一種很深層很深層的疲憊感。）

「但這兩件事有關聯性，卻不能在中間畫上等號啊！硬牽扯在一塊，這恐怕真的是一種……不誠實的策略吧。內在決定外在，所以我們可以為自己訓練一顆強大的心，這在中國文化叫修身養性，在印度佛教叫菩提之道，在新時代運動叫歸於中心。至於語言的容易扭曲與作假，那不是一個必然的結果呀，我們可以自由的使用語言、選用語言、慎用語言、甚至不用語言。語言可以是一個工具，或一個開關，我們才是主人，我們可以駕馭它，而不必然因為語言理性的限制性反而造成人與人之間的孤獨與虛偽。更確切的說，心是主人，語言是僕人。有一位大師說過：小心不要任僕人變成主人。一個人愈是擁有一個成熟的內心，就愈能夠精準知道語言的極限性，愈能夠靈巧的使用語言，愈知道怎麼避過語言可能造成的扭曲與誤會。其實，這也是內在決定外在的一個例子。就像大教育家的因材施教，談判專家的針對性技巧，大作家的著書立說，這些都是成熟的心運用語言的例子。所以語言不必然是謊言，生命不必然是孤島，就是俗話說的事在人為嘛。如果只是單一強調語言的負面面向，嘿！恐怕只是一種以偏概全的……策略，或詭辯而已。」（人間正義一開始攻擊就沒消停的一路打到底。）

說得很好呀！有理有據的。

整個群組頓時靜默了一分鐘。對劉希仁來說，那是處刑的一分鐘，那種欲死的疲憊感又出現了，這一趟強烈到像老菸槍嗆鼻的體味。更難堪的是劉希仁不能不搶著第一個發言表示大度，這是一種必須表態但超嘔心人的偽裝。

「人間教授說得好！中肯周備。」（稀有動物搶著第一個發言，還貼上一個拍手的貼圖。）

「是啊！年輕人的學問做得紮實。」（大隻佬）

「說得真是好！」（學究）

「沒有了，各位錯愛了。」（人間正義）

「邏輯嚴謹，論理又深刻。」（女王）

「稀有兄與人間兄都是言之有物的大學者。」（黃以軒果然是搞政治的，兩邊都不得罪，但稱讚力道的輕重一目了然。）

許多人一一發言稱讚，其實都有在顧及劉希仁的面子，說話都留有餘地。但劉希仁完全不記得眾人在說什麼，只覺得那種疲憊感的臭味現在強烈得像北京挖坑不沖水的公共廁所。

在難抵的臭味與難堪的失憶中，結束了這一次群組的對話。劉希仁整個人空蕩蕩的跌坐在旋轉椅上，呆看著眼前桌上的平板，處於關機狀態的平板彷彿正發出一陣一陣瘋狂的訕笑聲。

「整日要與老弟那種想紅的白痴、老爸那種權力慾白痴、剛剛那種滿身英雄主義臭味的警察白痴、還有群組裡那隻嚼爛舌頭的啥人間正義白痴為伍，我的人生到底是怎麼呢？」深深捲進羞辱渦流中的劉希仁，一步一步鞭策著自己走向絕望的谷底：「人間正義？人間哪來正義！正義不就是將自己推向幻象顛峰的手段之一。我好好一個有才華的學者，是什麼時候混進去這樣的一群白痴之中的？但自己跟白痴共舞，難道不也是白痴隊伍中的一員嗎？搞了半生，原來自己的高貴也只是一個不比其他白痴不白痴多少的一個白痴的錯覺！」劉希仁掙脫不掉那倏忽發生的靈魂墜落，感覺自己掉入一個充斥著胳肢窩狐臭與鼠蹊部異味的糞坑之中。

「我不該這樣子活著的！」整個房間迅速崩塌、剝落。

視線從平板移開，劉希仁盯著書桌的鑰匙孔，彷彿孔中藏著生命的黑暗祕密。

他當然知道鑰匙孔後的抽屜裡躺著的是什麼。

與鑰匙孔沉重的對望了一分鐘，中間的空氣彷彿凍結。

接著將手邊的半杯威士忌一灌而下，目光又移轉到空杯子，彷彿杯中湧動著黑暗風暴。

玻璃碎裂聲！空酒杯從手中滑落，分裂成一地的無法還原，然後，取出鑰匙，開鎖，拉開抽屜，一把擦得敞亮的舊式左輪手槍映入眼簾。

那是一個召喚。

在台灣私有槍枝當然是非法的，但對劉希仁的身分而言，當然沒有問題，而且他特愛舊式槍械的style。

「喀嚓。」舉槍，打開保險，對準自己的太陽穴，深呼吸，沉重的深呼吸……指節發白，不知是要用力的扣下扳機，還是在用力的不讓自己扣下扳機？

「按下啊！開槍啊！膽小鬼！只需要一秒，就可以脫離這種糞坑人生了。而且準登一個星期的頭版頭條——總統候選人之子與學界明日之星的神祕自殺！多聳動呀！這不是自己夢寐期待的精神食物嗎？」劉希仁全身繃緊的肌肉暗藏著細微但劇烈的顫抖。

「咦？不對耶……」人生往往在太強烈的情緒中會發生一個大轉折。

「一個星期的頭版頭條不會有『學界明日之星』，只會出現『總統候選人之子的自裁』，而且不會『神祕』，因為會清楚得像AV女優的乳房，我小小的死亡正是將混帳老爸再度送進總統府的快速通道，是媒體鯊魚賴以為生的獵物，又是人間正義大隻佬那些王八蛋在吃飽飯閒磕牙後吐出的一口濃痰！毫無價值啊！特別在這種時刻。」劉希仁甚至強烈懷疑混帳老爸將自己的死亡轉變成龐大的同情票與抹黑票之後會不會流下一滴眼淚，因為這種事自己也是經常在幹。

「砰！」將左輪手槍重重放在書桌上，等於連最後一個拋棄自己的慾望都拋棄了……倏然，全然虛脫的劉希仁感到一份全然的空白，然後，在失去時間感的空白中，不知過了多久，一份劫後的清明緩緩升起，忽然，隱隱聽到一絲一縷宛轉纏綿而讓人心痛的歌聲，不知從身體內部哪一個角落傳來，彷彿體內住著一個神祕歌者用終極的歌聲安慰著自裁失敗者的每一根情感神經，當然，劉希仁不會知道就在昨晚，有一個夜店女孩聽到同樣的祕密之歌。

在劉希仁「放棄」的同時，在同一個房間的角落裡一個不被看見的存在在憤怒、咆哮著，因為「牠」的業績被影響了，眼前這個差一點就被收割的客戶踩緊急剎車，為了他的混蛋總統老爸的緣故。「牠」大口呼吸著黑色的空氣、呼吸著恐懼的空氣。

什麼？「牠」也有恐懼的情緒？devil也是有恐懼的情緒的！

## devil的遊戲場

這隻devil處於準瘋狂狀態。也難怪牠，在劉希仁劉廣仁這對狗兄弟身邊伏線了三年多了，結果這一狗票還是得，泡湯。本來devil是看好哥哥多於弟弟的，弟弟頂多像個爆竹工廠，哥哥卻不啻是一個兵工廠，一旦成功引爆，非常有可能幫助devil撈一個優等的考評。結果泡湯了！與其說是劉希仁讓牠失望，更接近真實的原因其實是那個混蛋「粽桶」老爸的變數！

這時劉希仁撐起空乏的身軀離開房間，沒一會兒聽到關門的聲音，不知外出去哪兒？更留下這隻情何以堪的devil在孤寂的房中全身發抖。

「蛤？什麼事？」

「devil是什麼？」

「devil就是魔鬼啊！喂，讀者，你們的英文那麼爛齁！」

「蛤？又怎麼呢？魔鬼是蝦米東東。」

「好吧，算我忘記解釋。」

讀者提出疑問了。但基於本人對魔鬼世界的了解不比讀者多多少，我無法清楚說明關於魔鬼的國家型態、社會結構、家族倫理、身心狀態。只能根據美國聯邦調查局X檔案的初步調查結果：魔鬼世界的結構比較接近企業組織，而不是家族觀念。最大的CEO就是稱為撒旦的那隻，有翅膀的。至於撒旦背後則是一個人數，不！鬼數龐大的董事會，有有翅膀的，也有沒翅膀的，還有外國股東的挹注，據X檔案所描繪的外國股東是一律沒翅膀的生物，有女的、有吹笛子的、有掰咖的、有賣花的……在董事會與CEO之下，就是各級大咖小咖的魔鬼——魔鬼副理、魔鬼襄理、魔鬼主任、魔鬼科長、魔鬼科員、魔鬼小妹、魔鬼阿桑……愈下階層的魔鬼就愈不一定有翅膀了，甚至有些小小鬼還長得一副人的樣子。現在這隻魔鬼大約是中級科員之類的，因為實在是太小咖了，作者也不知道牠的名字，實際上我們也不需要知道牠的名字，就直接叫牠devil好了。而在魔鬼企業的生態裡，最重要的是烤雞，噢！不是，是考績。大概一百年左右吧，魔鬼企業就會進行一次總考評。蛤？一百年太長？不會了，不是有一句話叫「禍害延千年」嗎？魔鬼的命長得很。每一百年，如果考績乏善可陳，該隻魔鬼員工就會被降職，如果一直降一直降降到最低級，魔鬼就會被迫接受牠最大也是唯一的懲罰，什麼？死刑？都已經是魔鬼了，還會死嗎？還怕死嗎？真是腦殘。而且對魔鬼來說，有比死刑更可怖的懲罰，就是：變成天使。是的！對魔鬼來說，最大的懲罰就是變成天使！所以devil一想到自己已經往天使的方向邁進，就害怕得不寒而慄！

一般而言，魔鬼的考績分成七個評等：

一、極優等。煽動國際之間的戰爭。

二、優等。製造大規模的社會動亂。

三、佳等。製造謀殺或自殺。但謀殺不包括總統、官、校長與人渣。因為那不算「業績」，而是功德。

四、甲等。促成大人傷害小孩子與狗。包括騙、打、罵、關。對不起！這一點要注意，是指真的狗。

五、乙等。促成人們說真話。是的，你沒看錯，這一項絕對是「業績」，不是功德。其實在魔鬼世界，這個評等一直以來有爭議。很多經驗豐富的老鬼們主張乙等考績其實應該算優等，因為對人類來說，說真話是很可怕的經驗，哪怕一個人只說一天真話，也很可能造成規模大小不等的社會動亂。

六、丙等。製造謠言謊言屁話廢話似是而非避重就輕轉移話題顛倒是非的言論。當然，幾乎沒有魔鬼不同意這個評等的考績絕對低於上一個評等。

七、丁等。謀殺總統、官、校長與人渣。？？？不是說佳等考績不包括這些人嗎？因為後來有鬼考量殺掉總統、官、校長與人渣也不算考績的話，似乎太不給總統、官、校長與人渣面子，所以補列進去。

八、最低等。刺激人們放屁。不過這個最低等的考績也有爭議，有些魔鬼科學家主張放屁其實有助於地球大氣平衡，認為也應該算是功德。

devil其實是隻很老的魔鬼，但烤雞一直很遜，說了你可能不信，這隻衰鬼可是跟大CEO撒旦同期的！但人家已經升到當大魔王了，devil可還在中級科員的階層上混，真是背到家了。而且眼看就要往天使的道路邁進！devil永遠記得好久好久之前同期的童鞋撒旦只不過放大了幾個腦殘人類的……那叫什麼來著，devil跟許多鬼一樣記不住那個人類獨有的名詞？哦！野心！對了，就僅僅放大了幾個腦殘傢伙的野心，就竄升到今天的地位。事實上，野心對魔鬼們來說是陌生的東西，牠們只是慧黠的覺察到人類野心的存在而善加利用，但魔鬼心中只有烤雞，那是為了生存去拼搏烤雞，連最睿智的魔鬼都想不通怎麼會為了野心這種不能吃又不能用的盲腸存在而同類相殘得頭破血流？唉！人類。

一百多年前，devil與幾個同事選了這個小小的島國作為工作地與遊戲場，當時所有的大鬼小鬼們全看衰這幾隻笨鬼，這麼小不啦嘰的地方有啥發展潛力？哈哈，用不了多久天堂又準多幾隻有翅膀的笨蛋了，怪不得天使這種腦殘生物愈來愈多，因為總是不缺笨鬼的存在與供給。但一百年過去，這幾隻鬼與這個小不啦嘰的小島讓所有鬼們跌破眼鏡，只要略施小計，就在這個小島國上搞出一個接一個不可思議的大事件——同族內戰、隔海炮轟、屍橫遍野、白色恐怖、拚命內耗、欺騙人民、量產有毒食物、供給絕育食品、毒化產糧土地、汙染飲用水源、用心濫砍濫伐、全力過度開發、製造水土流失、積極破壞生態、推廣腦殘教育、致力摧殘文化、用數字取代品質、用消費毀滅人性……原來這個島國的族群真的潛藏著強大的自毀天性！讓當初看中這塊寶地的幾隻鬼賺飽了烤雞。眼看其中已經有隻鬼快要成為大CEO撒旦身邊舉足輕重的角色了，即將成為魔鬼界的呆丸之光！也同時充分發揮了愛呆丸的精神。當然，魔鬼們搞了好多好多年才弄懂這個地方人類的語意系統常常是跟別的人類國家相反的，他們經常掛在嘴邊的「愛呆丸」、「出賣呆丸」、「維護呆丸煮權」等等口頭禪，其實都要從相反的意思來理解，才會得到正確的解讀。很多鬼都發了，只有這隻衰鬼devil是例外。原因可能是笨，也可能是因為倒楣吧，一百多年來，devil總是錯過大事件，只能東撈西撈一些讓人們吃吃有毒食物提高放屁能量的最低等烤雞，唉！也算是對地球大氣平衡有貢獻吧。直到十幾年前，devil開始在劉家佈局，那時這隻劉總統還只是劉立法委員，devil就看準了這傢伙有龐大的造禍能量，是個可造之才，畢竟總統這種烏糟貓活兒就不是隨便一個心理正常的人就能夠承擔的。果然devil小心翼翼的推動著這傢伙愈養愈大的……野心，讓他終於當上了總統，還要連任，最後devil選定大兒子劉希仁作為下手目標，因為這個胖子有著一丁點在這個家族裡不應該存在的惡劣品質：良知。這個家族可以無知不知亂知樹枝義肢天知地知你知我知番茄汁蘋果汁芭樂汁一隻兩隻三隻四隻五隻……就是不能有良知！開玩笑！這可是第一家庭耶，怎能容得下良知這種盲腸存在？所以只要在胖子老大心裡擴大一點矛盾，搞亂他的腦筋，讓他殺死自己或殺死別人，就準能拿個佳等烤雞在手，萬一第一家庭的小蝴蝶拍動翅膀而造成社會動亂的大風暴，說不準連優等烤雞都能到手！那即將到來的百年審核就鐵定輕騎過關了。沒想到在要緊關頭，劉希仁這胖子竟然會想到他的混帳老爸會收割他的無聊犧牲轉化為勝選的能量，而突然喊停！哇……自己的偉大烤雞又，飛了！都是那隻「粽桶」老爸害的！devil一想到天使那純真得讓人頭皮發麻的可怖形象，內心油然升起一股龐大的憤怒能量……

砰乓彭彭彭彭砰砰砰乓乓砰通通通……

devil一口氣將房間裡所有家具、物件的「靈魂」全數搗毀，外表看不出破壞的痕跡，但事物的「本質」其實都敗壞了。你沒有過這樣的經驗嗎？一個人或一件東西表面看起來好好的，但用起來很不好用而且使用期很短暫。這就是能量被破壞的現象。

「叮咚！」devil餘怒未息，卻聽到外面的門鈴鈴響。

「總統好！總統好……」一片問好聲，原來是混帳「粽桶」回來了。

「好。廣仁那小兔崽子呢？不在派出所了，那在哪裡？到底人在哪裡。什麼？沒有人知道？全是一些飯桶。」

「希仁呢？老大也不在！連希仁都不可靠，我回來他不在跟我報告。全反了！」

「通知邱總幹事，讓他馬上來見我。」

「今天的民調與情資分析給我送到書房。」

「副總統呢？今天有沒有放炮，這老鬼，不斷放話酸我不繼續選他當副手。」

「希仁回來要他馬上到書房來見我。」

「還有……」隨著一串連珠砲式的囑咐，「粽桶」的聲音漸漸朝二樓書房的方向遠去。

餘怒未息的devil忽然靈機一動：策動大兒子的計畫告吹，那老爸呢？何不將下手對象改成「粽桶」老爸？本來以為當「粽桶」的頭腦都比較好，這也是當初沒選擇老爸作對象的原因。但愈來愈觀察兩個當兒子的表現，看來老爸的水準也不會高到哪裡去，所以何不試試看B計畫。

devil緩緩穿越牆壁，往二樓書房飄過去，同時情不自禁的摸摸藏在心窩的事物，心裡對自己說：

「何況，我還有祕密武器。」

# 總統辦公室的遊戲場與ＡＢＣＤ計畫

對devil來說，神不知鬼不覺的穿牆越室當然沒有問題，但牠飄到了二樓「粽桶」的書房門前就停下了身影，不敢隨便飄進去。因為這個房間裝設了很厲害的警報系統，devil本身是能量體，能量的穿越恐怕也會觸動警鈴。當然觸動也就觸動了，警鈴不會電死人，可這麼一來就會影響計畫的進行了。

「總——統，」一個充滿揶揄語氣的蒼老聲音從房中傳出來：「『您』就別犯猶豫了，『您』也不想想距離投票日已經剩下不到一個月了，就算立馬動用資金，也還要兩三個工作天才能進場運作，報告『總統』，這是急錢啊！我們現在落後對方快要五個百分點了，所以現在更亟需這筆快錢來……做票。」說得真露骨！devil當然知道敢這樣對「粽桶」說話的，哪怕是關在房裡說，也只有一個人敢那麼搖擺。

剛好這時僕人進去送咖啡，devil趁機跟著飄進去。進入書房，果然看見身材高大的劉總統端坐在大書桌後方的小牛皮豪華寶座上。劉總統雖然已經六十好幾，但保養得宜，加上身量高壯，神態儼然，頗有運動家身材的味兒，但這麼一號人物現在卻做著一個在鏡頭前絕對漏網的動作：啃指甲！至於坐在大書桌前的競選總幹事邱文魁則是一個糟老頭子，身著高級西裝、高級皮鞋、鍍金眼鏡、一身名牌，但他的身架子就是撐不起來，活像一隻包裹在一堆奢華裡的猴子。但他左邊眉毛上方那一顆帶毛的招牌大痣，倒讓整個人平添了三分陰險的意味。

「真需要用到那麼髒的步數嗎？我好歹也是一國元首了。」劉總統聲音疲軟，當面對邱文魁這隻知悉自己所有底細的老狐狸時，他一緊張就不會修飾啃指甲的老毛病。

「髒的步數？對『您』來說還是問題嗎？」邱文魁毫不掩飾譏諷的語氣。他是國內聲名在外的操盤高手，成功輔選過的民意代表與縣市長至少十幾人，四年前劉總統的登上大位也是他一手推動的，所以這其貌不揚的陰險家可以說是劉總統的貴人，在人前，邱文魁總是裝出一副低調謙恭的模樣，但在私下，這兩個人之間主子與奴僕的界線其實模糊得緊，圈內人都在暗裡稱呼邱文魁為太上總統，至少在選舉期間。尤其邱老頭對劉總統幹過的狗屁倒灶熟悉得就像自己胯下的陰毛，所以關起房門說話，不要說尊敬，連對一個人的基本禮貌都欠奉。但聽他對劉總統繼續尖酸的提醒：「選舉市長那次裝中毒騙同情票，灌水研究數據好加大混淆是非的質詢效果，還有七年前那次以出國考察為名行嫖盡各國佳麗為實的春色無邊之旅，『您』難道忘記是我邱某人拉的皮條嗎？還有……」

「別說了！」劉總統脖子脹紅，身體前傾，連指甲都忘記啃了：「邱總幹事，你就不能對總統放尊重一點嗎？你說的，也是我當選之前的事了。」

「當選之前？」邱文魁左眉毛的大痣跳動了一下，然後說：「『您』還真是貴人善忘，當選之後的步數也沒有比較少啊！賤賣國有土地、圖利特定財團、不當利益輸送、製造族群對立……」

「好了！別再說啦！」劉總統紅著臉粗著脖子霍地站起來。

「您別生氣！我言重了。」說是道歉，但邱文魁冰冷的語氣中可聽不出一丁點不好意思的意思：「我只是提醒總統這筆錢刻不容緩，等錢到手，我立即動手運作幾個選情落後的選區，我評估到了選舉日，我們可以靠這筆快錢的調度衝高至少十個百分點，那就是上百萬以上的選票了。這是A計畫。」

「但這畢竟是公益基金，這樣明目張膽的用來……運作選舉，萬一被對手查到，可就是一場來勢洶洶的政治風暴，邱總幹事可有兩手準備？」劉總統重新坐下來，強迫自己壓下滿腔怒氣，連說話語氣也刻意的客氣起來。

「哈！您高明！」邱老狐狸當然明白真的翻臉了是兩蒙其害的事，見好就收是一種必要的虛偽，何況接下來的計畫還是得要這隻草包總統配合才能進行，所以刻意調整調整說話的態度：「是的，當然有B計畫。我估計對手陣營在選前的最後階段忙著固票，未必有那麼厲害的探子可以打聽出我方的風吹草動，萬一真的被捅出來，我邱某人已經幫總統安排好一環扣一環的反擊計畫，穩將他們的揭弊打成抹黑，反過來醜化在野黨候選人的政治操守，反正離投票日太近，對方陣營絕對來不及查實，運氣好的話，搞不好還可以擴大領先的幅度。」

「烏賊戰術。」劉總統低聲說。

「正是！事實上，這戰術您也沒少用過，哈哈，但這次我邱某人用的保證是滴水不漏的烏賊戰術。」邱文魁掩飾不住得意洋洋：「我下午就把計畫的細節報告送過來，但需要您蓋有私章的便條，才能動用這筆款子。」

「我操你邱文魁的媽與祖宗！」劉總統一邊腹謗，一邊毫不猶豫的寫下借條，他當然清楚知道如果要勝選，現在就絕不能跟老狐狸翻臉：「你這老烏龜，這麼大一筆黑錢，你不上下其手個幾千萬才怪，你等著看，B計畫？我還有C計畫啦！」

「那就辛苦邱總幹事了！」剛剛還差點發怒的劉總統滿臉堆歡的說。

在一陣大笑聲中，邱文魁毫不客氣的拿起借條就走，但手還沒轉上門把，回身補了一句：「還有一件事，『您』就花點時間跟廣仁好好說說話吧，這小子是個變數，千萬別讓他在選前出岔子。報告『總統』，花點精神在兒子身上，好歹您也算是別人的父親哩。」

「砰！」邱文魁關門離去後，書房中一片恐怖的死寂。

一種彷彿讓時間停止與固體化的壓迫感，所造成的難堪與靜默，不知過了多久……劉總統雙拳緊握，手背青筋暴起，臉上漲得通紅，卻停格在座位上良久不動。

「總統！」原來書房中還有劉總統的心腹鍾德明一直坐在沙發上，這個年輕的機要秘書向來低調冷靜，他像一個幽魂一般靜靜坐在一角，全然不去干擾老闆與邱老狐狸的談判，而劉、邱兩巨頭也習慣忽視鍾的存在。這就是當心腹的本領──被忽略的職業素養。如果不是劉總統的表情太過嚇人，鍾德明怕老闆出事，也不會主動開口喚他。

劉總統神情呆滯的轉頭看看自己的心腹，下一秒猛地站起，跟著雙拳重擊在桌面，發出砰然巨響，隨即用力一掃，將書桌上所有文件雜物全掃落地上，然後對著早被關上的房門怒吼：「邱文魁，你這個老混蛋，你懂不懂，我還有C計畫！我還有C計畫！」

「總統！您冷靜，別氣壞了！」臉上沒什麼表情的鍾德明卻發出恭順的勸告。

「小鍾啊！我跟你說，我真的有C計畫。」劉總統抓著鍾德明瘦削的肩頭，激動的說：「C計畫就是豁出去不玩了！不！是要玩更大的。邱老頭的B計畫是要反客為主，將我們的私用公款抹黑成對手的政治栽贓，真夠狠的！是不是？哼！我還有更狠的！C計畫就是我不玩了，等邱老頭的B計畫開始啟動，開始抹黑對手的政治人格，那我就跟全世界承認我們當真私用基金會的公款，邱老頭在說謊，我在說謊，整個黨都在說謊！哈哈，當然這一局大選我們鐵輸了，但我失去大位，卻成了歷史留名的人格者，而且不用再受邱老狐狸的箝制，不用再受任何人的箝制，我從傀儡總統搖身一變為人格指標，得失之間難說得緊啊！什麼？坐牢？坐牢有什麼關係，我坐牢，邱老頭不是一樣得坐牢，我出來可大有操作空間，但邱老頭這個陰謀家可注定毀了！小鍾啊，你老闆這個計畫是不是很天馬行空般的偉大啊？呵呵呵呵呵呵……」

「哇靠！押對寶了。這神經病總統的造禍能量真不是蓋的，這個瘋狂C計畫如果真的兌現，搞不好能幫我撈到優等的烤雞呀！一定要幫忙『粽桶』實行這強大的自毀計畫。」devil在沒人看到的房中一角偷笑＋竊喜。

「報告總統，務請三思，」等劉總統情緒漸漸平緩，跌回大皮椅上，鍾德明才無驚無喜的低聲說：「要鬥掉邱總幹事不難，但等到C計畫曝光後，真正要疑慮的是整個黨……」

「整個黨的封殺？」劉總統終於冷靜下來，一邊喘著氣，一邊啃著指甲思考。

「讓黨輸了大選，民意代表們為了自己的選票利益，一定會鋪天蓋地的向您打壓，恐怕C計畫最立竿見影的效果就是連場硬仗。而且到時候失去了黨的奧援，您可成了真正的孤軍。」機要秘書沒有絲毫情緒變化的分析。

「唔，你說的有些道理。」劉總統彷彿發現一隻手的指甲不夠用，皺著眉頭換另一隻手繼續啃：「小鍾呀，你先出去吧，讓我一個人靜靜的想一想。」

「是。要不要叫人來整理一下桌子？」鍾德明起身說。

「先不用，你先出去吧。」劉總統做個揮揮手的手勢。

「是，總統好好休息。其實邱總幹事的不禮貌只是個人行為，整個黨還是倚仗總統的。」鍾德明說完最後一句話，離開房間。

劉總統怔住了。心裡盤算：小鍾最後這句話是什麼意思？表明他也支持黨的立場？自己倒真是一直忘記小鍾也是一個忠貞黨員！但整個黨機器邱老狐狸至少掌握了一半力量，這樣推論下去，難不成小鍾也是邱老狐狸那一派的!?萬一真的撕破臉，這個一直以為的心腹也不見得穩站在自己這一邊啊？怪不得他剛剛說孤軍，原來是有含義的！

像一隻洩了氣的皮球，劉總統軟癱在皮椅上，渙散的目光飄向地上的一片狼藉，忽然雙眼被一件東西抓住了。

在一旁的devil敏銳的捕抓到劉總統的情緒從激動轉變為疑慮，於是跟著緊張的看向地上的東西。是一個精緻典雅的木製相框，框面玻璃已經摔裂，裡面放的卻不是相片，而是一張泛黃的紙，上面用鋼筆繕寫著兩行文字，一張舊紙片放在那麼高級的相框中，可見相框主人對這個句子及句子所代表的回憶的看重。舊紙片上寫著：

『我不一定要贏，但我不能犯罪；我不一定要成功，但我不能不遵循良知的約定。——亞伯拉罕．林肯』

這是年輕時代最崇敬的偉人與他的名言，嘿！那是怎麼樣的一代風起雲湧啊！劉總統突然感到一腔情緒從胸臆升起到喉結哽住，思緒瞬間躍回那個單純卻激昂的年代。那時，他遠不是劉總統，甚至不是劉委員、劉議員，但他自詡為台灣改革者，那時，他從T大政治系畢業，一個剛退伍的國會議員助理，年輕、正直、熱情、雄心萬丈，在那個年代的生命札記裡，根本不可能有說謊、利益、選票、貪污、抹黑、詭辯、炒作、陰謀……這些不可思議的字眼，也是在那時，他，年輕的劉行宇，認識了禕如……

忽然劉總統感到身體裡有些地方空了，但另一些部分又被填滿。一旁窺視的devil也警覺到這種微妙的心靈波動。

劉總統急忙在滿地散落的物件中尋找那禎……照片，嘿！找著了。撿起來拍拍上面的灰塵。剛生下廣仁的禕如婉約優雅，十歲出頭的希仁那時還不是胖小子，而是好一個清秀的小男孩，自己站在禕如與襁褓中的廣仁身邊，那時剛選上市議員，怎麼就在年輕自己的臉上覷見一份陌生遙遠的……使命感！驀然感到一份尖銳的心痛！隨即一幕幕往事浮光掠影……自己與禕如是T大政治系的明星班對，禕如怎樣不顧中部望族娘家的反對下嫁自己這個毫無背景的國會助理，年輕夫妻倆怎樣經常徹夜談論政治的理念，夫妻二人怎樣雙雙選上市議員，後來禕如懷上了希仁就退出政壇，自己怎樣成為野薑花運動的領導人，怎樣一群幹勁十足的夥伴一起闖進立法院，自己怎樣強勢問政，怎樣成為在野黨的新興明星而慢慢進入權力核心，然後怎樣發現裡面的分贓勾當，接著愈來愈嫻熟怎樣操作可以得到更大的權力，於是怎樣瞞著禕如收下生平第一筆謝金，自己怎樣的漸漸沒有了夢……

不敢再往下想，心痛得彷彿呼吸都會困難。但人的心靈常常很奇怪，就像一頭愈要拘束它愈會失控的暴走獸，劉總統一方面壓制著自己的思緒，另方面卻無意識的站起來，走向文件櫃的暗格。

房中暗角的devil則緊緊盯梢著目標愈加奇怪的舉動。

拉出隱身在文件櫃夾層的精巧暗格，開啟號碼鎖，輕輕翻開蓋子，劉總統臉上的神情變得小心而複雜，動作也跟著溫柔起來，彷彿生怕不小心驚擾到裡面膽小的精靈。沒有稀世珍寶或重要文件，只靜靜的躺著一本舊筆記。多久呢？多久沒翻開它呢？應該是當上黨主席之前的事吧，是忘記嗎？也許是吧，是要刻意遺忘與擱置這一份曾經心碎的遙遠記憶？但翻開第一頁，就好像啟動了魔法一般停不下來，一頁頁塵封的心碎原來從不曾失去它的歷歷分明——三十六歲那一年剛過完年，禕如發現了自己的祕密帳冊，痛責自己違背了當年的理想，自己卻注意到國中的希仁在目睹父母失和後偷偷哭泣；三十八歲，夫妻爭吵的頻率與強度日漸升高，同一年自己當上當時最年輕的立法委員；四十三歲，與禕如的爭執漸漸蛻變成冷戰，剛上國中的廣仁開始打架，哥哥希仁則趕著出國，不！是出走；四十七歲的冬天，清清楚楚的記得，禕如就是在那一年開始經常性的長期出國；四十八歲，自己當上中部大城的市長，同年，廣仁開始吸食毒品；五十歲，希仁回國，充當自己埋伏在學界的政治打手；五十二歲，與禕如祕密簽下離婚協議；五十三，知悉禕如在國外，有人；五十四，與邱文魁開始結盟；五十六，選上總統；五十七上半年，自己的財產進入了九位數；五十七下半年，在邱文魁的主導下，自己與某強國達成祕密利益交換……

不知什麼時候，已然分不清劉總統與劉行宇界線的男人滿臉濡濕，但，奇怪的是，身體內部那塊空間似乎愈騰愈大，手指頭卻不受控制的一直翻到舊筆記本的扉頁，終於無法迴避的又遇見那句在大火中約定的句子，它像一枚火種，從此之後，那場在夢裡燃燒的大火，不管過了多少年，都始終無法真的被撲滅？

『玫瑰的記憶只是被塵封，她不會消失。』

忽然一道閃電劃過腦際心海，瞬間照亮生命永夜。在失去時間感的落淚中，彷彿變回劉行宇的他感到一道清明的暗流在潛意識海洋深處竄動，流水聲愈來愈轟轟發發，隨即聽到在浪潮聲中，一絲一縷隱隱約約、纏纏綿綿而讓人心痛的歌聲從不知哪一個心靈的暗角傳來，彷彿一位神祕的歌者飄然踏歌而至。一切都清清楚楚了！體內那塊神祕空間一瞬間擴展至無限大，而在下一秒回到現在時刻的劉總統清楚知道：自己的思路從來沒有像當下那麼洞然明白！而在一旁伺伏著的devil則感應到這種微妙的變化而全身顫慄。

「原來真正要實行的是D計畫。」劉總統在心中對自己說：「A計畫應該會贏，但真正得利的是黨與邱老狐狸，自己依舊是傀儡，依舊對不起當年的自己。B計畫輸贏在兩可之間，贏了跟A計畫沒兩樣，萬一輸了憑邱老狐狸的手段，不捲了錢跑路才怪，但成了眾矢之的的自己跑得了嗎？到時候選舉、名聲、自由全沒了，嘿！這就是邱老狐狸為自己量身打造的好計畫！C計畫？那是剛剛一時的瘋狂主意，鍾德明這小子說得對，自己一個人怎麼抵擋得了整個黨的報復。所以啊，真正要執行的是D計畫，不牽拖任何人，我……就直接不玩了，直接退選！只要想個不傷害黨的個人理由，沒有人能詬病我，然後希仁可以專心的回去當教授，我找到廣仁幫他戒毒，帶著他去歐洲找禕如，當然禕如不可能回頭了，我只是要當面跟她說：我沒有忘記玫瑰的記憶。」

劉總統拖著疲憊的身軀，但臉上多了一份空漠的神氣，蹣跚的回到座位，從地上的一片狼藉撿起一張信箋，然後取過鋼筆，在抬頭處寫下四個大字：

「退選聲明」

一直小心翼翼窺視的devil顫慄、驚恐、痛苦得幾乎要氣化！他感到目標愈來愈怪，卻沒想到老子比兒子更不靠譜——去當聖人！退出選舉？遠離垃圾！那自己還混個屁呀！怎麼辦？難道真格要動用祕密武器？

這個祕密武器就是大魔王撒旦念在舊日的淵源送牠的，完全的學名是——

「自我膨脹意底牢結人體形上組織無限擴張症候群增生劑！」

devil摸摸心窩，覺得心裡稍稍踏實，這個簡稱「增生劑」的能量球，自己藏在心輪已經千年，一直沒使用的原因，是這個能量球不只威力強大，而且副作用也強大。「增生劑」主要的作用是可以無限放大一個人類的野心、慾望與自我，讓目標可以在極短的時間內蛻變成一頭慾望怪獸；問題是，如果目標是一個……大成熟者，他能夠主觀克制「增生劑」的作用，那「增生劑」就會變得反其道而行，將目標推向那種死沒人性的瀕臨絕種動物，聖人！身為魔鬼居然那麼沒職業尊嚴的將目標變成聖人！真要發生這種鳥事那要不變成天使也難啦！那咋辦？要不要用？追了那麼久的案子眼看一一泡湯當然不甘心，好，再觀察一下……果然，馬上出現了一個變化！

devil覷見那隻「粽桶」在「退選聲明」之下寫了好幾行字後就停下筆，眼中似乎出現片刻遲疑的神氣？這可能是心靈的空隙？事實上那一瞬間劉總統在心裡想：「這紙聲明一發出去，這三十年墮落的努力可都要隨風消逝了……」快要急壞的devil不再多想，迅速取出體內的能量球，不著痕跡的植入劉總統的心輪，跟著，緊張的等待。

果然不到幾秒鐘，devil看到目標「粽桶」臉色大變，生效了？但自以為培養出一頭怪物的devil沒高興多久，就被一幕怵目驚心震懾住！很清楚看到不是從外而來而是由內發出的凶猛焰火，從「粽桶」體內全方位四竄而出！一瞬間，整個人體被白色的烈焰包圍住，整個人體支架迅速變形，整間書房瀰漫著烤肉的焦味！devil突然想起一個聽聞很久但未曾遇上的現象：「人體自燃。」古老的魔鬼傳言，如果被施用「增生劑」的目標人類出現魔聖、天人交戰的情形，精神體為了自保就會在極短的時間內發生猛烈的「昇華」，那就是「人體自燃」的神祕現象！自己真是衰大了！竟然會遇到這種萬中無一的鳥事！誰想搞死一個「粽桶」呀，搞死一個「粽桶」只能得到丁等的烤雞啊！忽然感到背上劇痛，不知是否心理作用，devil感到自己行將進入「天使化」的變身狀態！

書房的門立馬被撞開，在外頭聽到異響的機要秘書、保安、管家、總統府官員全湧進來，所有人立馬被這一幕異象嚇呆了！總統自焚？這是什麼狀況？全部人都被這理解能力以外的慘狀震住，甚至沒有人反應迅速的去滅火，當然也就沒人注意到白色烈焰中隱約傳出絲絲縷縷的動人節奏。但這極細極微的神祕音樂隨即被空氣中一股邪異的振盪掩蓋，因為devil在瘋狂大笑！

一隻憤怒的魔鬼伴著一個燃燒的總統，整個空間充斥著神祕音樂、瘋狂鬼嘯與熊熊大火相互激盪的詭譎氣場。

## 捷運戰場的遊戲場

在總統辦公室的遊戲場玩得太過「火」的五、六個鐘頭後，首都的捷運車廂又上演著另一個恐怖遊戲場——一個血肉橫飛的人間修羅場。

雙眸閃動著獸光的劉廣仁帶著藍波刀，又買了一把大號的生魚片刀，通通放進背包，走進了捷運車站。

另一方，經驗豐富的張颱風目睹劉廣仁這樣德性的離開派出所，就知道這小子一定心有不甘。於是從官邸回到派出所後，立馬發動人手，找了好幾個學弟合力調閱相關路線監視器的連線畫面，最後好不容易發現十七分鐘前劉廣仁將他的哈雷停在捷運站入口，這麼貴的車子亂放，一定沒好事。交代好學弟繼續監看，張颱風帶著傢伙颱風般衝出派出所。

◇　◇　◇

尖峰時間，劉廣仁排在隊伍末端。當然不能在這兒，在車廂內動手才是將猛虎與獵物放在同一個籠子的道理。心臟暴跳！緊張？興奮？害怕？按捺不住？都可能吧。但對拉了重K的劉廣仁來說，肯定不是因為良心不安，在強烈毒品的衝擊下，良心早就粉碎了。

即時趕到的張颱風，在學弟監看畫面的支援下，果然看到因為人龍過長沒坐上上一班列車的劉廣仁，但他現在在隊伍的第一位，人潮也漸漸稀少，下一班列車的車廂肯定比較空，正是行凶的好時機！所以現在也是逮捕他的最佳時機。張颱風下意識的摸摸腰間的傢伙。雖然不肯定這小子到底要幹啥，但張颱風敢保證這小子的背包裡一定沒有好東西。行動？現在？不！現在行動有什麼好玩，等這小子開始動手了，才好玩死他，現在逮捕他頂多就是一樁持械或攜帶毒品罪，這王八蛋的後台那麼鐵，進出派出所還不是跟玩一樣。等！等待真正魔獸的現身。嘿！列車來了。

想成為hero的意志燒得張颱風心臟狂跳，但也因此錯過了第一個契機。

◇　◇　◇

「不要急著出手，頭四、五個人最好死，後面會愈來愈亂，一定要砍得夠兇殘，才不是上一個姓鄭的壞胚子的翻版，總統之子與冷血魔獸的雙面殺手，嘿！我才是舞台的注目中心！」嗜血魔獸如是想。

「等他動手了才轟他，然後捅出他老爸與背後一群禍國殃民的王八蛋，然後，然後我就是hero了！」瘋狂條子如是想。

◇◇◇

列車停定，劉廣仁迅速閃進車廂。

張飈風注意到目標雙眼躍動著不正常的芒彩，為了不要驚動目標，刻意與劉廣仁隔開約半個車廂的距離。

◇◇◇

劉廣仁坐在座位上，取過背包，拉下拉鍊，手探了進去！

半個車廂外的張飈風瞳孔收縮，他鷹隼般的銳目看見藍波刀的刀柄！摸著腰間配槍，卻在心裡對自己說：「等一下，等一下，看準再出手！」

列車停站！而且是大站，人潮洶湧上車，劉廣仁突然往前面車廂跑，張飈風被人潮隔住！錯過了第二個契機。

越過人潮最多的車廂，劉廣仁取出藍波刀與生魚片刀，丟掉背包，大叫一聲，突然暴走，兩旁乘客完全反應不過來，還有人以為在拍戲。

「壞了！」但在人潮中怎能亮槍？萬一製造混亂更糟！張颱風額頭開始冒汗。

◇◇◇

然後，開始了！

地獄遊戲上場。

◇◇◇

一位有著六個多月身孕的媽媽好不容易放下沉重的身體，在博愛座上正要歇歇腳，突然一個臉上神氣似哭似笑的年輕人站在面前，他手上？拿的是兩把刀！沒有等懷孕媽媽多想，藍波刀捅進她的肚子，再拖刀拔出，留下倒在血泊中的母與子。一聲恐怖的尖叫，卻是從鄰座的歐巴桑口中發出，但面對地獄，尖叫管什麼用？

隔了三個車廂的張颸風聽到尖叫聲臉色大變！顧不了那麼多了，亮槍，槍口指天，大喝一聲：「讓開！警察辦案。」隨即分開人群往前衝去。

◇◇◇

尖叫歐巴桑以為自己死定了，偏偏全身僵硬動彈不得，但魔獸瞧她拋出一個詭異的笑容，就不再理她，跟著旋身往後揮刀，殘暴的刀鋒劃過對座一個高中女生年輕的臉，來不及閃躲或喊叫，年輕的臉被切成兩半。魔獸沒有停留，繼續向前暴衝，留下身後的血腥與嘶喊。

張颸風幾乎踉蹌滑倒，踩著黏稠稠的液體，還沒直起身體，轉頭一瞧——看見一個肚子被剖開的孕婦屍體，似乎……要流出來了！張颸風不敢再看，但另一邊座位上，好像躺著半張少女的臉！全身血液凍結，但前面車廂又閃現血色的刀光！這一滑倒，讓張颸風錯過了第三個契機。

◇◇◇

腎上腺的能量飆到最高峰，一邊暴走一邊揮刀的魔獸劉廣仁，發現自己幾乎刀刀命中。砍倒了一個老爺爺後，接著幹掉了一對外勞情侶（就是嘛！不能老是砍殺自己同胞），然後劃開了一枚美女的胸膛，三、四、五、六、七……殺掉第八個啦！自己是記錄最高的隨機殺人魔了！然後……然後魔獸的眼睛被地上一堆散落的傳單吸引住，哦！是單張的報紙，被自己砍倒的獵物所噴出的血沾在上面，報紙的大標題寫著：「誰殺了劉行宇總統？總統自焚？還是他殺？」「什麼？老頭他……怎麼可能？」人獸變回人子，還沒想清楚到底發生了什麼事，就聽到後方響起一聲暴喝：「王八羔子，別動！」

張颱風終於趕上，發抖的手舉著槍瞄準眼前的人獸。眼睛餘光看到滿地的狼藉，張颱風感到一股發自靈魂的顫抖，都是因為自己想紅加上一個失誤，就造就了滿地受害者的屍骸，自己根本就是從犯嘛！

◇◇◇

「終於停下來了。真累！」其實從揮出第一刀到砍倒最後一個人，前後不超過七分鐘，卻彷彿花掉七世的力氣與壞了三生的良知，地獄遊戲的七分鐘！「真累！」人獸劉廣仁此刻如是想：「對面這個拿著槍指著自己的應該是條子吧？自己就趁機停下來，問問他這上面寫的到底是啥鬼小說？」哪知一停下，從獸回到人，就發現全身力氣抽空，手上兩把刀彷彿石頭般沉重，劉廣仁想開口問對面條子能不能讓他先放下刀，卻發現自己說不出話，但眼淚卻莫名其妙的流了滿臉。

「搞什麼？這混帳還哭！」張颱風看著眼前的人獸一身血污，流著口水，手腳發抖，手上的屠刀亂比劃，難道還想對自己揮刀？更讓張颱風憤怒的是他還哭！後悔？這時廉價的眼淚有個屁用！難道一犯完滔天大罪，就開始盤算怎樣去呼嚨恐龍法官？而且只要這隻人獸站在這裡，就等於強烈控訴自己人性裡存在著獸的部分！自己跟他根本就是同類！張颱風發現自己的手一直抖個不停，快要忍不住了！所以……

◇　◇　◇

列車到站！

張颱風眼尾餘光瞄到車廂外很多人等著衝進來。

來不及了，所以……

開槍！

◇　◇　◇

「砰！」

◇　◇　◇

開槍轟掉劉廣仁的頭，腦漿四濺在玻璃、座位以及嚇傻了的乘客的臉上、手上。張颱風隨即崩潰的坐倒在地，眼睛死盯著劉廣仁稀巴爛的頭顱，再也看不見任何其他東西。剩下的只是耳邊一堆懼、驚、怒、慾的混亂情緒與雜音：

「哇！噢！fuck！幹！嘿！天呀！我的媽啊！咻～～～」首先進入耳鼓的是一堆沒意義的驚叫聲。

「別動！這個人還拿著傢伙，快！踢掉他的槍。」一堆制服條子得到急報衝進來。

「這個被爆頭的傢伙手裡拿著兩把刀耶，是兇手吧？」

「哇！好多屍體！這邊三個，前面還有！事情大條了！」

「靠！叫那隻菜鳥不要在這兒吐，破壞現場證物了。」

「你是誰？出去！不准拍照，出去！」

「封鎖線，快拉起封鎖線。」

「報告！搜到他的證件，是自己人，是……城中分局的張太峰隊長，一定是他擊斃凶徒，但他的精神狀態不穩耶。」

「哇！又是捷運連續殺人案。好可怕喔，快拍照。」

「天呀！那邊地上的是……頭耶！快，快拍啦！」

「無關人等出去，小心把你們扣起來。將封鎖線擴大到車廂外面空地。」

「先將張隊長扶起來。」

「報告！記者來了！就在入口。」

「往上通報了嗎？」

「有，城中分局的廖分局長馬上就到，三分鐘，還有……」

「請問又是捷運連續殺人案嗎？」

「對不起！檢察官與發言人還沒到，各位記者先生小姐請在封鎖圈外稍候。」

「這個拿著刀的屍體就是嫌犯嗎？喂，小敏，妳不要吐在鵝身上啦！」

「小姐，這是大新聞耶！別在這裡礙事好嗎？看不得屍塊就不要跑社會新聞。」

「喂喂喂，你這個人很沒禮貌耶，鵝認得你，哼！你是○○時報的臭狗仔。」

「那又怎樣！我○○時報的臭狗仔總比你××時報的老扣扣記者強，你們連續三年的閱報率都被我們打趴地上。」

「你們前面平面的別吵了，來採訪喔，還比什麼比，真沒效率，怪不得現在沒有人讀報紙了，學一下我們電子的的工作態度吧。喂，警察先生，發表一下吧，嫌犯是不是被你們員警擊斃的？」

所有外界的聲音全聽進去，但張颱風還是只會死死的盯著那張爛掉的獸臉。

「喔，廖分局長來了。」

「各位媒體朋友，我是城中分局的分局長廖忠義，目前檢察官還沒到，我只能說一說我個人的看法。」老烏賊關心了一下現場狀況，然後開始對記者噴口水：「就我個人所知，這確是一樁隨機殺人案，而擊斃兇嫌的也是我們城中分局的張太峰隊長。事實上兇嫌昨日才被本人跟張隊長帶回局裡訊問，但因為沒有具體事證所以無法羈押，但本人憑著多年的辦案直覺，總覺得不放心，所以派了張隊長繼續跟監調查，果然……唉！發生了這起不幸事件。也是不幸中的大幸，還好張隊長在現場，及時擊斃兇嫌，不然……」

「廖分局長，請你發表一下，這宗駭人聽聞的凶殺案跟今天下午發生的駭人聽聞的自焚案，兩者之間有沒有關聯性？」

「你是說總……我個人認為，這是兩宗個別事件吧。」

「你們知道兇手是誰嗎？」張颱風聽著老烏賊的厚顏收割，突然站起來說：「兇手就是總統兼執政黨候選人劉行宇的兒子劉廣仁！哈哈哈哈哈哈哈哈哈哈哈……」

現場所有警察與記者全被嚇傻了，七嘴八舌的急著追問這位擊斃暴徒的英雄，但英雄深深陷進瘋狂的情緒之中，只發出一陣陣猛烈的狂笑，迴盪在充滿屍塊與冤魂的地獄遊戲場，哈哈，哈哈，哈哈，哈哈哈哈哈哈哈哈哈哈哈……

## 亂世群生的遊戲場

這一天投下的可能是台灣社會幾十年來最大的震撼彈，而且是一連兩枚。

還是擁有最龐大狗仔隊的水果日報首先反應過來，在劉總統被腦殘devil的「增生劑」玩掛不到三小時，這家全台最大的狗仔報就高效率的總動員，在機場、火車站及首都捷運各站的出入口，免費發送正反兩面全開的「緊急號外」，血紅色的聳動標題可嚇壞了千千萬萬的亂世群生：

「誰殺了劉行宇總統？

總統在官邸自焚？還是他殺？」

至於其他幾大報，等到反應過來已經被水果日報佔了先機，只好惡補功課，動用所有人脈的打聽小道，使盡渾身解數的分析案情，希望能在明天的早報銷量扳回一城。但平面媒體既然開了頭，電子媒體就順理成章的接棒吐口水，當晚整個憂傷的小島就淹沒在複雜、激動的情緒與不負責任、危言聳聽的名嘴口水之中……

「中華民國史上第一起總統自焚案。」這是等於廢話的噴口水。

「是不是在野黨大選在即的陰謀暗殺？」這是最無厘頭的噴口水。

「要檢討壓垮一個總統候選人意志的惡質選舉。」這是冷死人的噴口水。

「對岸斬首行動開始？在總統的死亡陰影中聽到對岸隱約的戰鼓。」這是唯恐天下不亂只想紅的噴口水。

「嚴重的痔瘡是壓垮劉總統的最後一根稻草？」這是沒話找話的噴口水。

「外星人謀殺了我們的總統？」這個口水噴得有創意，但被罵臭頭。

「魔鬼的行動摧毀了總統的意志。」誰會想到這個被人認定是屁話＋廢話的文藝腔口水反而是最接近事實的真相。

劉總統自焚事件發生約六小時後，第二個震撼彈又接著丟下來了。當時全台不管平面或電子媒體都將全部能量用在總統的案子上，所以這個捷運隨機殺人案的被發現純粹是巧合，又是水果日報搶了先機。原來就是水果日報的員工在捷運站派發號外，在乘坐列車到另一站時遇上警與暴的槍聲刀光，差點成為被害人的水果員工嚇得將號外全掉落地上，剛好濺上另一個被害人的血，真諷刺！兒子砍出的鮮血揮灑在老爸的噩耗上。可以想見當晚全台媒體全炸翻了鍋，負責撰寫早報頭條的無冕皇帝與無牌流氓們拚命榨乾腦袋瓜裡的所有殘渣，好分食這百年難遇的驚爆焦點。下面是事發後數天內的報紙頭條：

「執政黨道德全敗壞！總統父親自焚！兒子成為捷運連續殺人犯！」

「台灣的悲憤？父親自焚抗議國家被打壓？兒子受不了刺激行凶！」

「國家最大的噩耗，台灣選舉史上最嚴峻的挑戰」

「執政黨呼籲大選急剎車！請中選會考量其可行性」

「選舉不能喊停！在野陣營攻擊政府陰謀」

「原來劉總統早已離婚！長子劉希仁教授人間蒸發」

「副總統臨時就職備位元首，臉上卻露出陰險微笑？」

「捷運受害人家屬抗議：大家只想到總統之死，誰還我們家屬一個公道！」

「執政黨團揭發在野黨候選人捲入桃色糾紛，在野黨反駁這不是烏賊戰什麼是烏賊戰？」

「南無蓮生學會的無上〇〇××上人宣稱這是台灣社會的共業，他早在三年前就作過預言」

「星象大師法特特接受訪問說早有星象預示」

「著名小說家三個畚箕大聲疾呼台灣何去何從？這到底是外星人？魔鬼？阿共？國際陰謀？還是闇黑勢力幹的好事？」

……

由於事情實在是太大條了，所以當中選會宣布大選延後半年舉行，在野黨也只好心不甘情不願的接受。但半年後的選舉結果沒有意外的驚喜，只是理所當然的雙方陣營也沒少噴口水，讓媒體與「滑達」喉糖廠商變成最大贏家。至於劉總統的死因始終查不出來，連從國外請回來的鑑定大師李昌昌也說找不到可疑的證物，但聽聞燒灼的痕跡引起阿美X檔案的興趣，所以祕密將劉總統的遺體（其實應該說是剩渣）運回ＦＢＩ總部封存研究。反正啊對阿美來說，也沒啥事是他們幹不了的。但事實上，這兩枚驚爆彈的新聞價值沒有延續到半年後，一般來說，再大條新聞的壽命不會超過一個星期，這兩件大案被炒了接近兩個月已經是異數了，倒是餵飽了不少媒體鯊魚。大約兩個月後，另一場嗜血盛宴端上媒體筵席，我們偉大的公民們就漸漸把老爸總統與殺人犯兒子的慘案拋諸腦後了，因為千千萬萬的消費教徒就是需要不斷上場的八卦食物來填補荒蕪的心靈，而那個異軍突起的新八卦是這樣的：

「第一名模李玲玲被抓包天價一億陪睡！陪睡私會照大公開！」

就是嘛！雖然沒有兩樁慘案的血腥，但第一名模陪睡的新聞食物當然更八卦更情色了，於是大報小報狗仔報電子報談話性節目一窩蜂的對第一名模窮追猛打，可憐這位只是稍稍貪財的絕色佳人犧牲了自己，卻平息了核子彈級的政治災難。但，當然，差不多七天的週期一到，又有替代性的食物上場了：

「血色變天！新總統宣誓就職，呼籲朝野忘記傷痛，共看明日的太陽」

「執政半年，新總統收受不當獻金疑雲再起」

「西歐同時驚傳七宗恐怖攻擊，罹難人數破千！」

「亞洲軍事狂人宣布長程多彈頭核導彈研發成功，不日將進行實彈試射！」

「美方態度強硬，實施空前規模的太平洋演習」

「全亞洲股市第五個交易日同時重挫！」

「消失一年的第一名模公開承認已經懷孕四個月」

「前影壇小生宣布角逐首都市長，台灣版的阿諾出現？」

「歌壇天王四度偷歡被逮，天王妻子說相信丈夫的清白」
「第一名模腹中孩子的父親就是歌壇天王！」
「前美國太空人記者會證實尼斯湖水怪的真相其實是外星人的生物實驗？」
…………
一輪一輪的腥羶血色八卦菜餚中，有兩則報屁股上的「新聞」，幾乎是沒有人注意到的：
「前總統長子劉希仁祕密辭去教職赴歐」
「高中名校兩資優女互鬥差點釀成血案……」
在這個數位影像的世代，文字的標題大約就餵飽了90%以上的讀者了，至於報導內容，事實上是沒有幾個人關心的。重口味、速食、添加物，一直是我們這個時代的美食標準。

# 三年後……咖啡座前的遊戲場

又見木棉花開的季節。
今年天暖，才四月出頭，捷運兩旁敦化路上的木棉道已經綻放得樹樹繁花，璀璨輝煌。今晨下了好大一場雨，但疾雨就像老天爺在鬧情緒，來去都是一個突然。午後北台灣嬌弱的陽光灑落在木棉敦厚的花瓣上，蒸散著殘剩的水珠。午後人稀，這一帶又不特別喧鬧，她出了捷運，閉上眼，貪婪呼吸著春日雨後清冽的空氣，睫毛顫動，仔細諦聽，彷彿可以聽見每一朵初放的木棉集體呼吸的節奏。

噹、噹、噹、噹、噹……校園傳出的鐘響敲醒了還在迷糊與閒散中往返流連的她。「糟了！原來五點整了，自己足足遲到了半小時，都是剛剛考完跟小心兒她們對答案對太久了。以她的『精確』，現在又是期中考週，這隻人一定猜到我遲到的原因，準被她取笑了。唉！為什麼別人學音樂是愈學愈浪漫，她這隻人卻愈學愈理性，真是的！現在這段路走過去，恐怕還要再遲到個八分鐘啦！」跟「這隻人」相處久了，她不知不覺也沾染了精確計時的壞習慣。其實，她當然知道「這隻人」為什麼讀音樂系，而且是選音樂系中最難的作曲組。同理，「這隻人」也當然知道她為什麼讀中文系，因為她要為「她」的曲子配上詞，問題是，那真正的詞兒能寫得出來嗎？那記憶中的旋律又模仿得出來嗎？

這一帶的巷弄很有緬懷舊日時光的人文氣息，但一心趕向「這隻人」的她再沒一份信步閒庭的心情，只是踩著熟悉的步舞，彎彎繞繞的迎向那間經常造訪的露天咖啡座。看到了，遠遠看到「這隻人」在最裡頭的座位上細聽著風聲，大概又在捕捉那曾經的婉轉隱約。心頭閃起一陣莫名的喜悅，她匆匆忙忙的走過去。「空！」不小心撞著身旁的咖啡座，還撞翻了座中主人的咖啡，她想起「這隻人」曾經說她的話，心裡就愈感慌亂：「別人是愈讀書愈精明，妳呀是愈讀書愈迷糊，妳以前的心機都到哪去呢？」

「先生，對不起！」她紅著臉囁嚅著說：「有沒有弄髒你的衣服？哇……」

座中主人站起來，好高壯的一個男人！她不由自主的抬眼——及肩長髮、絡腮鬍、帶著墨鏡、簡便的西裝、身高有一百八十左右。但這麼豪邁形象的男人卻散逸著一股斯文的氣質，這時正溫和的盯著她。她的臉更紅了，自然而然的低下頭，卻怔住了，因為看見男人的桌上……

「沒關係，我閃開了，咖啡沒淋著我，反而讓妳嚇著了。哦！妳看到了。」原來高壯男人的座位上放著七、八杯濃縮咖啡，大概只喝了其中一半，怎麼會有那麼需要咖啡因的人？高壯男人解釋：「哈哈！我是個咖啡癖，而且很浪費的只愛聞咖啡香，可咖啡一冷了就不香了，所以一邊看著書就一直點，其實喝不到一半。」

「喔！是，要不要我去點一杯相同的賠你。」很玄乎的，感到跟這個不認識的人有著一種莫明的繫聯，但總不能為了一份子虛烏有的安全感就一直賴著不走，於是她再次道了歉，就走向「這隻人」的座位。

她走開之後，高壯男人整了整桌面，然後坐下對鄰座那個只有自己看得見的夥伴說：「這個女孩很古典美喔對不？」

高壯男人的隱身夥伴是一個傷心的天使，祂用翅膀掩蓋著自己的後腦杓，趴在桌上，看不到面孔。將自己藏起來的天使，一直沉溺在懊惱的情緒之中。

「喂！喂！喂！祢已經一整個上午維持這個姿勢不動了，別醬好不好？我的朋友。說起來我的父親還是祢害死的，我都不跟祢計較了，祢就只會整天自怨自艾，這算啥天使啊？」高壯男人想起舊時的創痛，苦笑了一下，流露著一份對命運價碼照單全收的釋懷。

「我本來就不想當天使，」仍然維持著一樣的姿勢，傷心天使在翅膀下嘀咕著：「你老爸也不是我害死的，是魔鬼害死的，我的前身。我現在這副德性善良得一塌糊塗，連踩死隻毛毛蟲都會良知譴責自己好幾天，我怎麼去害人呀？」事實上傷心天使到現在還會回味那種害人的痛快感，但偏偏一想起，身不由己的就會覺得嘔心。

「我知道，我知道，」高壯男人安慰著天使：「我沒怪祢好不好，祢看，我不是很夠朋友是不是？當天使也三年了嘛，不要老是留著那一場無法後悔的憔悴。」

「我可以再要一杯咖啡嗎？」天使沒正面回答，只是央求再一杯的安慰時光。

「天使大哥，祢已經第八杯了，祢看桌上已經放滿杯子啦，害得我剛剛就被那個小美女當怪叔叔看。而且祢光聞香味不喝，都我一個人喝，害得我一直跑廁所。好了好了，別難過！我再去買就是了。」高壯男人起身走向櫃檯買單。

但沒走到櫃檯，驀地停下腳步。高壯男人覷見剛剛冒失的她與「這隻人」在說話，哇！好個美女！她已經很美了，但「這隻人」女孩明艷、標緻、亮麗，又帶著一份對什麼事都不在乎的飄逸美。高壯男人忍不住不道德的偷偷聽了一分鐘屬於兩個女孩之間的悄悄話。哪知卻聽到一個意外的發現：「這隻人」女孩不會說話。

「妳別笑我嘛，是啦，我冒失撞到人，還不是因為趕著來看妳。」她紅著臉說。

「這隻人」女孩笑得很清、很媚、很小壞壞。

「妳還笑！我知我知，我知道妳笑什麼，是啦，今天期中考考完後我又對自己沒信心，跟小心兒她們幾個拼命對答案，所以遲到了，妳笑吧，笑死妳！笑死妳！」她叉著腰假裝著生氣。

「這隻人」女孩卻愈笑愈曖昧。

「好啦，不鬧了，妳別那麼瘋好不好，總有一天我們會想起那些音節的，做事不要那麼急，妳看妳的黑眼圈又跑出來了。」她撥弄著「她」拂亂在臉上的髮絲。

「這隻人」女孩收斂了取笑，俏臉上出現複雜的神氣，就要取出紙與筆來「說話」。忽然猛一陣風颳過，吹走了「這隻人」女孩圍在頸子上的絲巾，絲巾剛好飄在高壯男子身旁，男子順手撿起，遞到兩個女孩桌前，卻靠近看到「這隻人」女孩的喉管部位有一道怵目驚心的舊傷痕！可以想見當時的傷口收攏了多少的痛楚與怨懟，是不是這就是聲帶受損的原因？一剎那，很靠近的三個人彼此相看，忽然……三個人幾乎同時聽到絲絲縷縷隱隱約約纏纏綿綿的歌聲從三人之間飄起，彷彿有一位神祕的歌者飄然踏歌而至，這歌聲不是三個人第一次聽著了，而且不曉得多少次在夢裡迴旋，但此刻側耳傾聽，深深感到這歌聲既熟悉又陌生，這詞意既傷感又清明，這曲風既蕭瑟又纏綿，聽著聽著，自自然然讓聞歌者覺得此生不外如是，千帆過盡，孤鳥飛絕，猛然轉身回首，這人間世所有一切的遙遠與契近竟然都是如此這般分分明明的鮮活與頹唐……

良久，歌聲飄遠。第一次跟他人同時分享這神祕歌行，高壯男子顯得有些不知所措，就好像很私密的心事陡然被揭發。

「這隻人」女孩有點激動，說不出話，但兩個瞳仁如篝火般燃燒。

她卻嬌靨泛紅，有點慌亂，有點失控，有點無助，只好抓著「這隻人」女孩的手說：「poison，這就是我剛剛不小心撞到的那位先生。」

坐在前頭的傷心天使聽到，振動雙翼，終於抬起頭來。

二〇一六・五・二三錠堅

# 蘇晨曦
# 和她的「看見」遊戲

## 初見

心眼初開。第一次「看見」的經驗，與遊戲。

乍張的「眼睛」看到繁亂聲音的色塊，許多的顏色在咆哮、追逐、碰撞、拉扯、糾纏、衝刺、喘息……一直到很久以後，我才尷尬的了解到這些顏色的「意義」。這些色塊很激情，我的人間初見實在算不上好看。

## 誕生

第二次的看見是天光雲影！被擠壓出一條溼黑的甬道之後，敞亮的天空即反照在意識的眼簾。當時是我的……

「蘇太太，恭喜妳！是小女孩兒，體重二千六百公克，好秀氣的小妹妹喔！」護士姨姨將我輕輕放在媽媽的臂彎，媽媽眼神複雜的看著我，隨即輕輕嘆了一口氣，目光緩緩移向窗外的平旦天空。後來他們就用這片天空給我命名。

「…………」頭胎不是男生，爸爸想起媽媽的處境與性情，說不出一句話。

咦？不只，不只看見媽媽。沒多久護士姨姨抱我離開，讓媽媽休息。躺在小床上，我清晰「看見」旁邊有一個很溫柔很溫柔的存在，宛如寒夜中的輕擁與低訴……

## 看見

在家的成長時光裡，我開始一一玩「看見」的遊戲——小床的顏色是柔軟的，玩具的顏色是跳躍的，媽媽的顏色是灰灰的，爸爸的顏色是……糾結的，晴天的顏色很友善，颱風的顏色很著急，小狗的顏色很跳脫，妹妹的顏色很柔軟……其實呀「看見」有兩種，張開眼睛的看見很影像，閉起眼睛的「看見」卻很清楚，張開眼睛會看見畫面，閉上眼睛卻會「看見」……顏色。

「晨曦，妳發呆了超過一個鐘頭啦！做事有點效率好不好，要吃飯了，還不快把功課寫完？」媽媽又對著我叫，「叫」會在空中碎裂成好多憤怒的小色塊。

很玄乎的，在人生的分合中，我常常會遇見他的存在。有一次，媽媽牽著我去公園，忽然一個小男孩蹣蹣跚跚的晃過來，二話不說的，既突兀又自然的抱著我的頭，我也是突兀又自然的回抱他，好一會兒，分開，兩個孩子，沒有人回一下頭，也沒人想留下，各自飄向自己的成長。就像白雲飄進來，又飄出去，是不會有人為白雲的去留嘆息一聲的。只留下滿臉驚愕的媽媽，還有那似曾相識的存在感——寒夜中的輕擁與低訴……

## 家人

媽媽的顏色會變化。妹妹出生之前媽媽一直是灰色的，但妹妹出生之後媽媽的灰變得比較亮白，至少在抱著妹妹的時候。我不懂，為什麼灰色是獨屬於我的顏色。可以確定的，灰色會讓我緊張，一緊張我就失去「看見」的能力，再無法看清灰色背後的潛流……

妹妹的顏色本來很柔軟，但我與媽媽之間的闇沉，還有她與媽媽之間的敞亮，會讓天然的柔軟變質成失控的嬌氣……

爸爸的顏色最糾結。爸爸似乎是第一個看見我的「看見」的人，他經常凝視著我，眸中的顏色是溫暖的，也彷彿是那寒夜中的輕擁與低訴，但每一次就要擁抱他的長女，這個顏色複雜的男人每每會選擇默默轉身離去。

## 碰撞

爸爸之外的其他人確定我的「看見」，就是在那一次碰撞，還好……

「哥，加好油就出發了，趁陽光沒那麼烈，媽還是坐你車上喔……」我還記得看見碰撞的前一刻，小叔叔這樣對爸爸說。然後……

腦門轟的一聲！我「看見」了！爆炸、碎片、斷肢、混亂、火焰……還有，爸爸裂開的身體！我被「眼前」的畫面嚇呆了，完全不察覺其他人返回車中，直到……引擎發動的聲音，車子要從加油站開上路了！全身冰冷的我不知哪來的力氣，我衝出車廂，也許恐懼是一種強大的愛吧。當時爸爸已經發動車子，因為我的暴衝猛踩剎車，我已經管不了車廂內的混亂了，只懂得死命攔在爸爸與小叔叔的車前，不讓他們衝進我「看見」的畫面。

「姐姐，妳怎麼呢？快讓開，這樣很危險！」爸爸吃驚。

「蘇晨曦，妳發瘋了！快給我死回車裡！」媽媽暴怒。

「這孩子是怎麼呢？」奶奶唸佛。

「哇………」妹妹狂哭。

後來的我也想不透，當時哪來的強悍去抵抗媽媽的拉扯與抽打，我就是不能讓他們進入我的「看見」。果然，沒幾秒，我的「看見」在我的背後變成一場高速公路的連環車禍，包括媽媽在內的所有人，全在沖天烈焰之前目瞪口呆，然後，媽媽用深灰色的眼神看向我。

## 肝腸

這次事件讓媽媽的顏色變得更令人不安，更灰色，甚至深黑，深黑色籠罩著我。我不知道為什麼？媽媽討厭我的「看見」。但媽媽擁著妹妹時的顏色明明是亮麗的，在這份落差之前，我完全失去「看見」的能力，直到好久好久以後，我才有能力回顧這一汪愁湖。

我只好將視線轉移到讀書的顏色上——我發現書中綻放的顏色或者繽紛璀璨，或者古雋深沉。我變得愈來愈會讀書，但這一點，又惹到媽媽了。是因為媽媽曲折艱難的成長讓她無法看顧一個清照單純的心靈？閱歷豐富的她無法忍受我這樣一個小書呆？有一回我又觸動她的不快，媽媽使勁的罵我：「蘇晨曦，妳以為成績好就行了嗎？這不是一個書呆子可以生存的世界，光會讀書管個屁用，妳就只會讀書，妳就只會讀書，不然就發呆，什麼都不會……」她不知罵了我多久？我愈聽愈委屈，難道專心做一件事也是一種罪惡嗎？我當時已經高二了，但到最後，我乾脆坐在地板嚎啕大哭，哭到心腸都痛了，哭到昏厥過去了。後來妹妹告訴我，當時媽媽被我這個「神奇的動作」嚇到了！而在昏厥的夢中，我依稀看到一個溫情脈脈的凝望，這個凝望彷如一道金黃的陽光，射進一個幽閉的房間，激起房中顫動飛揚的微塵。

## 天明

「神奇的動作」之後，我跟家裡基本上是斷線了，因為每當心頭清明，我就會想起這夢裡人間初識的天光雲影，隨著雲破心開，看見悲喜交纏……但家裡尤其媽媽不喜歡我的「看見」，這是一個不受歡迎的遊戲，我只好收回「視線」，不再在家裡留情。而就在這個人生的間隙裡，我看見了他。

這是高三的人生，很會讀書的我，不能免俗的在台灣特殊的生態圈徘徊，補習班。他坐在前面三排斜角的座位，其實不用抬頭，我就「看見」他對我的留心留神，留出了個火熱水深。

「蘇晨曦，妳的名字，對吧？」

「嗯嗯。」

「妳不應該叫晨曦，妳應該叫黃昏才對。」

「咦？為什麼呢？」

「妳那麼嬌小，而且妳的美是婉約的，婉約應該不屬於晨曦，黃昏才比較適合婉約。而且妳姓蘇，蘇東坡雖然是豪放派的，但宋詞應該是屬於黃昏，屬於秋天的。」

「……」

「喂，妳臉紅了耶。」

「哪有！你的國文程度不錯吧？」

「哼！我雖然是考理組的，但國文也是我的強項。」

「好喲。那你的名字呢？」

「龔天明。」

「哈！你的名字才怪哩，哪有人名字叫天明的。」

「大概我媽媽生了我一個晚上一直生到天明吧，唉！媽媽真可憐。」

「噗哧！」

「噢！妳是晨曦，我是天明，我們實在沒理由不碰面啊！」

「……」

「蘇晨曦，妳又臉紅了。」

「……」

天明是我的第一個……男人。我不想用初戀這詞兒，因為，真的有留「戀」嗎？在這段天明晨曦的時光裡，我們做了很多事兒，談天、共讀、散步、牽手、凝望、擁抱、相吻……我又看到那夢裡的天光雲影，真真確確出現在天明身上，但，那只是部分的真實。其實，另一部分我也依稀看見了，但夢裡醉客又有誰願意去看清那城塌樓塌的真相。

但樓終究是要塌的，天明沒多久，就會是暴烈的天空了。小時候，我擋下了一家人走進我看見的碰撞，可現在，沒有人拉住我，不讓我走進樓塌的光景。那一天，天明牽著我，要回他租賃的住處看他收集的CD，我當然很高興的跟。但，到了樓下，那樓塌的悲辛景象清晰的撞入我意識的眼簾，我愣住，停下，事實上我看不太懂那畫面代表什麼？天明拉我，我反應不過來，他力氣又大，進了房內，他鎖上門，背對著我，我全身僵直，腦中一片空白，周遭的空氣似乎瞬間凍結，冰凍中卻顫動著尖銳的恐怖。不知過了多久，天明轉過身，伸手就要解我衣扣，仍然無法理解眼前景象的我，一直到衣扣幾乎都被解開了，才猛然後退，但喉底乾乾的，只能發出小動物瀕死的吱叫，說不出一句完整的話語。天明又來扯我裙子，我退，他進，我跑，他追，門鎖上了，我只能繞著狹小的空間跑圈圈，他追著我跑圈圈，不知跑了多久，跑得雙腿好痠，腳步一個踉蹌，他將我撲倒，然後，我掙扎，但他的力氣好大，然後……我沒力氣了，然後……那抽送是身體秘處的崩壞與靈魂深處的屈辱，我忍受著那一下一下的撞擊，死命瞪著天花板。在這段日子裡，在同一個地方，這種屈辱的衝撞一再發生，同時，我短暫「失明」了，我「看不見」了。

大概過了兩、三個月吧，當我告訴他懷孕的消息，他正眼也不看我。過幾天，他帶我去一家診所，跟一個女醫生一直拜託，一直鞠躬點頭，接著將鈔票交到護士手中。我不了解為什麼他對這一切那麼熟練？所有事情「安排」好了以後，我被領到一間冰冷的房中，進房之前我回首顧盼，他坐著，完完全全，沒有抬眼。進到房中，我被下令躺下，雙腿被固定，空氣中飄著一絲一縷屈辱的氣味，我什麼都「看不見」，跟著下體一陣很深進的劇痛，然後就是機器不稍停的轉動聲音、挾碎聲、讓人發痠的刮刷聲、切割聲……我是一個空洞的人。從手術室虛晃出來，他，不在了！先行離去。我不知怎樣的一個人穿越台北街頭，也不知怎樣的上了捷運，我覺得從小腹開始一直到雙腳，那種冷冷得叫人難堪與難受，就在快要摔倒之前，我又「看見」了，我復明了，我又看見那似曾相識的存在感，那彷如寒夜中的輕擁與低訴……就在身畔！是那個小男孩嗎？在擁擠的捷運上，我完全無法選擇的靠在對方身上，寬厚的胸膛，對方似乎輕輕的扶住我顫抖的雙臂，好讓我靠得舒服些。自始至終，兩個人沒有任何的問與答。

沒有天明了，天明從此就在我的人生消失了。上了大學之後，有一回隨手翻到一本古書，看見四個字：「深畜厚養。」畜是儲備，養是休息，那「深」與「厚」呢？為什麼需要「深」與「厚」呢？是人生遭遇了多大的橫逆才需要深與厚的儲備與休息嗎？深厚之前經受了多大的委屈？深厚之後又真能彌補些什麼？我完完全全，看不見。

# 殖民

我的「看見」不被接受，那大學呢？作為人類最高學術殿堂的大學校園，會珍視另一種非知識的「看見」嗎？我不知道。別人的大學過得怎麼樣我不知道，我只知道我的大學生涯其實是一段殖民地的歷史。殖民主是不會看重奴隸的「看見」的，奴隸看得愈清楚愈危險，愈需要被刪除。

總有一段短暫的清新的，在大一新鮮人的日子中。但當時的我看不見，清新的背後是男生們在討論著他們的封建——分配班上幾個條件不錯的女孩，不！奴隸們。我是其中的一個。大學男生為什麼會有這麼不可思議的封建行為？事實上我從未了解過，但被殖民的奴隸通常有另一個代號——女朋友。沒多久，我的殖民主現身了，小克。而殖民主最初的身姿往往是友善而美好的。我的殖民主是一個能文能武的好男孩，校隊、體育健將、功課好、成績總是名列前茅、會彈吉他、還寫得一手好書法！我們被視為金童玉女的樣板，連系上大部分的老師都祝福我們。

剛開始，我有「看」到小克的可憫與可愛，有一次，我跟他分享我的「圖象」：「小克，你爸爸是不是常常打你啊？媽媽是不是很愛喝酒啊？」小克震驚！他哭著對我傾訴爸爸是江湖老大，家裡動輒表演全武行，媽媽如何不管小孩，連哥哥的女朋友都被老大爸爸睡了……於是我錯以為小克是一個可以分享「看見遊戲」的朋友。

「小克，我看見你心裡有好大一塊陰影耶！」

「小克，我看見你常常變成你爸爸。」
「小克，我看見你不信任女生，包括我，所以你要控制女生。」
「小克，我看見你內心的青色天空，有飛鳥在中間滑翔。」
「小克，我看見你並不喜歡你的運動、書法、功課，這些都只是你的證明。」
「小克，我看見你心裡有一個水波不興的湖，湖畔有一個人在唱歌。」
「小克，我看見你亟欲擦掉你的灰色，但愈擦灰色愈濃重。」
…………
小克是有點知道我「看見」的能力的，剛開始他會聽，但逐漸不耐，加上我沒有覺知他的真正身分，殖民主。終於，不耐的能量累積到引爆點了。大二的最後一次期末考後，他要跟幾個哥兒們去另一所大學的辯論社討論問題，其實這種聚會很無聊，都是一群自以為很有學問的知識青年爭相努力去證明自己的卓越與對方的愚蠢，我不想去，其實更想他留下來陪我。
「那妳不要去好了，我們可能趕不及回來吃飯，晚餐妳自個兒解決吧。」小克。
「你也不要去好不好？你心裡根本也不想去，何必花那麼大力氣去坐實自己的聰明與對方的不聰明，聰不聰明有那麼重要嗎？有更多事情比聰明更有價值好不好？何況一直要證明自己的聰明不就是反證了自己對自己沒信心嗎？」我衝口而出了我的「看見」。
引爆點出現了！
「蘇晨曦妳以為妳是誰呀？妳以為妳什麼都懂是嗎？妳很自以為是喔！妳有考慮到別人的立場嗎？直率？直率有時候就是一種對別人的傷害，妳懂嗎？妳以為的善良有時候就是一種幼稚、不成熟、還有不為別人著想。單純？單純也是一種不負責任的行為好不好！妳單純，就放任別人必須複雜與承擔責任了，怪不得妳媽媽說妳除了讀書什麼也不會，妳媽媽說得對，這不是一個書呆子可以生存的世界，妳趕快長大一些可以嗎？妳這樣的人還來管我的事情，妳以為是我女朋友就可以管我那麼多嗎？管別人之前還是要衡量衡量自己，蘇晨曦，先管好妳自己的幼稚吧，不要讓我對妳繼續失望，妳還哭，哭就有用嗎……」他竟然一口氣當眾罵了我一個多小時！其實當時的我遺失了時間，是事後其他人告訴我的。

與其說是嚇到，更真實的描述是「跟不上」，我的腦子跟不上我的「看見」。很詭異的是，在這段殖民地的歷史中，我的「看見」相當敏銳，大概身為奴隸的自己需要一個更警醒的心靈吧。我能夠看見小克罵我的每一句話背後的圖象，有光的、有暗的、有憤怒的、有哀傷的、有圓的、有尖的、有扭曲、有呼救、有自憐、有自衛、有狂風、有飄雪……怎麼有人可以在那麼密集的時間吐出那麼多強烈的情緒！我的腦子追不上我的「看見」，這是一個極度紊亂的意識萬花筒，我竭力追趕，心暈眼眩，就休克了。怎麼被救醒的當然想不起來了，但事後這成了全系的知名事件，竟然有人可以連續被罵到昏厥！

第一次見識到人性集體的鄉愿，同時小克要自我保護，多方周旋，諸多因素，這個知名事件之後竟然沒有任何人來安慰我！相反的，另一方面明確的轉變，是小克從此完全以殖民主的姿態去監管我這個不聽話的奴隸的一切。他管我說話、管我作息、管我的讀書方法、管我的人生觀……當然，也管我的身體。痛苦？當然痛苦，所以「看見」成了這段時間裡唯一的自由。反抗？我大概是反抗細胞天生壞死的人，我從來就不具備這方面的天賦。另一方面，我白目的能力很優越，直到很後來我才全然了知，小克從來不是一個可以一起做遊戲的朋友，他是殖民者。在殖民者跟前，「看見」當然是要完全收斂的，直到……

那一天，我記得很清楚，在「人力資源管理」的課上，耳中飄著老師講授的聲音，其實我沒真的在聽，有時候我也不知道為什麼就是可以「看見」一堂課的虛實。心眼隨意的「看」，那是一種很酣暢的休息，看著看著，驀然，一幕震怖飛進心靈：小克被壓在瓦礫之下……我全身顫抖，再聽不到、看不見任何東西，剛剛的圖象很短促，但我知道它是真的！鄰座的殖民主小克用懷疑的眼神打量我，我不敢回看他，因為馬上要觸怒他了。

好不容易下課鈴響，我怕死了，但不得不衝到教室門口，張臂攔住所有人，包括我的殖民主。愈來愈尖銳的竊竊私語。連老師也訝異的看著我。

「蘇晨曦，妳搞什麼鬼？快讓老師與同學出去呀！」殖民主威陵赫赫的盯著我，然後就要推開我。我全身發軟，根本沒有力量抗拒我的主人，眼見小克就要走進我「看見」的悲劇圖象，忽然，我感到一個很溫柔很溫柔的存在在身後經過，宛如寒夜中的輕擁與低訴……是他！得到力量的我無暇回頭，我必須及時擋下這一齣凶險。

「不！」我漲紅了臉，亢聲阻攔：「大家都不可以出去，更不可以下樓。林克難……你也不可以。」說完之後，心裡反而泛起一陣決然的寧靜。

「啪！」一記清脆的耳光，天與地顛倒過來，我坐倒地上。再溫和的殖民主也不可能忍受奴隸當眾的反抗，在權威與理智之間，小克選擇了前者。隨著一巴掌將我打倒，教室傳出種種驚呼、勸阻、私語、竊笑……但我的下一個動作，讓一片嘈雜頓然無聲。臉上指印猶存，我靜靜的站起來，重新張開雙臂，攔在教室門口，靜靜的看著小克。這難受死人的靜默彷彿天長地久，大概被我眼中的什麼東西激怒了，小克臉部扭曲，再度舉起手掌……

「林同學，不……」老師喝阻的話沒說完，整個教室與走廊就顫抖起來，我的「看見」出現了！「地震！」「是地震，大家小心！」「蹲下來，護住後腦。」「搖得好厲害耶！」「轟隆……」「什麼聲音，樓下傳上來的？」「要停了。」「沒了。」……地震停下來，大夥兒衝下教學大樓，我跟在最後，因為我知道會看到什麼。

教學大樓前的小停車場，右側的矮牆被地震震倒，大樓的一片外牆牆面也被震落，落下來的瓦礫砸中了幾輛車，但大部分的水泥塊都砸在一輛倒楣的機車上，機車的屍體躺在瓦礫堆中，小克的機車！不知是誰忽然驚「噫」一聲，所有人不約而同的恍然大悟，同時回頭看向我，尤其小克的眼神，像看著一個女巫。

殖民主小克這一次做得超過了，系上一個男同學當眾打一個女同學，已經逾越了集體人性鄉愿的界線。為了不驚動雙方家長，系主任第二天就分別約談了我們。小克先進入主任研究室，談了好久，研究室的門終於打開，系主任目送小克離去，我的殖民主不發一語，但眼神怨毒的盯著我。接著系主任做個手勢要我進去。

「蘇晨曦同學，妳們的事，剛剛我聽林克難同學說過一遍了，現在想聽聽妳的說法。晨曦，妳跟克難交往多久了？」主任調動著刻意溫柔的語氣。

「……」我不知如何回答，因為我清楚知道那不是交往，但我總不能對主任說我的生命土地被殖民了三年吧。

「哦，沒關係，女生總是比較靦腆。那能不能隨意說說關於妳倆的事情？」主任。

沒有組織的隨意說著這幾年的……悲哀，儘管沒有抬頭，但我「看見」主任沒真的在聽。

「晨曦，現在我要問妳一個重要的問題，」好不容易聽完我的傾訴，主任忍不住「吁」了一口氣，趕緊踩進結論：「妳願意和林克難同學繼續交往嗎？還是想分手？妳不用著急，想清楚再回答。」

我再魯鈍，也知道這是結束殖民地生活的甚佳時機，況且殖民主不在現場，我急忙點頭。

「好的，主任已經跟克難同學談好，我相信他不會騷擾妳。晨曦同學，主任想問妳最後一個問題，」主任大概是為了寫紀錄吧，他說：「妳為什麼要跟克難分手呢？」

「性格……不合吧。」我不知怎麼回答，只能低著頭，搬上一個最制式的答案，隨即向主任道謝、告別。

「晨曦！」才要開門離去，卻被主任叫住，第一次，我從主任的聲音裡「看」到光：「光有善良是不夠的，善良永遠不夠，有時候，人要學會轉彎的善良。」

離開主任的研究室，我心裡清楚奴隸的日子是暫時結束了，我感到整個人被掏空，兩行清淚止不住的流瀉而下。驀然，那個宛如寒夜中的輕擁與低訴的溫暖存在，又在我背後出現，我立即旋身回顧，廊道上卻空無一人。

## 盲目

我瞎了。

在小克事件之後，我失去「看見」的能力與遊戲，我盲目了。我變成一個沒有遊戲的人，人沒了遊戲的能力，是不是就像魚兒離開了水，飛鳥失去了天空？但，奇怪的是，看不見人生與人心之後，我反而看見了數字！我變得能夠很快掌握複雜數字背後運作的規律，這是一項生存本領。我當時不知，後來也不懂，這項本能被很多獵人相中。

畢業之後，我在一家貿易公司工作了好幾年……就真的是糊口、謀食吧。「眼」瞎了，日子就變得無須分說了。一直到那個意外的午後，我的本能變成了一場雪球效應的第一片飄雪。

其實那天一進公司，就感覺氣氛怪怪的。終於到了下午，所有高層都進了總經理辦公室，門沒關，大概在生死關頭，誰也沒有心情想到低調了吧。

「報告總經理，確定總公司明天上午就來視察與查帳，」總經理秘書顫抖的聲音傳出來，完全沒了平時的趾高氣昂：「很可能是大老闆親自來。」

「……」好一陣沉默後，溫總經理氣急敗壞的說：「黃副理，確定這兩年公司是賺錢的？」

「公司絕對有賺錢，而且還賺了不少，只是……」副經理話沒說完。

「那為什麼帳目一團糟呢？」溫總大吼。

「總經理別生氣，聽我解釋，」副經理陪小心的說：「這幾年公司都在多線投資，開疆闢土，應酬多，要打通的關節也多，進出的款項都大，會計部何主任有掌握住大體的盈餘，但還沒有餘裕靜下來整理細目，加上總公司快三年沒來視察了……」

「那何主任你吃屎的是不是？你管錢的卻不將帳目處理好！」溫總咆哮打斷副經理的話，矛頭指向會計部主任。

「報……報告總經理，給我兩天，一定把帳目弄出來。」何主任心虛的回答。

「兩天！」隨著一陣雜物落地的聲音，溫總簡直快哭出來的下令：「你們都知道大老闆是什麼來歷，明天不讓他看到清楚的帳目，我姓溫的就甭說了，你們這幾個人又有誰活得了？去！明天七點前一定要將帳目弄出來，何主任，公司全部人力都歸你調配，黃副理，你跟著我去安排明天的接待。」

溫總與黃副總離開後，會計部何主任幾乎是跌出總經理辦公室的，才喘過一口氣，就高喊：「會計部的人全部給我過來，不，人手不夠，懂得使用計算機的就一起過來幹活，Zoe、蘇晨曦、小珊、老張……」何主任召集了其他部門十來個人手，我分到整理建材收支的三個月帳目。

一打開帳本，我幾乎馬上知道這家公司的會計人員都是……庸手，很多地方根本在亂記。我閉上雙眼幾秒鐘，然後張開眼睛緊緊吸收紙上的數字及分類，沒有用計算機或電腦，看一頁，再一頁，再下一頁……吸收完了，我再閉上雙眼，在心裡去「看」清楚數字背後的規律，然後隨手寫下這一本帳本的整體收支結算。接著取過下一本帳本，再下一本，再下一本……忽然摸了個空，我負責的建材收支帳目清理好了。隨即感到兩道異樣的目光從身邊傳過來，我轉頭看去，發現小珊用很奇怪的眼神看著我，然後隨手遞過一本帳本，我想也不想的接過，打開看了幾頁，對小珊說：「最好從最初始的資料給我看。」小珊想了一想，突然高聲說：「誰負責政府建案的帳簿？」大概我奇怪的舉動已引起許多人的注意，老張聽到馬上回答：「全在我這兒。」然後捧著一堆帳本摔在我桌上。跟著就是重複剛剛發生的事兒，我翻看著一本帳本，再下一本，再下一本……不時聽到身邊的驚噫聲此起彼落，但當時整個心靈都被數字佔據了，只管專心「殺掉」一批一批的數字，偶爾閉起雙眼尋繹之間的關聯性，找到了即打開電腦記錄下來。時間又拋棄了我，桌上如果出現一杯水，我就喝了，但出現一個便當，我的胃根本沒法子工作。不知過了多久，我在電腦裡鍵入了最後一筆數字，按下「enter」鍵，然後茫然的抬頭四顧，發現幾乎全公司的人都在圍觀我，包括了溫總與黃副總，好像在看著造訪地球的外星人，看向窗外，天空什麼時候一片闇黑了，我有點慌，會計部何主任又跑過來看我的電腦，我趕忙站起來，驀然眼前一黑，一陣暈眩，旁邊幾個同事趕緊扶住我，我聽到最後的一句話是溫總說的：「快！快帶她去休息。」……醒來後發現自己在小醫院打點滴，一陣疲乏的潮流淹沒全身，小珊在旁，帶我離開醫院去進食，已經是晨曦了，哈！晨曦在晨曦醒過來。小珊說總經理交代，我醒過來就帶我回公司，原來我昨天從下午開始跟數字「說話」一直說到凌晨三點！幾乎連續工作了十二個小時！公司三年的爛帳，我花了半天清理好！數字比人心好說話。

穿著一件不是那麼正式的格子絨西裝，沒打領帶，還踢著一雙高級球鞋，小平頭，大墨鏡，落腮鬍，身材高壯，至少一百八十以上吧，看不出年紀，還有刺青，頸背、左手手背都是，這位總公司的大老闆活脫像個黑道大哥多於像個商場領袖。他帶來的幾個人倒是看起來行頭專業的office animals，大老闆話不多，大部分時間都是溫總與黃副總在「大哥」身邊低頭哈腰的小聲報告，說著說著三個人同時轉頭看向我，我大概臉紅了，微微點頭，高高在上的大老闆居然也回點一下頭，然後繼續看我。

跟著大老闆就坐在椅子上抽菸，不再說話，溫總與黃副總就向大老闆帶來的會計人員匯報。「在溫總領導下，台北分公司經營得法，帳目清楚。」會計人員核算無誤後，下了一句定評。大老闆猛地站起來，狠狠拍了溫總肩膀幾下，我第一次看到一直以來俯視眾生的總經理被拍得那麼舒活暢快與卑躬屈膝。總公司一行人離開前，大老闆又刻意回頭深深看了我一眼。我當然看不到墨鏡後面的眼神，就算看到了，當時的我已經失去了「看見」的能力。我以為我對數字的天賦被看到了，卻不知被看到的其實是另一種「天賦」。

我被升了職，當了會計部門的二把手。當然心裡是高興的，連我這種弱智也可以遇上好事。但有一天，回到家，妹妹驀然對我怪怪的說：「姐，妳人笨笨的，要小心喔！」妹妹遺傳了媽媽的精明，我應該重視她的話的，但當時的我「失明」了。回想起來，這段「日子」其實一直在對我說話，每天回到公司，從總經理開始，每個人都對我很客氣，當時我以為是為公司立了功的緣故。沒多久，我被詢問要不要到香港總公司任新職？為什麼不？離開被狩獵當奴隸的闇黑人生，我可以嘗試走進異地的陽光。

到了香港赤鱲角機場，我還在研究怎樣到總公司報到，卻突然被電話通知一部車已經在機場等我，司機是一個身穿黑色西裝的中年大叔。司機很有禮貌，但幾乎不說話，一直很有深意的看著我，他的特徵是臉上有一條從嘴角延展到下顎的刀疤。「請問怎麼稱呼您？」當時我是用同事的心情提出一個禮貌性的相問。司機遲疑了一下才回答：「我姓管，叫我老管就好了。」從聲口聽得出是台灣人。不知為什麼，我覺得中年大叔就像一杯寒夜中暖心的熱茶。被安置在車廂後座的我趨前說：「管叔好，我叫蘇晨曦，請多多指教！」有那麼一瞬間，我感到管叔從後視鏡深深看過來，似乎想要說話，但隨即把吐音壓回喉底。

到了總公司，電梯迅速竄上第二十三層，管叔領我進去大老闆的辦公室。門一打開，我驚嚇了一下，佔地很廣，好多的人！或開會、或使用電腦、或講手機、有國語、有粵語、有英文……但全都繞著大老闆打轉。管叔趨前，俯身向大老闆耳語，大老闆竟然就朝我的方向點頭、招手，示意我坐下。他還是戴著大墨鏡，看不到眼神。「老闆要妳坐著等他，他忙完再來跟妳說話。我先回到車上了。」管叔深深看我一眼之後，走了。我心裡似乎有一塊岩壁剝落到海裡。

所有人都沒有空間，只有大老闆悠閒的座落中央，像一位宇宙的霸主。沒一會，他身邊兩個似乎是高級職員的男人點頭鞠躬，然後離開，其中一個在打開辦公室門之前還偷瞄了我一下。接著大老闆又招呼幾個人圍過來，說了一會話，又有人離去，有人去招呼其他人……一個消失，又一個消失，幾個一起消失……等到最後一人被敕令消失，還不用三十分鐘的功夫。我儘管心瞎腦殘，也隱隱感到不對勁！大老闆直身，走向我，彷彿一株移動的巨樹。四圍空了，但我的胸臆塞滿心臟的狂跳。巨樹終於移步到我身前，很近，我在樹的陰影中，樹很高，我得仰頭才看到背著光源的他。摘下墨鏡，竟然有著一雙微帶憂傷的眼眸，裡面寫著江湖的滄桑。

「妳懂了嗎？」巨樹的聲音很定，有著一份霸道的溫柔。

「不……」身體塞滿心跳，腦中一片空白，我不懂我的不懂。

「蘇晨曦是吧？名字好美。」當時的我不知道這是他唯一追求的語言。

「我……是來……」我的最後掙扎。

「妳是來做我的女人的。」宣示。追求結束。

我還來不及作任何抗辯，感到左邊乳房被連衫握住，全身發抖，無力反抗，事實上也沒有反抗的空間，他吻上我，攬住我的腰，我掉落在力量的海洋中……

我就這樣從獵物進化成奴隸，從奴隸蛻變成情婦。大老闆的情婦。從此我絕少涉足公司，我「上班」的地方改到了大老闆半山豪宅中的書房（幫他管理私人帳冊），事實上更常的工作地點是在他的床帷。反抗？有過一次。有一回，經歷了睡前屈辱的進出，坐在床沿的我，小聲的問：「海哥，我能回……台灣一趟，看我、我的家人嗎？」剛洩慾完的他站在臥室門旁，穿著睡袍，依然戴著墨鏡，看了我好一陣，然後拿下墨鏡，還是凝視著我的眼睛，沒有絲毫波動。良久，我從靈魂到身體都在顫抖，驀然，爆發，「砰！」大老闆倏忽出拳轟塌了一小角牆壁！他的拳眼在淌血！「滾！」客廳的小弟聽到聲響衝進來，被大老闆喝斥趕出去。跟著他一言不發離開臥室，那個晚上我無法入睡，一直坐在床沿顫抖。第二天晚上，手上包著紗布的他依然來找我「上班」，好像沒發生過任何事，忙著進進出出的他當然不會看到我複雜的淚從臉頰悄悄滑落。後來我才知道，大老闆昔日在江湖的外號就叫「鐵拳老海」。

事實上大老闆沒有很多要求，說真的，很多時候對我是溫柔的。最讓我不自在的就是常常在要了我之後，抽著菸，帶著墨鏡，一直在看我。在物質上對我更是大方，但這不是當一個禁臠該有的工資嗎？感覺？我可以拒絕感覺嗎？一個被發配的情婦是沒有資格談感覺的，而一個沒有感覺的人，當然也不可能再「看見」。

就在這種屈辱的日子裡過了快一年，直到有一天管叔又出現了。那幾天就有點不太對勁，海哥幾天……沒回家，他的幾個小弟也跟著消失，直到那一天，有人按鈴，是管叔。管叔看著我，眼裡明顯有著一樣我久違了的東西，溫度。回看著這個既陌生又熟悉的人，我心裡好像有一塊堤防決堤了。我忘記怎樣衝進管叔的懷抱，眼淚流瀉直下。管叔用他強壯的臂彎安慰著我，好一會等我稍歇下眼淚，才輕輕推開我少許，說：「晨曦小姐，要走就得馬上走了。」我投以不解的眼光。管叔解釋：「細節我不清楚，但老闆這幾年買賣做太大，頭寸調不過來，道上兄弟跟他討錢，商業罪案調查科也鑽空子辦他，黑白二道逼得緊，老闆跑路了，短時間不會現身。其實老闆是真的對妳好，但我知道晨曦小姐不是這種人，妳回台灣吧，現在是回家最好的時候了。」

只帶著我帶來的行李以及一場憔悴，離開了被禁錮的監獄，管叔送我上了飛機，告別了我的情婦歲月。我同時是一個失敗的情婦與反抗者。

## 復明

回到台灣，直接將自己藏起來，我不能回去那個不確定算不算「家」的地方，那裡從來缺乏溫度，我的憂傷怎能向那裡淌流？我的屈辱也無法向她們揭開。當時，我還是在「失明」狀態，我也不敢再看向數字，不敢讓他人知道我能夠看見數字背後的結構，我不要再「看見」這個世界了，也不要讓這個世界看見我的「看見」。

我在從小生長的城市的一個偏遠的邊疆租了一間斗室藏匿自己，我在一個荒蕪的角落找著一份空白的工作糊口自己，下了班就躲進熟稔的閱讀中，要「深厚」的畜養這一路行來充當獵物、奴隸、情婦的一身滄桑。但不管思路走了多遠心眼轉了幾圈，我仍然看不明白這一場蒼涼的戲碼背後的真正原因？看來，我的盲目遠不止一個層次。每每在放逐的陋室中，闔上書本，我總是不經意的縮了縮身子，茫然看向虛空，呼吸著的依然是寂寥的空氣。

失明失心失志的時光日日不變，直到那一縷意外闖進的清風驚起了片片輕塵……

那一夜的下班時光，我前腳才進門，門鈴就響了。從門孔看出去……怎麼是她！無法委決要不要開門停格在玄關的我，被一串熟悉的脆響呼喚：「蘇晨曦，我知道妳在裡面，開門！」聲音的主人，一直讓我傾羨又心亂……

門開，無言相看的姐與妹，最終還是明快的她打破了尷尬的空氣：「姐，我找到妳了。」懦弱的我囁嚅著：「靜，妳怎麼……」不等我把話說完，她就直接走進斗室，著實看了好幾遍，然後放棄了什麼似的一屁股坐下來。

「姐，妳這裡的東西比狗屋還簡單，沒什麼需要整理的了。」一直得媽媽歡心的妹妹蘇靜比嬌小的我還窈窕，但明豔照人，動作俐落，性格明快，她……一直是我夢迴心繫的嚮往。

「靜，妳怎麼找著我的？」

「一個國語不標準姓管的中年大叔打電話來家裡，剛好我接聽電話，他告訴我妳這兒的地址。」是管叔！他是我回到台灣唯一有聯絡的人。

「他……有說什麼嗎？」

「姐，妳放心，這個男人的口風緊得很，我只能從他有限的幾句話中，知道……妳在香港的這一年不好過。」

一陣尷尬的沉默在我與靜之間散開。

「靜，妳回去吧，別跟爸媽說。」

大概我話中的蕭條盪起她心裡的激憤，靜本來就是一個風火烈烈的女孩。

「姐，妳這樣說話對嗎？妳是我姐耶，而且，很多事妳不知道……」

「……」

「妳不知道……我知道妳曾經拿掉孩子，我沒有告訴任何人。」

「妳……」

「很小？那一年我國二了，國二已經有護理課了。」

「……」

「我也知道妳其實一直在……嫉妒我。」

「！」

「但妳不知道的，是等到我有能力可以跟妳釐清脈絡時，妳已經從我的成長歲月中消失了。」

「？」

「姐。」

「？」

「妳也不知道，其實我不是妳以為的那種妹妹。」

有些受傷是很難被察覺也不容易撫平的，我陌生的看著眼前這份突如其來的親切。

「走！我們都不要逃了，今晚應該話不會少哩，我請妳去喝一杯。別用這種眼光看我，我是大女孩了，也工作將近兩年了。姐，來，跟著妹妹。」當她牽起我的手，一陣短暫但尖銳的刺痛鑽進心坎，趁她轉身，我趕緊壓住奪眶而出的淚。

不知靜這丫頭怎麼會熟悉這片被城市遺忘的偏鄉，她帶著我走了一段路，轉進一家頗見典雅的鋼琴酒吧，那一晚，姐與妹喝了不少種酒，我聽了許多傾訴，在慵懶斷續的音符之中。她告訴我很小的時候怎樣仰慕著一個漂亮的姐姐，她告訴我父親曾經告訴她姐姐擁有一些特別的……能力，父親也告訴她姐姐怎樣阻止全家人衝進災難的勇敢，但沒多久她發現了媽媽對待姐姐的異樣，她告訴我日漸長大的她常常在嬌縱與後悔之間徬徨，她告訴我她下了多少次決心不要再參與媽媽相待姐姐的遊戲，但等到她要找我修補，她才國一，我已經進大學了，她告訴我暗地裡記恨為什麼姐姐要年長她五歲，她告訴我往後我的每一次返家，姐妹倆已經不知怎麼敘話了，從此她習慣觀察著我每一次的愴與痛，她告訴我等到我出國，她感到心中某處風景變成了荒田，她告訴我怎樣立誓等我回國必須釋放對我的情與傷……在香港的這一年，海哥除了教會我怎麼當情婦，還教會了我另一件事：喝酒。一整年的訓練，靜的酒量是不能跟我相比的。所以等她傾訴完，我正想跟她說我的故事時，她醉了。我不在乎，攙扶著她回我的住處，故事就以後再說唄，有什麼關係呢？在我終於找回自己的妹妹之後。

離開酒吧，才驚覺已經凌晨三點了！被夜風一吹，靜顯得比較清醒，一臉酡紅，對我尷尬的一笑：「姐！」相互賴著，重新找到彼此的兩個人，依偎著走向孤冷的暮夜中。走進一條僻靜的騎樓巷道，走到盡處，轉個彎，就到家了。我正想到這麼晚走在這裡還是第一次，驀然，兩個同樣強烈的意識幾乎同時撞進我的心靈！一個驚訝，一個可怖！驚訝是我忽然復明了！是妹妹的連結，還是其他什麼原因，讓經歷了兩年黑暗的我，又重新可以「看見」了！至於可怖，是我剛剛「看見」的畫面——

妹妹的慘叫、我的頭部被重擊、衣衫撕裂的聲音、嗆人欲吐的菸臭與酒臭、屈辱的劇痛、血腥的鹹味、野獸的吼叫、醜陋的謀殺……每次逼近危機我都會「看」得異常尖銳。「姐！妳怎麼呢？」被突然僵住的我嚇到，靜也隨即感到這是一個不對勁的環境！四周無人，對兩個年輕女生來說是太晚的子夜，一邊是老舊的民房，另一邊卻剛好是公園野地！更嚇人的是巷道前方正走出兩個衣著花俏拿著酒瓶的壯漢！「姐，我們回頭走。」靜扯扯我的衣服。「來不及了，後面有人。」我沒有回頭的回答，開始發抖的靜卻猛回頭看，果然看到第三個男人從我們後方走近，三個人成品字形包抄我們，不言可喻的不懷好意。

「姐，怎麼辦？」靜抖得愈發厲害。

「等一等。」突然覺得四周的時間停止下來，我感到抽離了一切，從更高的遠近將一切看得分明。靜很狐疑的看著我，平時軟弱的姐姐怎麼突然冷靜得幾近冷漠。她不知我的冷靜不是來自於勇敢，而是來自於我「看見」了第二個可能。但這個剛找回來的妹妹忽然不發抖了，伸手掏向包包，越過我，就要趨前。

「靜，再等一下，不要衝動。」我猜她的包包裡大概有防狼噴霧器之類的東西，但我心裡雪亮這沒有用，強勢的自衛只會加快了第一個可能的兌現。

「喂，兩個正妹，這麼晚了還在亂晃。」壯漢A一頭長髮，打了一個薰死人的酒嗝。

「就讓我哥們護送妳們兩個正妹吧，可別遇著壞人喔。」壯漢B叼著一支菸，兩個眼睛已經寫滿了慾望。

「靜，聽姐的，到我後面。」靜可不是一般文靜的女子，看到她臉色一寒，又要趨前。我不知哪來的力氣，一把將她拉到身後，低聲囑咐。

「兩位大哥，你們喝了酒呀？」我主動丟出一個問句。

「不喝酒，難道喝尿喔？」看到獵物突兀的冷靜，獵人一時之間反而抓不住有效的反應，只能疲弱的反嗆。

「這麼晚還喝酒？」

「你們真強，好酒量。」

「不行吼。」

「……」

「還是早點回家吧，喝了酒最好睡。」

「讓大哥先好好保護妳們回去，嘿嘿嘿……」

「你們喝了什麼酒，剛剛我和妹妹也喝了不少。」

「阿瀚，別跟這女的扯淡，她在轉移你的注意力。」

我不確定這份冷靜是來自於重遇妹妹的喜悅？保護妹妹的慾望？還是重新「看見」的激發？在我身後的靜也開始感覺到我在拖延，但她不知道我拖延的原因是第二個可能。壯漢B終於按捺不住，就要伸手拉我手臂。我沒有動彈，因為「看到」第二個可能出現了——那是一個燃燒著的火人朝向妳緩緩移動的感覺。

一個頂著一頭短髮的年輕男子，一臉鬍渣，軍用夾克，牛仔褲，身高不高但肩胸寬厚，讓人印象最深的是他的大眼睛，即便夜色如晦，他的眼神仍明亮如平旦。他路過我們這一夥人旁邊，認真的在打量我們姐妹，和那三個痞子男。

「看什麼？過路的，走吧。」壯漢A掂了掂大眼男子的身材，說話留著餘地。

「兄弟，那麼晚了，讓女生回家。」這麼壯碩的年輕人卻有著清脆的嗓子。

「招子放亮點，你一個人，咱們哥兒有三個。」A說話的同時，B的右手伸向懷中，這是一個訊號：我們有傢伙。

我看見大眼男子著實考慮了好一會後稍稍動了動腳步，似乎要放棄俠客的選項了。後來我們認識了，他告訴我：真正的江湖人不是只懂得動拳頭的，更要常常動眼睛與腦子。這時候，我知道必須毫不猶豫的走進我的「看見」。

「你不可以就這樣走開。」我走向他，一直到兩人之間只剩一個呼吸的距離才停下，這是我剛剛「看見」的畫面與行動。

「妳說什麼？」猛瞪著我，大眼男子的雙眼變得更大了。

「其實你自己知道，如果你真的就這樣走開，就是把我們留下來給禽獸分食，你以後就不會再有心裡平安的日子了。」有些人的氣質就是很單純，一眼就能看清。

大眼男子用力的看我，眼神宛如翻湧的海濤，漸漸的，複雜沉澱，一片清明從海面升起。

「妳認識我？」

「不認識，而且這不重要。」

「是的，這不重要。妳們退到我身後面。」

「我會幫你。」

大眼男子回頭對我笑笑，不確定這是不是一個冷笑話。原來他笑起來並不像外表的粗豪……

「兄弟，放過女生吧，別幹這種下作事，回家，大家都平安。」大眼男子說起話來有一份與年齡不相稱的氣派。

「小子，你腦殘了！搞清楚點，我們有三個人。」A恫嚇。

「十個人也沒用，這件事我管定了。而且，人多就一定打贏嗎？」大眼男子說完，A就順手甩破一隻酒瓶當武器，B從懷裡掏出一把鐵尺。大眼男子因應著擺出迎戰姿態——抖了抖身體，隨即雙腿微蹲，用肩頭對著對方，左拳護在頭與肩的部位，右拳藏在腰間——這樣的身體姿勢很奇怪，我當然看不懂，後來我們認識了，他告訴我，這是拳術家標準的作戰姿勢：減少自己的被打擊面，放鬆身體，等待敵人先出手，自己的四肢可以作出任何角度的反攻。A與B被大眼男子的氣勢鎮住，停下了腳步，但下一刻，兩人對望一眼，舉起凶器，擺出隨時要動手的架勢。

「小心後面！」原來前方只是虛晃一招，而由後方的壯漢C發動真正的攻擊。但大眼男子現身之前，我已經「看見」了整個過程，所以我的警告比C的動作至少快上一秒！

大眼男子的背影一震，卻沒有絲毫猶豫，左腳閃電一般反踹出去，剛好壯漢C衝上來，像趕上來當沙包似的，整個人被踹飛出去，摔在一部停靠路旁的車子上，倒地不起，車子的警報器同時鈴聲大作。前方的A與B聽到噪音，紅著眼馬上動手。

「左面的人！」後來他告訴我，我這次示警卻是多餘了，他的搏擊素養告訴他必然是左面敵人的攻擊先到，這時他的左腳還沒收回，就用右腳當支點，涵胸拔背，看著從前胸劃過的酒瓶子，右勾拳從上而下痛擊在A的太陽穴上，然後順著身體的旋轉，還是右拳，凌空迴身命中B男的咽喉。電光火石之際，三個痞子攤平不動！其實整個過程頂多十幾秒，不管心眼還是肉眼，我都是看不真切的，這些都是後來我們認識了之後他告訴我的，像個大孩子一般，一遍又一遍興奮的告訴我。

「搞不好有人報了警，警察問話就麻煩了。我送妳們回家。」剛撂倒三名敵人的他鬆弛下來，說話顯得特別溫柔。

「這位先生，感謝你！我們的家就在前面不遠，我們自己回去就好了。」我對他深深鞠躬，大概已經看傻眼的靜匆忙跟著我行禮。剛剛像豹子般敏捷的他，面對兩個女孩兒的尊敬顯得手足無措，只懂深深的看著我。

我拉著靜快步前行，留下一臉錯愕的他在身後。我復明了，而且「看見」了許多事兒，我需要沉澱、梳理。「姐，這樣冷對待人家不太好吧，他才剛救了我們耶。」「沒關係，先離開危險的地方，而且我們還會再見。」「姐，妳們認識呀？」「不認識。」我沒有進一步解釋，但是我「看」到了。

## 傾情

據研究，人類眼球的「視幅」大概是平行到一行文字的跨度，當然經過速讀訓練可以提高能力，但不管怎樣提高，眼球的視幅仍然是有一定限制的。我的「看見」也一樣。人生這部書，一般人可以看到一兩行，我大概可以看到一頁吧，但我沒有翻頁的能力，我的「看見」也是有限制的。我「看到」會再遇見他，大眼男子，但不知道什麼時候？什麼場合？我也沒「看到」他的名字，甚至不確定他是不是他——那彷如寒夜中的輕擁與低訴的熟悉存在，雖然，我懷疑。因為「看見」他了，卻沒有翻頁的能耐，就引起了後來那一場生死一線的風波。

翌日清晨送走了有點小驚嚇的靜，就要回到賺取五斗米的小公司報到，但心緒真的不一樣了，我彷彿看到北台灣的路樹的每一片葉子都呼吸著快樂的晨光。但快樂是另一種遊戲，會讓「看見」的遊戲暫時失能。又過了幾天，某日下午，我在公司電腦螢幕前撥弄著一些無聊的文件，猛然一個突兀的「看見」闖進心眼，我全身僵直，因為我看到了，海哥！果然不到一分鐘，海哥與七、八個小弟衝進公司，接著就是一連串的吆喝。「不要動！」「不要亂動的就沒事。」「搶劫？開玩笑！偶大哥親自來搶劫？你們這間鳥不生蛋的公司有什麼好搶的。」「來找人的。」「誰是老闆？」「我們來找朋友的，你們合作就沒事。」「你就是老闆？你仔細聽我說……」

我閉上雙眼，整理了一下思緒，然後張眼就看到海哥站在玄關不遠處，仍然戴著大墨鏡，挺拔如巨樹，凝視著我的方向，一動不動。但跟一年前不一樣了，我彷彿「看見」了許多，我主動走向他，走向巨樹的樹蔭。

「管叔呢？」樹蔭下，我輕問。海哥再神通廣大，能那麼「精準」的找到我，只能是管叔被逮住了。

「老管是老兄弟了，妳放心，我沒有動他，只是讓他去了南美。」巨樹沉著穩重的聲音如故。

「海哥，你找我做什麼？」我全然仰視著巨樹的情感。

「要妳回去！」墨鏡摘下，雖然聲音仍然穩定，但我已經「看」到樹下的烈烈強風。烈風中的他繼續說：「在香港是我的不對，跑路沒通知妳，妳要回台灣，老管幫妳，都沒有錯，他只是不應該不告訴我。現在我的問題都解決了，我只是要妳……回家，其他的都讓它過去。」

「海哥……」我有點感動，但眼神仍然沒有迴避。

「晨曦！」連聲音都響起風聲了：「我需要妳，妳知道的，過去沒尊重妳的意願，是我……不對，妳回來，阿海會對妳好的。」

我不在乎一個江湖大哥紆尊降貴的承認錯誤，真正讓我感動的，只是因為這是他第二次的追求我，上一次的「追求」只有幾句話。如果是一年多前，我也許會被打動，但經歷了獵物、奴隸、禁臠到現在好不容易「復明」的自己，卻不夠了。於是我低頭、沉默、拖延，拖延是為了讓我的「看見」趕到。

「海哥，回台灣之後我一直逃避，讓我先回家招呼一聲，明天再來看你。」剛好說完這句話，我的「看見」，現身了。

「海哥，車子停靠在樓下……」語音嘎然而止，沒錯，是火人燃燒的觸感，大眼男子！他顯然看到我了，彷彿火勢猛竄一下隨即停下來。我沒有看他，因為不必要，在海哥出現的一刻我已經「看見」他了。讓我意外的只是他和海哥是一掛的。這時，海哥眸中閃過一絲喜悅，應該是聽到我的應允放鬆下來，更重要的，是他怎樣都想不到跟了他一年的傻女孩竟然開始會耍詐！

「小豹，你開車送蘇小姐一趟，然後明兒負責帶她來見我。」擱下心頭的懸念加上大眼男（原來他叫小豹）剛好撞上，海哥就讓我給他「負責」。

離開前我走向老闆，一個收留了我好幾個月的老好人，我向他道歉、道謝、道別，經過了今天這樣折騰，我當然不可能也沒必要回到公司了。我沒有回頭，但我「看到」海哥的眼神閃過一些不一樣的東西。向老闆鞠了一個躬之後，我旋身就走，不再回顧。小豹跟在我身後，一路行走，一語不發，但我「看到」他的激動，凡是深刻的激動都是無法用語言表達的。

「蘇小姐，請！」小豹打開後車門，刻意側身對著我。

「我坐前面好了。」我想了想，自行打開前門坐進海哥的名車。小豹似乎放鬆了肩膀，想來是了解到不同車座所代表的不同訊號。

沿路上，兩個人還是沒有交談，但微妙的情感在沉默的空氣中交換著。一直到了我引導的地址，我回到久違了的……家。

「我們在車上候著吧，等我妹妹下班。」我看了看時間，靜快回家了。

「這麼快就再見面了。」嗓音清脆得像篝火在燃燒，小豹忍不住打破沉默。

「……」我看著他稚氣卻堅毅的臉部線條，沒有說話。

「妳，知道我們會再見面？」他深深看進我的雙眼。

「……」我有點訝異，但還是沒有說話。

「但妳是老大……的女人。」說這句話時，語氣中的燃燒彷彿一下子闇弱下來。

「我曾經是。」我輕輕的說出這一句。

「……」輪到他說不出話，但瞬間又重新燃燒起無言的大火，裡面有著許多情感。

「我妹回來了。」看見遠處靜的身影，我就要開門離去。

「等一下！」他猛叫住我：「那天晚上妳怎麼知道我會留下來。」

「因為，」我看著他，溫柔卻清晰的訴說：「我『看見』你不是這樣的人，我『看見』你的俠義心腸，你的人和你的身分是不一樣的。」

我們在年輕時會擁有一種東西，稱為直率衝動，這是在年齡日長後會逐漸稀薄的品質。小豹聽到我說的，臉上的線條彷彿變得更剛毅，似乎下了什麼決定，又似乎改變了什麼狀態。不再說話，只是深深地看著我。

「你叫小豹？」

「叫我豹子。」

「小豹子，你等我。」

這是我第一次對男生主動。

「姐，妳怎麼回來呢？這不是他嗎？」我下車招呼靜，靜認出了車中的小豹子就是那晚救了姐妹倆的人，正要打招呼，卻被我一把拉著上樓去。「靜，姐今天要把話一次說清楚。」靜困惑的看著我，彷彿從我的臉上看到了一份平時沒有的洞透。

「看見」只是一個遊戲，但要把它變成事實卻需要勇氣與行動。「姐，妳的心跳得好厲害！」即將面對創痛源頭的緊張，連身旁的小靜都瞞不過。但我必須面對，因為我不知道還有沒有機會。準備晚餐的時間，爸、媽與小叔叔都在，我的出現當然是一個炸彈，離家行將兩年，完全沒有消息的女兒回家了，我「看見」錯愕、震驚、憤怒、傷心、疑惑、歡喜……種種複雜的情緒在客廳跳舞，當然，其中最強烈的情緒是來自媽媽的暴怒，朝我這個「待罪之身」直衝而來。

「蘇晨曦，妳終於會回來了，妳腦子壞掉也不是這種壞法……」準備好一腔開罵情緒的媽媽突然被我打斷話頭。

「等一下！媽，失蹤兩年，失而復得的女兒剛回家，就用責罵，這是合理的反應嗎？」我直接指出問題所在。

「妳好喔，死到哪裡去呢？學會這樣跟媽媽……」媽媽做夢都沒有想到，以前一直憨弱的女兒，會二度打斷她的話。

「媽，其實妳一直以來對我不合理的嚴厲，只是妳更在乎妳的控制慾與權威感，很不幸的，妳對這兩件事的重視，更在妳的母愛之上。」說出真相，我鬆了一口氣。但對媽而言，真相被戳破，顯然是嚇呆了。但這是我的不得不，因為我「看見」這是扭轉錯誤源頭的最佳策略。

「媽，其實妳一直都知道我不是壞女兒，」媽媽定在原地，我繼續著準備好的單刀直入：「事實上我算是好女兒，乖巧、溫馴、聽話，而且妳、爸、小叔叔、靜和我都心裡雪亮。但妳就是不理性的討厭我，讓我失去了內心的安全與生活的重量，等於是逼迫我成為一具沒有城堡的流浪靈魂。甚至我的天賦妳也討厭，事實上那是妳的恐懼，媽，那是妳的恐懼，妳的恐懼導引出一種集體歧視的氛圍，讓我看得見某些事情的天賦被打壓成一種黑暗的恥辱。其實，妳心裡清楚我的天賦曾經救過全家人。媽，我想一定是妳早年某些心結仍在，而我的出生誤觸到妳的地雷，讓妳失去了媽媽的身分，不自覺的扮演了一個控制者或懲罰者，但這不是我的問題呀，所以我們母女間的癥結就在妳願不願意重拾回妳本有的身分：一個媽媽。妳一天不願意，母女關係就一直還是我們兩個人之間的偽裝。」

空氣一剎那凝結，但情感的潛流迴旋竄動。媽媽坐在沙發，嘴唇顫抖，兩行淚流下，情緒的衝撞讓她卡在無法表達的顫動之中。

「晨曦，妳失蹤那麼久，怎麼就跟媽媽這樣說話。」爸爸不敢上前擁抱自己的女兒，只能無力的表態。

「爸爸，你的問題就是你一直不說話。」彷彿說真話的開關啟動了，我的傾訴無法停下來：「我知道你不同意媽媽，但你選擇不說話，你看到了我和靜的教育出了問題，但你選擇不說話，也許你也知道你和媽媽之間的問題，但你選擇不說話，甚至你也知道自己的……但你選擇不說話。你是家裡最應該說話的那個人，你選擇不說讓這個家滋長著太多的委屈與受傷。爸，我沒時間了，我不能學你選擇不說話，不然我和媽媽的關係永遠不可能有正常化的可能。」

爸爸肩膀垮下，我趨前抱著他。經過小叔叔跟前，他竟然朝我無聲的鼓掌，臉上掛著敬重的微笑！我從來沒在這個家裡看過這種情緒！小靜卻是很激動，一直拉著我的手說：「姐，帥，帥呀……」

「靜，姐姐遇到麻煩，要離開一陣，等我問題解決了，就會回家。」我把她拉過一邊說悄悄話：「剛剛跟爸媽說的話是不得不說，我離開後妳好好安撫兩老。」

「姐，我知道，是……他的問題嗎？」

「問題不是他帶來的，但他會保護我，好了，妳放心，姐先走了。」

沒辦法說清楚就不必引起擔憂，我告別靜，離開家，帶著一份釋懷後的虛脫。

回到車廂，很奇怪的，狹小的空間反而讓我有家的感覺。

「家裡安頓好呢？」是錯覺還是什麼，再回到車裡，小豹子講話的感覺變得不一樣了。

「應該不是安頓，」我想了一想，回答：「是說明立場吧。」

「至少妳有機會說明立場。」第一次聽到他話裡蕭瑟的溫度。

「你，的家人呢？」我小心試探。

「我沒有家人。」彷彿「哄」的一響，小火人一下子燃起說話的火苗，向著我：「我不知道我爸爸是誰，他是那種讓女人懷孕後就自動消失的爛男人，爸爸走後，媽媽染上毒癮，我很小的時候就死了，所以我從小是跟著阿公阿嬤長大的。阿公是地方上的組頭老大，但他們老一輩的江湖人心裡是住著仁義的，他不准我混道上，卻要我跟他的兄弟阿金師傅練拳，阿金師傅很嚴厲，從來不笑，阿公阿嬤很疼惜我，對我很好，但這樣一個老好人在我國二的那一年就被仇家處決了。我沒有怨恨誰，阿嬤與阿金師傅也絕口不提誰是仇家，我想他們是對的，那是他們老江湖之間的恩怨，光看他們沒有對阿嬤跟我下手，就知道老江湖是分得很清楚的，我沒有資格置喙。就像我也不會怨生下我的男人，因為他是跟我完全無關的人。等我高中畢業，是啊，不像嗎？我豹子可是讀到高中喔，我還是資優生哩，真的了，沒騙妳。高中畢業那一年阿嬤又跟著過世了，從此我就沒了家人，阿金師傅讓我跟他的朋友混道上，但我謹記著阿公與師傅的叮囑，沒敢碰黃、毒與暴力欺負人的勾當，好些老大交代下來的活我都沒能狠下心幹，自然就混得不怎麼樣，其實這些年沒有因為不聽話被廢掉，哈哈，我可以算是奇葩了。後來我遇見了海哥，我不知道妳……哇！我還不知道妳的名字呢？」

「晨曦。我叫蘇晨曦。」我沉靜卻清楚的告訴他。

「蘇晨曦……」把我的名字咀嚼了好一會，小豹子繼續說：「我不知道妳是怎麼跟上海哥的，我聽說妳想離開他，但從江湖道義的標準來說，海哥是個好老大，他把我當成真正的……兄弟，他還說兄弟中除了他的鐵拳，我的拳頭是唯一管用的。但近幾年海哥漸漸靠向正行，轉移到香港發展，我又有點厭倦江湖的日子，就沒跟他去了，嘿！妳不要笑話我，其實我想回去念書哩。這江湖的況味，刀叢裡寫詩，糞坑裡有花香，在膽顫心驚裡討口飯，這壓力的滋味可真是不好受的……」我留神聽著這個大男孩的江湖故事裡的愛與痛，內心掙扎著的去或留，漂泊歷史中的快意與寂寥，小豹子成長歲月的勇氣與悲辛……他話匣子關不住的一講就一個多小時，聽完，我笑了。

「你為什麼笑？」他有點緊張：「不相信我的話？」

「剛剛我跟家人說話話匣子打開就關不住了，現在你對我說話也是這樣子。」我有點惡作劇的回答。

「跟家人說話就會這樣吧。」他反而認真起來，凝視著我的眸，說：「那，妳是我的家人嗎？」

「這是告白嗎？」我低著頭，掩飾我的羞。同時升起的是一份難過，因為，我赫然驚覺，這是我第一次感覺到戀愛，在那麼多情婦、獵物的歲月之後。想到這裡，我堅定的抬頭，看他。

「我可以嗎？」兩人凝視，交換著許多言語。

跟著兩個話匣子都停不下了，彼此傾訴著各自的生命故事，似乎是兩條平行線，並沒有交集，但不管兩條生命的線如何迂迴往復、錯綜發展，卻總是隱隱約約的相互呼喚著、感照著、迴盪著、應答著……不知過了多久，小豹子停下了話，從口頭語言轉換成眼神語言，靜靜的「看」著我的故事：我回憶出生時刻的神識與覺受，我說到「看見」的天賦與遊戲，我說起母親的背叛與失落，我傾訴內心的孤冷與寂寞，甚至我不隱瞞他我曾被狩獵與殖民，我坦言身為一個禁臠的屈辱與無奈，一直說到我的失明與曙光、憧憬與痛楚、超越與沉溺……我終於，對一個在乎我的人，完整眷顧完這一篇滄桑的文章。但，在很久的以後，我想起這一場傾吐，才終於了解為什麼會獨漏了在童年時代，對那個彷如寒夜中的輕擁與低訴的神祕小男孩的回想，沒有對小豹子訴說。

## 風波

晨曦的微明偷進車廂，頑皮的在兩個人的臉上、身上跳躍著。不知凌晨幾點，傾訴彼此傾心的我和他相擁入睡了，直到晨曦喚醒了晨曦和小豹子。

第一次感到：晨曦起來擁有親人的感覺，真好！

「我們去跟海哥說，」我猶豫了一下，直接把話說下去：「我喜歡你！」

「不可以。」小豹子卻想了許久才回答：「海哥不會接受的。」

「怎麼呢？海哥是不講理的人？」突然感到一陣悲哀，跟這個男人一年了，我赫然發現，原來我不了解他。

「海哥是講道理的老大，問題是，」小豹子沉聲說：「講道理的老大還是老大。他那麼大費周章的找到妳，現在放妳跟手下一個小兄弟跑路，他的老大的威嚴是不容許他這麼做的。」

「跑路？不要說那麼難聽。」我看著他的眼睛，說：「所以你的意思是？」

「走！先離開再說。」他下結論像出拳：「妳才能保住自由。」

「你……不會有情感上的糾結？」我看著他眸中的大火，問。

「海哥是老大，不是老爸，況且，我的老爸也不是東西。本來嘛，當男人的就應該尊重女人的決定，」一夜傾談，知道了小豹子擁有著不安份的靈魂，他說起這事情有點激憤，大概是想起了自己媽媽的遭遇：「但海哥這人有點霸道，可能是當老大當太久了，所以跟他說道理或求情都是沒有用的，所以要離開他只能有一個選擇：走！」

「走？走去哪裡呢？」靠著他厚實的胸膛，我只想被帶領，不想「看見」。

「不能留在台灣，即便到了中南部，海哥人脈廣，還是危險。」小豹子決然定調：「我們出國，到任何地方，趕上最快的班機。」

「出國？離境？」我抬起頭看他，遲疑著問：「至於這樣嗎？」

「晨曦，相信我。」他沒有解釋，只是看著我。

「我相信你。」不需要「看見」了，我只回看著他。

「我們馬上走！」小豹子燃燒起火人般的決絕，嚇了我一跳，他說：「我們立馬趕去機場，去免簽證的國家，應該可以趕上早班機。」

「妳怎麼呢？怎麼這樣看著我？」被我忽然不說話一直盯著的他，狐疑起來。

「你的證件都隨身帶在身上？」我笑著反問。

「當然，」小豹子拍拍衣服口袋，說：「我全部家當都在這裡。」

「噗哧！你不會以為我跟你一樣是游牧民族吧。」我笑著看他。

「哈！也是。但，」神情轉為慎重，他說：「證件在妳的住處吧，現在不能去拿。」

「為什麼？」

「海哥為人多疑，妳住的地方現在一定安插了人候著。」

「意思是，不能現在去取？」

「晨曦聰明。現在天亮了，太容易被發現。」

「所以……」

「等夜色深了，凌晨再摸進去，我，一個人。」

「那我們現在怎麼辦？」

「找個地方休息一下。」

我心裡猛跳一下，看向小豹子，他卻沒事人似的。

兩個人，進去了一家商務旅館的客房，我環視一周，只有兩張單人床與幾件簡單的家具，看著看著，連結起過去的荒謬與痛，我全身哆嗦起來。

「晨曦，小豹子不是這樣的人。」聽過我的故事的他當然知道我想到什麼，說完了對我張開雙臂。

我撲進他的懷裡，直瀉下這些年的黑暗眼淚。

下一個晨曦之前，我們出發。小豹子說這是一天裡最容易疲倦的時刻，看守者就容易鬆懈。而且取好事物，就可以直接接上清晨的航班。

「妳在車裡等我。」夜色中，小豹子將車停靠在距離我住處幾條街道之外的某個陰暗角落，跟我交代好，立馬開車門竄出，獨個兒消失在黑暗之中。我躺在「沉重」的密閉車廂中，卻「看」不見任何東西。不到一小時的光景，小豹子竄回車內，將我囑咐要取回的事物放在我腿上，然後看看我，一語不發，默默發動車子，神氣有點緊張。

「怎麼呢？被發現呢？」

「沒有，信任我的身手。只是……」

「只是？」

「晨曦，海哥真的很重視妳，我低估了他派去監看妳的人手……那麼多！」

「……」

「所以我擔心……」

「擔心機場。」

「是。我倆消失了一天，海哥一定起疑了，瞧這陣仗，海哥這一趟怕是傾巢而出，沿路去機場，恐怕不會順利。」

「那我們要不要延後出發？」

「留下來也不見得比較安全，還是，走！」

「好，我相信你。」

「有『看見』什麼嗎？」

我搖搖頭。

等到車子上了國道，天色微明，立即印證了小豹子的擔憂。

「嘿！」在國道行駛沒多久，小豹子果然發現後方的可疑車輛。於是他刻意將車速降到最低限，沒一會兒，其他駕駛紛紛按捺不住超車，只有那一輛可疑的始終不徐不疾的緊跟在後。

「是我大意了，不應該一直開海哥的車，目標太明顯了。」小豹子沉聲說。

「噢！」忽然，我彷彿全身被電殛，因為：「我『看到』圖象了！」

但小豹子無暇理會我，因為另一部可疑車輛突然加速超車，衝到我們車前，與後方車輛緊緊

「夾」住我們。逮捕的態勢明顯不過。

「等下一個交流道，我們迅速衝下去，先甩掉他們再說。晨曦，妳抓穩些。」小豹子整個人彷彿一下子「燒」了起來。

「不要！豹，跟著他們下去。」我「眼」前的圖象愈來愈清楚：「我『看見』應該怎麼做了。」

小豹子轉過頭來深深看了我一眼，然後下判斷像出拳：「我相信妳。」

於是跟著前車的引導，一行車從前方第二個交流道離開國道，便遠遠看見鶴立雞群的海哥帶著一大群小弟在交流道旁高架橋底的一片敞亮空地上候著，乍看之下至少有三、四十人！

「晨曦，妳好啊！」海哥看著緩緩走近的我，臉上神情複雜：「先是老管，現在是阿豹，都為了妳背叛我。」

「不是背叛。」其實接著我想說的是「誰讓你當初這樣欺負我」，但現在的我已經知道不可以這樣說話，所以真正說出來的，變成：「海哥，人跟人之間的緣分是很難說的。」

「阿豹，你是這樣子報答老大的？怪不得你在江湖那麼久一直混不起來。」海哥轉移焦點，盯著小豹子的眼神像刀。

「海哥，小豹我混不起來，是因為許多事情我沒辦法背著自己的心去做。」小豹子沒有迴避海哥的眼神，但我已經感覺不到他的「火」了，他說：「海哥，你是第一個不會勉強我的老大，阿豹很感激，但你一定知道這些年我沒少幫你做事，你知道我沒有欠你的。如果蘇小姐真的願意跟你，我阿豹不敢有任何想法，但現在是她選擇我，老大，望你成全！」

海哥身邊幾個小弟聽了，就要抄傢伙衝上前，但我知道海哥不會讓他們動手，因為我的「看見」

裡沒有這一幕。

「你是阿金師傅的傳人，我不會幹掉你。這樣吧，」海哥一把扯掉襯衫，露出鋼鐵般的肌肉，這副在無數個夜裡蹂躪過我的身軀，我第一次在陽光下目睹它的強大。我至今還記得在那場清晨的風波裡，他盯著小豹子躍躍欲試的眼神：「我們來上一場，你贏了，帶晨曦走，輸了？你要出國是不是？那就從此不要回台灣了。兄弟裡就數你身手最好，我想試試你的拳頭很久了。」

小豹子的頭與雙手都垂下來，沒有要應戰的意思。他說：「老大，你知道我打不過你。」

「那麼沒信心？阿金師傅可是很稱讚你。」海哥邊說邊轉肩踢腿。

「你的身體練得那麼強，拳頭打下去根本沒意義，你是老大，我是不會攻擊你的要害的。」小豹子仍然垂著雙手。

「哼，你還懂講義氣。那你走吧，這裡沒你的事。」海哥終於放下拳頭。

「不行，我跟晨曦約好了。」小豹子握拳趨前：「海哥，阿豹來捱你的拳頭。」

「等一下，小豹子，你過來，我跟你說幾句話。」我向他招招手。

兩人的眼神交會，我在他的耳邊說了一段話，等他聽完，滿臉訝異，怕他漏了，我又耳語了一遍，其實話的內容並不複雜，只有三個「照面」。

「妳『看到』了？」他問，我點點頭。

「但海哥的反應好快，恐怕不到三拳，他就會反應過來。」小豹子想了一會，說：「恐怕得這樣。」接著他也在我耳邊說了一段話，跟著再說了一次，確定我聽明白了。

「你們兩個有完沒完，敢在我面前卿卿我我。像個男人，阿豹，上來！」海哥放低重心，側對著小豹子，整個人呈現出擊姿勢，氣勢如虎。後來我聽小豹子說，海哥將身體的抗打擊能力練得很可怕，只要護住咽喉、下陰等要害，他根本不太在乎小豹子的拳頭，所以他側身對著敵人是採取方便出拳，而不是防禦的姿勢。頭部？他長得比小豹子高上一個頭，小豹子不太可能擊中他的頭部。

小豹子朝我點點頭，「啪！」我彷彿聽到點火的聲音，他一下子從靈魂到意志又「燃燒」起來。然後，走向海哥，直到在一觸即發的危險距離前停下，接著蹲低，曲腿，全身放鬆，頭與拳、肩、身成一直線對著敵人，既將自己的被打擊面縮到最小，同時兩拳單腿隨時可以出擊成為致命的兵器。

兩個人採用了兩種完全不同的作戰策略與姿態。

對峙！

鋼鐵巨樹與火豹子的對峙！

同一時間，我又「看」到新的圖象了！想告訴豹子，但來不及了！

## 重逢

小豹子果然說對，我「看」到一個新的變數，但來不及警告……因為，海哥動手了！

第一拳。

「頭！」我尖聲高喊。

果然海哥佔著身高優勢，左拳由上而下痛擊小豹的頭，但我「看」到了，小豹也知道了，真正的威脅是埋伏在下方的右勾拳。小豹要我故意喊錯，是為了迷惑海哥的戰鬥反應。

所以場中的小豹迅速閃過勾拳，同時發出右拳迎向海哥上方的左拳。

兩拳相撞，發出難聽的骨頭碰撞聲，但右拳對左拳，海哥的虛招又只用了半力，果然被小豹一拳挫退。

小豹沒有追擊，仍然頭、肩、拳成一線採取守勢，因為他知道……

海哥果然反應好快！稍停下退勢，單腳發力一撐，整個人砲彈般射出，旋身發力，捶向小豹的頭，還是攻頭！

第二拳！

「頭！」我再尖聲高喊。

一樣，我同樣「看」到了，小豹也同樣知道了，故意喊錯，是要迷惑海哥，讓他以為我們不知道他真正要攻擊的是，肩。

「啪！」骨肉碰撞的聲音，但小豹早就在三頭肌部位運勁，硬挨了海哥一記鐵拳後隨即後退消力，所以並無多大損傷。海哥卻趁勢追擊，半衝半躍，第三記鐵拳又是臨空轟下。

「頭！」我三度尖聲高喊。

「呸！聽娘們的話。」海哥真正要打擊的部位其實是小豹的胸口，但經過上兩回合的誤導，海哥這次被騙了，拳勢不停，直擊小豹的膻中穴要害！

我們就是要造這樣的勢，小豹正是要等這樣的機。

但見他頭不移，身未動，等海哥拳勢已老，才含胸拔背，清楚覷見敵人的鐵拳在胸前劃過，然後，立馬發出左拳，痛擊海哥的鼻梁！

小豹當然不會真的下手，拳頭就停在海哥面前三吋的空間，凝力不發。但同時小豹的腰弓了弓，這時他背對著我，我自然看不見他身前的狀況，但在兩個男人動手之前，我已經「看到」了新的變化。

小豹緩緩退到我身畔，我看到他臉上古怪的神氣。海哥已經收拳罷手，不再理會小豹，只是一直看著我，我從他的雙眸，看到心海翻湧！有那麼一瞬間，我彷彿從這個霸道的男人的眼中捕抓到一閃淚光，但他猛地回身，暴喝一聲：「走！」

「大哥，就醬真的放走他們？」「老大，你一句話，立馬砍死阿豹。」「大哥……」「放屁！」猛喝如驚雷：「誰敢背著我動他倆，就不是我阿海的兄弟。」海哥再不回頭，沒一會兒，一行人走得風捲殘雲。

我當然知道海哥是故意放我走。我先行「看見」了，果然就像小豹子說的，海哥的反應好快，儘管小豹子可以打斷海哥的鼻子，但他也避不開海哥臨急之際發出的快拳，會在同一時間擊傷小豹的右腰！本來應該是兩敗俱傷的兩個人很有默契的同時收手。小豹子沒有打贏，海哥本來可以不放過我的。

「噢！」小豹子忘情的把我抱起來，兩個人自然而然的尋上對方的唇，我的，真正的初吻。良久，分開。「我們也離開吧。」他就要牽著我離去，海哥不只留下我，還留下這兩天我們使用的車，是一份禮物嗎？

「晨曦，怎麼呢？」小豹子看我沒有移動，狐疑的停下來，問。

「……」

「妳又『看見』什麼嗎？」他緊張起來。

「剛剛我『看到』最後一刻海哥沒有打上你的肚子，來不及告訴你，」我注視著小豹子的眼睛，說：「跟著的一剎那，我看到一連串快速、不清晰的圖象，時間太遠，我無法看清楚，但依稀是關於你，和我的……」

「哦……」小豹子低下頭之前，我注意到他英氣的眉宇間吹掠過一絲浮雲。

「好像是你之後不能忘情於江湖，以及我倆之間的困難，還有你的……」小豹子的不安，坐實了我的「看見」，我繼續說：「這些圖象太快了，快得像碎片，我『看』不完整。」

小豹子默然。

可以想見，他對江湖的疲倦、眷念與難以忘情都是真的，畢竟他從小就是一個江湖人。而且與海哥打成平手這件事，都會讓他的名聲與心思飛揚起來。所以我匆匆翻過關於未來的頁面，是很有可能成為事實的。

「豹，看著我！」我第一次從他的眼神中看見不堅決，但經歷了那麼多事情後，我必須讓他抉擇：「江湖與平凡，豹子，你必須選一啊！這兩天遇見你，對我來說，是珍貴的拯救，太珍貴了，所以我不能讓這一份美好變質成他日的怨恨。豹子，我可以看著你叱咤風雲，卻不能讓你我成為彼此的痛苦。」

「晨曦，妳的意思是……」我看著他眼中又重燃起一丁火苗。

「你不要急著決定，」我撫摸著他粗獷的臉：「明天黃昏，我在家裡下面的小公園等你，你再告訴我你的選擇。」

小豹子眼中火苗亂竄，幾次想將話吐出來，又僵硬的壓下去。

◇　◇　◇

漫長的等待，幾乎一日一夜，等待的沉重，壓得我幾乎沒有睡眠，當然也沒有「看見」。倒是終於「回」家了，我發現了新的溫度，媽媽過來拍拍我的手背，沒有說話，但我清楚看到她的眼睛裡，明顯少了許多東西。好不容易第二天接近黃昏，太陽還沒變得溫柔，我迫不及待的到了小公園，就看見我的小豹子，已然候著。

一臉陽光，滿身炙熱的他，笑看著我。我彷彿每一個毛孔都在歡呼，衝上前，拉著他的手，更感到他的燃燒是如此的真切分明。

我正想說話……不對！驀然，清晰「看見」背後有一個很溫柔很熟悉的存在緩緩靠近，宛如寒夜中的輕擁與低訴。這麼多年，他總是突然又自然的走進我的人生，在每一個關鍵的時分。此時此刻，一道閃電劃過心湖，瞬間照亮湖面的每一圈漣漪與寧謐，我轉過身，一個穿著風衣，高瘦，文雅的男生朝我們逐漸行近，我終於看清楚他的臉。

# 韶光

十年後。

在太平洋另一端的另一個島嶼國家中，晨光爛漫，海風慵懶，這兒的陽光與海風彷彿特別糾纏，隱隱約約低訴著每個人心頭深處最殷殷眷念的名字。每天的這個時刻，我總會坐在屋前陽臺，啜飲著南島的冰茶，顧盼著萬年不變又瞬息萬變的滄海，來到這個島國快十年了，這變成了我每天最鬆活的時光，總會在此時此刻「看見」風裡心上最深切的盼望？

「晨曦，早飯好了，清晨風寒，快進屋裡來。」嘻，別人不知，我卻心中雪亮，已經是當地名廚的他，總是將每天最好的手藝，奉獻給了我與他的晨曦。

在海風中長身站起，細肩帶的飄逸長裙與及肩長髮流瀉而下，已過中年，我反而盛放出超越年輕時代的清艷？美的原因，往往就是因為自由吧。帶著未完的冰茶、風浴與「看見」回到屋裡，除了覷見每天清晨必然存在的一桌豐盛，還多了一件每年此時必然出現的美好與拒絕：卡片，海哥的卡片。

「看到卡片了嗎？昨天我從郵局帶回來的，看見妳還在幫客人調弦，就忘記拿給妳。」他的聲音繼續從廚房傳出：「又是海哥的問候卡片吧？他今年又拒絕妳的邀請吧？」

「嗯嗯……」我一邊回應，一邊細讀著卡片裡的矜持、思念與愛。最近六、七年，我每年都邀請海哥來作客，但聽說已經退出江湖的他，卻每年都寄來關懷與拒邀。

「工作室幫妳打掃過了，調弦的工具也歸好位了，工作室地板冷，以後不要在工作室睡著好不？」廚房裡開始傳出絲絲甜香、他的碎唸與最後補上的一句撒嬌：「而且，妳不在旁，我也不好睡。」

「對不起！以後我會注意。」我有點不好意思，漸漸從往昔日子的懷想中回來。移居到這裡的第二年，我就發現了「遊戲」的另一種玩法——原來，除了數字，我可以「看見」聲音。更精確的說，能夠「看見」如何讓樂器發出最飽滿的聲音。無師自通式的訓練，讓我成了「樂器校正師」。漸漸的小有名氣，從世界各個角落送來讓我「看」的樂器愈來愈多，但如果是大型的物件像鋼琴、大提琴之類的，就需要出差跑一趟。最有趣的是一些精緻的小件，哪怕「看」到它最好的聲音在哪裡，但要讓相關的零附件回到最正確的位置，就必須靠足夠靈巧的手藝與鍥而不捨的調撥了，有時候一件工作的完成就要在工作室呆上個大半天甚至是幾天的光景。

「海哥年年不來，倒是妳家的小靜一年要來上好幾次。前幾天視訊她不是說年底還要再來一趟嗎？」廚房傳出的甜香愈來愈醇厚了。

「這小妮子炒了老闆魷魚，又甩掉舊男友，又要將地球跑一圈了。她喔，哪裡是要來作客，是要把我們家當成中途補給站唄。噢……」提到靜這丫頭，讓我的心神一下子落回眼前當下的靜好歲月。這時他剛好從廚房轉出來，帶著我的最愛「酒香八寶甜飯」，我當然「看見」甜飯中深藏著的美好情懷——那似曾相識的存在感，那寒夜中的輕擁與低訴……我忍不住投進他的懷抱，他輕擁著我。心田忽地，「啪」的一響，彷彿有什麼東西點燃起來，我又「看見」那場多年以來未曾或忘的夢裡大火，奔騰得仍然是那麼樣的烈烈熊熊！

二〇一八年三月十二日凌晨

# 後記

從小愛小說，年紀大了一直有一個心願：寫小說。小說中，最愛的是科幻與武俠兩個文類，但這部《遊戲四部曲》，卻是我第一本非科幻、武俠的中篇小說結集。

這四篇作品都在寫「遊戲」，卻寫了四個不同場域的遊戲——〈H先生和他的遊戲〉寫的是一個爾虞我詐的遊戲，〈嚴格教授和他的遊戲〉寫的是一個荒誕不經中含藏著悲辛的遊戲，〈亂世群生和他們的遊戲〉寫的是一個五濁惡世的遊戲，〈蘇晨曦和她的「看見」遊戲〉寫的則是一個純真的愛痛與浮沉的愛情遊戲。那，遊戲有目的嗎？遊戲背後有主題嗎？有目的與主題的遊戲還可以算是遊戲嗎？這四篇作品，有些被朋友喜歡，有些被厭棄，但偶爾會有朋友問到這些遊戲的「主題」是什麼？我很想回答，但我不能回答。很想回答代表作者本人是有想法的，是有創作理念的；不能回答是因為這是一個創作者的基本道德與驕傲——小說創作者不解釋自己的小說。尤其這四篇遊戲事實上有著共同的主題或理念，正是這本《遊戲四部曲》的關鍵密碼，所以這解碼的活兒，我只能等待高手與解人了。

最後要為〈嚴格教授和他的遊戲〉這一篇抱個屈，這是四篇遊戲中最長的一篇、作者自己寫得最過癮的一篇、寫法最創新的一篇、最有種最有寫作勇氣的一篇、最自我感覺良好的一篇、也是作者感到寫得最縱橫自由的一篇。但，也是最被「吐槽」的一篇。唉！其實這是一篇很厲害的作品耶。希望未來會出現高手與解人，能夠讀懂與欣賞嚴格教授與他的大暴龍。事實上，這一篇的創作意圖想挑戰一個閱讀的極限，就是要寫一篇讓大部分人「不習慣」的小說，為什麼小說一定要寫得像大家所以為的樣子啦。

二〇一八年的初春

國家圖書館出版品預行編目

遊戲四部曲：馬至中篇小説集 / 馬至著. -- 臺北市：致出版, 2020.07
面； 公分
ISBN 978-986-99262-0-1(平裝)

863.57 109009746

# 遊戲四部曲

## ——馬至中篇小説集

**作　　者**／馬　至
**出版策劃**／致出版
**製作銷售**／秀威資訊科技股份有限公司
114 台北市內湖區瑞光路76巷69號2樓
電話：+886-2-2796-3638
傳真：+886-2-2796-1377
**網路訂購**／秀威書店：https://store.showwe.tw
博客來網路書店：http://www.books.com.tw
三民網路書店：http://www.m.sanmin.com.tw
金石堂網路書店：http://www.kingstone.com.tw
讀冊生活：http://www.taaze.tw

**出版日期**／2020年7月
**定　　價**／420元